白爱的青春陪伴者

梧桐大道

东风映枣 / 著

江苏凤凰文艺出版社

图书在版编目（CIP）数据

梧桐大道 / 东风吹来著. -- 南京：江苏凤凰文艺出版社, 2025.7. -- ISBN 978-7-5594-9708-6

Ⅰ. I247.5

中国国家版本馆CIP数据核字第2025AP8907号

梧桐大道

东风吹来 著

责任编辑	王昕宁
特约编辑	周丽萍
责任印制	杨 丹
出版发行	江苏凤凰文艺出版社
	南京市中央路165号，邮编：210009
网 址	http://www.jswenyi.com
印 刷	天津睿和印艺科技有限公司
开 本	880mm×1230mm 1/32
印 张	9.5
字 数	301千字
版 次	2025年7月第1版
印 次	2025年7月第1次印刷
书 号	ISBN 978-7-5594-9708-6
定 价	45.80元

江苏凤凰文艺版图书凡印刷、装订错误，可向出版社调换，联系电话025-83280257

目录 MULU

第一章 · / 初见　　001/

第二章 · / 捉弄　　011/

第三章 · / 谣言　　024/

第四章 · / 成人　　049/

第五章 · / 陪玩　　060/

第六章 · / 朋友　　072/

第七章 · / 兄妹　　084/

第八章 · / 假期　　095/

第九章 · / 星光　　104/

第十章 · / 真相　　115/

目录 MU LU

第十一章 · /重逢　　139/

第十二章 · /聚会　　151/

第十三章 · /风雪　　160/

第十四章 · /养伤　　181/

第十五章 · /约会　　196/

第十六章 · /追求　　212/

第十七章 · /宣扬　　237/

第十八章 · /相片　　253/

第十九章 · /完满　　271/

新增番外　/关于什么是爱情的问题　290/

第一章 · 初见

黎粲和邵轻宴的第一次见面，是在一家熙熙攘攘的奶茶店。

那一年，好友陶景然在阔别多年后，终于跟随父母回到云城，入读和思明国际学校隔两条街的实验中学，黎粲这才得以第一次真正地踏入这所传闻中是云城最为出色的公立学校的地盘。

"哎，陶景然又在搞什么幺蛾子，非得让我们来他学校干什么？"

这是元旦假期过去的第十天，黎粲和好友林嘉佳又被陶景然约到了他的学校——实验中学。

两人在实验中学大门正对面的奶茶店里坐着，很显然，半杯奶茶下肚，林嘉佳的心情已经开始不好了。

坐在她对面的黎粲抬起头来，看了眼时间。

其实，黎粲知道今天陶景然约她和林嘉佳出来的目的。

前天是林嘉佳的生日。

林嘉佳喜欢热闹，每年她的生日，几个好朋友都会聚在一起，给她在生日前准备惊喜派对，但今年是她的十八岁生日，她家里格外重视，早早地安排好了一切，所以大家的惊喜派对也就没机会实施。

直拖到这一天，她和陶景然负责拖住林嘉佳，另外两个好朋友何明朗和岑岭则负责去布置派对现场。

黎粲瞥了眼微信上何明朗他们给自己新发的消息，在林嘉佳不满地左顾右盼之际，不动声色地又把手机屏幕翻了过去。

"不知道。"

她背靠在沙发上，仿佛也跟林嘉佳一样不知情。

两人坐在奶茶店里，一直从早上九点等到十点还差几分钟，陶景然才终于姗姗来迟,带着一身寒气,推开了奶茶店的大门。

"久等了,久等了。在路上碰到我们学校的学霸了,跟他多聊了几句。"

他笑着拉开椅子坐下,脸上流露出些许愧疚。

林嘉佳不满地拍了拍桌子:"快说,约我们出来干什么?我看了天气预报,今天好像要下雪,待会儿回家估计都得冷死了。"

"你别急啊。"陶景然不紧不慢的样子,坐稳之后就掏出手机来点奶茶,"反正都出门了,管它下不下雪的,你只要不在外面晃悠,一直待在室内,就是下再大的暴风雪也跟你没关系啊。"

今天陶景然的任务,就是和黎粲一起把林嘉佳拖在外面,直到何明朗和岑岭那边布置好场地,再把她带过去。

他点完奶茶,就开始没话找话地跟她们聊天:"话说我刚刚路上碰见的学霸,你们就不好奇是谁吗?"

"是谁?"

大雪天,林嘉佳没有特别想要知道的欲望,但他话都说到这份上了,她又情不自禁地跟着他的思路走。

"邵轻宴!"

陶景然眉飞色舞,似乎很是自信,自己提起这个人,她们都会立马来兴趣。

一听到这个名字,林嘉佳和黎粲果然同时挑起眼皮,对视了一眼。

这已经不是黎粲和林嘉佳第一次来实验中学了。

第一次是在十天前的元旦假期。

那一天,天降暴雨,大家被陶景然硬拉着到他的新学校来玩。黎粲和林嘉佳撑着伞在这所传闻是云城最为出众的公立学校里转了半天,最后一同站定在他们的荣誉墙前面。

荣誉墙,顾名思义,是学校专门在每个年级的教学楼前设立的一块玻璃展示墙,每个学期都会有一批优秀学生代表被选中,用来当着所有人的面展示。

邵轻宴这个名字连带着他的照片,就是实验中学荣誉墙上的头名。

林嘉佳戏称他是学霸帅哥。

据那天的陶景然透露,这位学霸虽然还没有参加高考,但因为已经拿到了全国数学奥林匹克竞赛的排名,还有各种省级优秀学生的加持,所以刚好在元旦前被保送了Q大。

因为家里的缘故，林嘉佳和黎粲，还有何明朗和岑岭他们，从小念的就是国际学校。

包括陶景然。

虽然他中途离开了云城几年，今年才刚转学回来，但不论他是在云城，还是在其他城市，都毫无例外，学的是有别于普通高考模式的东西。

他现在在实验中学念的也是国际部。

所以对这种普通高中的学霸，林嘉佳一直有一种异样的好奇。

而这个邵轻宴，能够被林嘉佳称为学霸帅哥，是因为在荣誉墙上那一堆蓝底校服的照片里长得格外出众。

所以林嘉佳就对他格外重视了一点。

陶景然提起这个名字，的确叫林嘉佳眼睛亮了一瞬。

但也只有一瞬间。

很快，她就嗤笑道："就是那个保送Q大的？人家跟你有什么好聊的？不会是你一路扒着人家不肯放，硬拉着要聊天吧？想要沾沾学霸的喜气？"

"说什么呢！说什么呢！"陶景然一拍桌子，面容有些冷峻，"你这完全就是狗眼看人低了啊，林嘉佳同学。我和他都是男人，都是这世界上的碳基生物，有什么东西不能聊的？何况，照你这么说，那粲粲成绩也好，难道我跟粲粲也是没东西可聊了吗？你问问粲粲，我哪回不是她最忠实的听众？你问问她同不同意你这个说法？"

黎粲没有想到，她坐在边上都没有说话，这场没有硝烟的战争还是会波及她。

她淡淡瞥了陶景然一眼，好像实在听不下去了，沉默地捧起奶茶，把脸别向窗外，拒绝回答这个问题。

今天虽然是周六，但公立学校也有课程安排，所以校门口还有门卫站岗。半封闭学校的校门口冷冷清清，偶尔有穿着校服的学生姗姗赶来，从一旁的小门处进去。

黎粲屏蔽了林嘉佳和陶景然仍旧持续不断的争吵，无趣地支着脑袋，就着这个视角，观摩起实验中学大门正上方那块引人注目的牌匾。

据说那是实验中学第一任校长留下的题字。

黎粲即便不怎么懂书法，也能看出是行书。

她一动不动地盯着那块牌匾，一盯就是十几分钟。

她最近总是这样，一看见什么东西，就喜欢盯着它发呆，不知道在想些什么。

等她回神的时候，坐在对面的两个人居然已经停止了争吵，开始奇迹般地讨论起女生爱好这个话题。

"所以你还是建议我送她包包比较好？"陶景然虚心请教道。

林嘉佳恨铁不成钢："啧，我都说多少遍了！有创意的包包、鲜花，还有卡片，一个都不能少！"

"那就是送包呗！"钢铁直男陶景然心领神会，"鲜花、卡片到时候喊店里帮忙一起打包不就好了？我花大价钱买个包包，他们连鲜花、卡片都不会给我准备吗？"

"当然，你提要求，他们还是会帮你准备好的。"

"那不就得了！"

这两颗脑袋凑在一起，黎粲也不知道他们是怎样的天马行空，很快，他们又从什么样才算有创意的包包，聊到了赛博朋克和机甲战士……

黎粲皱着眉头，换了个姿势撑着脑袋，在认真听了几分钟之后才总算摸清了套路。

陶景然这是为了拖住林嘉佳，编造了一个班上女同学生日，请她给自己出谋划策买礼物的事呢。

黎粲挑眉，无比佩服他的脑回路。她双手撑直，伸了个懒腰的间隙，就看见奶茶店的大门又被人推开，进来几个女孩子。

时间不紧不慢，居然已经到中午了。

刚进门的几个女孩子都穿着实验中学的校服，看起来是最早冲出校门的一批。

她们站在不远处点单，好像还有跟陶景然相识的，对着他们这桌窃窃私语一阵之后，就有人站了出来，喊了陶景然一声。

陶景然终于停止和林嘉佳的话题交流，回头和人打招呼。

"哇哦。"林嘉佳挤眉弄眼，"你在实验还挺受欢迎？"

"那是！我是谁？"

陶景然开朗地跟人家打过招呼之后，又继续和林嘉佳深入交流如何讨好一个热爱艺术且又不缺钱的女孩子。

黎粲听了一阵之后，就没兴趣再多听，打了个哈欠，摸出手机。

何明朗和岑岭又给她发了不少消息，全是在通知她派对准备的进度情况。

按照何明朗和岑岭的计划，他们可以在下午三四点钟带着林嘉佳过去，所以中午他们还得自己在外面解决午饭。

黎粲给何明朗回了个"知道"，抬起头，正打算问对面两个人中午想吃什么，却不期然察觉到一道目光正小心翼翼地落到自己身上。

她越过对面两人的身影，和那道目光直接对上。

那是个长相、气质都蛮可爱的女孩子，看起来人畜无害的样子。

黎粲冰冷到毫无温度可言的眼神一投射过去，就将人吓得赶紧低下了头。

她盯着对方看了两秒，记起对方就是刚刚和陶景然打招呼的那个。

黎粲也不知道对方为什么要盯着她看，但她从小到大从来不缺注视的目光，所以也没有再将对方放在心上。

黎粲收回眼神，拿手机点了点桌面，问："中午吃什么？"

"啊？"

骤然被打断谈话，陶景然好像也才意识到居然已经中午了。

他看了眼周围，说："再等等。我订了衡山路一家私房菜，刚刚忘了跟你们说，等会儿邵轻宴也跟我们一起吃。我爸最近打算给我弟换一个数学家教，邵轻宴不是数学一直很厉害嘛，我上午就跟他说了一下这个事情，中午约他详谈。"

"你上午还真跟人家学霸碰上了？"林嘉佳惊讶，一直以为他是在开玩笑。

"开玩笑，我是谁？犯得着撒这种谎吗？"

陶景然对她的这种猜想很是不屑，打开手机里邵轻宴的微信页面，得意扬扬地晃了晃。

"我不仅认识人家，跟人家聊过天，上午还特地跟人家互换了微信呢。稍等啊，我发个消息问他忙完了没有，他好像是同学校办什么材料，忙他保送的事……"

说起保送的事，陶景然脸上始终有一种与有荣焉的自豪感。

看他嘀嘀咕咕的，埋头跟对方联系，林嘉佳终于得空，趁机坐到了黎粲身边。

"瞧他那个嘚瑟样，好像保送Q大的是他一样。"

黎粲笑了笑，深有同感。

林嘉佳悄悄又靠得离黎粲近了点，继续说："幸好我今天早上出门化了妆,待会儿千万记得提醒我要保持淑女形象,我怕我被陶景然一呛,就忍不住跟他吵架。"

黎粲不解,盯着林嘉佳看了两秒。

林嘉佳粲然一笑。

黎粲立马便明白了。

国际学校的升学进度和国内普通高中的不一样,黎粲和林嘉佳打算去英国念书,所以早在元旦之前就把申请书提交上去了。

现在,她们基本相当于中学毕业,接下来要做的只是在家里等大学录取通知书。

不多时,天上果真飘起了细碎的小雪。

陶景然在和邵轻宴一阵打字沟通后,终于拨通了电话。

"吃饭就算了,补课的事,我现在过来跟你说就行,你有什么要求……"

黎粲隐约听到电话那头的声音。

干净、清冽,却又有丝模糊,好像此时外面雪落下的声音。

陶景然在越来越嘈杂的奶茶店里对着电话说:"哎呀,学霸,我餐厅都订好了,说好了人数,人家菜都准备齐全了,你现在不去,那我们三个人也吃不完那么多菜啊……"

不得不说,陶景然劝人吃饭的本事很有一套,或许是跟他爸在生意场上学的。

电话对面的人对他的这套攻势好像也招架不住,没过多久,黎粲就听见电话里传来一声轻微的叹息,而后吐出两个字:"好吧。"

陶景然立马喜笑颜开,又报了一遍他们现在所在奶茶店的位置。

在听陶景然报位置的时候,黎粲不知道为什么,好像突然有了某种神奇的感应。

她福至心灵般回头,望向人群拥挤的窗外。

窗外,是下着细雪的天空、陆陆续续打起伞的学生、越来越白茫茫的背景,还有穿着黑色羽绒服缓步靠近的少年……

这是黎粲和邵轻宴的第一次对视。

很多年后,隔着遥远的时空,隔着五千多公里的直线距离,她还是会不可避免地想起这个在实验中学的晌午。

少年一身寒气,静静地站在离她不远的玻璃窗外。

而她回敬的,是一道冬日里倨傲不已的眼神。

他们隔着厚实的玻璃窗对望。

窗户外，是漫天的飘雪和鼎沸的人声。

黎粲不是个自来熟，但陶景然和林嘉佳是两个完完全全的话痨型选手，不管对面坐着的是谁，只要是同龄人，他们都能侃侃而谈，无话不说。

去往私房菜馆的路上，几个人坐的是陶景然家的商务车。

黎粲和林嘉佳坐在后排，陶景然和邵轻宴坐在前排。

"对了，学霸，给你介绍一下，这两个是我以前的同学，也是我从小玩到大的好朋友。她们在思明国际上学，中午跟我们一起吃饭。"担心邵轻宴会不自在，陶景然先跟他介绍了林嘉佳和黎粲。

林嘉佳笑着和他说了自己的名字，黎粲也跟着提了一嘴。

"邵轻宴。"他说。

因为黎粲的座位在邵轻宴的正后方，所以她看不见邵轻宴回答的时候是怎样的神情，只知道他的声音听上去比电话里的还要冷一点，也更清亮一点。

陶景然笑嘻嘻地接话："她们早就在学校的荣誉墙上看到过你的名字了，上回还在你的名字前站了很久呢。"

"是啊，学霸，久仰大名！"林嘉佳扒着陶景然的座椅，笑得天真无邪、活泼灿烂。

黎粲看见邵轻宴又谦逊地点了点头。

这场不冷不热的初相识，就这么结束了。

私房菜馆的地点离实验中学不远，就在隔了两条街的衡山路那片的梧桐人道上。

"黎粲，你觉得他怎么样？"

林嘉佳在车上跟人兴致勃勃地聊了一路，下车的时候，却挽住了黎粲的胳膊，神色有点纠结。

黎粲瞬间领悟了她的意思，故意和她走得很慢，落在两个男生身后。

林嘉佳悄声说实话："我觉得他有点闷，不太爱搭理人。"

林家是做大型游乐园生意的，在林嘉佳还小的时候，家里的游乐园就已经开遍了全国各地，在各个城市都有着大量的宣传和巨大的客流量，这也就导致林嘉佳从小到大接触到的人对她几乎都是笑脸相迎的。

"这么闷的人,我还真没见过。刚刚那一路,要不是陶景然一直在找话题聊,我感觉我和他简直就是没话说。"

黎粲笑而不语,对于林嘉佳的评价没什么大的意见。

她想,姓邵的的确很不爱搭理人。

陶景然订的餐厅包间,虽然坐落在整条街都充斥着法式风情的梧桐大道上,内里装饰却是极富诗情画意的中国风。

几个人吃饭聊天都还算是正常,席间,因为林嘉佳带了一台小型的迷你CCD(charge coupled device,带有电荷耦合器件图像传感器的数码相机),所以大家拍了几张合照,而借着要发照片的由头,林嘉佳又十分自然而然地要到了邵轻宴的微信。

黎粲没加邵轻宴的微信。

一顿饭结束,他们便要跟邵轻宴分道扬镳。

林嘉佳一开始还是活蹦乱跳的,只是渐渐地,饭越吃到后面,黎粲就越能明显地感觉到她的心不在焉。

陶景然去送人的时候,林嘉佳和黎粲一起站在梧桐树下,林嘉佳把脑袋搭在黎粲肩上,像只抑郁不振的小仓鼠:"粲粲,这实在不行,要是学霸都是这个样子,那也实在是太难相处了。"

这一顿饭下来,林嘉佳的热情可算是被彻底磨没了。

她从未想过,成绩这么好的学霸,颜值这么爆表的学霸,在跟人聊天的时候居然会是这样的沉默寡言。

饭桌上要不是有陶景然一直在活跃气氛,她估计这一顿饭吃完都不会说超过十句话。

黎粲笑了笑,对于这种结果,完全是一副意料之中的样子。

林嘉佳还趴在她的肩膀上长吁短叹:"罢了罢了,和学霸交朋友也不是什么生活必需品,以后有机会再说吧。"

黎粲安慰道:"别在乎什么学霸了,马上要过年了,你不是想去澳洲玩吗?等录取通知书出来,我们直接去澳洲呗,回来的时候一起去香港,听说维多利亚港今年的烟花设计师是明叔,期待一下?"

"居然是明叔啊?"林嘉佳一听,立马振作起来,"好哎,你这么一说,我也想起来已经好久没有看过维多利亚港的烟花了,上次去还是三年前。今晚回家我就要跟爸妈商量,先去澳洲,过完年就去维多利亚港看烟花!"

因为黎粲的妈妈是香港人，外公一家常年住在香港，所以每年过年放假期间，她都有一半的时间待在香港，一半的时间待在云城和其他世界各地。

陶景然回来的时候，两个人正在就过段时间的旅行聊得兴致勃勃。

"回香港？加上我一个呗。"他横插一脚进来说道。

"去去去，闺蜜旅行，你凑什么热闹？"

"男闺蜜怎么就不算闺蜜了？"

"你可别不要脸了！"

陶景然被林嘉佳狠狠地拒绝了。

她和黎粲各自把手揣在大衣口袋里，又在漫天飘雪的梧桐树下站了好几分钟，就开始想着要回家了。

"回家？别啊，这么好的雪景，你们难道不想拍照吗？"陶景然立马制止道。

黎粲倒也还记得今天出门的任务，跟着附和："是啊，你还没有专门给陶景然拍过雪景写真吧？今天要不试试？"

林嘉佳看了一眼陶景然，一手抱紧自己装着相机的包包，一手拉着黎粲，故意大声密谋："粲粲，你自己想要拍写真就直说，快叫姓陶的拉倒吧！"

虽然话是这么说，但最后陶景然还是收获了来自林嘉佳同学冒着漫天飞雪为他拍摄的绝美写真照一组。

傍晚给林嘉佳准备的惊喜派对，如他们预期的那样，进行得十分顺利。

晚上回到家，已经很晚了。

黎粲刚从浴室洗完澡出来，就收到了来自"亢奋星人"林嘉佳在群里发送的一堆照片。

里面有林嘉佳的，有陶景然的，有何明朗的，有岑岭的，还有他们今晚为她惊喜庆生一起拍的很多很多张照片……

只是黎粲没有想到，压在最后面的几张，是中午时他们和邵轻宴一起在私房菜包间里拍的。

少年站在她身后，距离不远不近，褪去黑色的羽绒服外套后，内搭是棕色的毛衣和长裤，一张脸清俊无双，身材又高又瘦，很是上相。

黎粲对着那几张照片反复看了很久，最后点击了保存。

那个时候的黎粲无论如何也想不到,在很多年后的某天,她还是会反反复复地把这张照片翻出来欣赏。

1月12日,云城初雪。
黎粲和邵轻宴的第一张合照。
没有很亲密。

第二章 · 捉弄

云城的这场雪,一下就是好几天。

好几年都没有下过这样大的雪的城市,因为这场早就有预谋的暴风雪,好像一时进入了停摆的时刻。

黎粲一连窝在家里三天没有出门。

就连她向来勤快的爸妈,也因为这场雪,难得地在家里休息了一日。

第四天的时候,她终于被爸妈拉扯着出门,去了同小区的陶景然家。

劳模如她的爸妈,就算是因为大雪被迫在家休息,也不忘抓紧时间维护好自己的社交。

前几年,由于公司需要拓展业务,陶景然的爸妈被陶家当家的老爷子派去了江城,一待就是好几年,连带着陶景然和他的弟弟、妹妹也在江城生活了很久,最近才回到云城。

回到云城之后,各种人脉和关系当然是亟需重新维护起来。

黎家家大业大,和陶家又同住在一片庄园小区,算是邻居,所以这顿饭是迟早的事情。

虽然是同小区,但是从黎家到陶家还是有不短的距离,黎粲跟着自家爸妈坐车到陶家门口的时候,恰好是下午过半。

在进入陶家别墅的大门之前,黎粲裹着大衣,注意到陶家前厅花园角落里停靠着一辆算不上新的,甚至可以说是很古老的自行车。

自行车被养护得倒是还行,只是款式很旧,旧到就算是十年前送到黎粲的手上,她也是懒得多看一眼的程度,和这座庄园格格不入。

这样一辆自行车会出现在这里,也是奇怪。

她对着自行车多打量了几眼,片刻后便跟着爸妈进了陶家明灯璀璨的屋内。

身为陶景然从小玩到大的朋友，黎粲自然不是第一次来到陶家，也不是第一次见到陶景然的爸妈。

大人们有他们的事情要谈，黎粲和他们打过招呼之后，就被告知陶景然带着弟弟、妹妹正在楼上房间，她可以去楼上找他们玩。

黎粲乐得自在，一路摸着楼梯的扶手向上，轻车熟路地找到了陶景然的房间。

自从上回聚餐过后，黎粲和陶景然已经有三四天没见了。

"咚咚……"

她敲了两下门，屋里没人理。

想到陶景然的房间也是比较大的套间，他可能在里屋没听到，于是她又加重力度敲了两下。

还是没人理。

黎粲只能掏出手机，打算给陶景然打电话。

然而，就在她刚刚打开手机屏幕的那一刻，终于听见里屋传来"啪嗒"一声，随后有一阵脚步声由远及近。

她好整以暇，很快又关上了手机，等着人来开门。

在门打开的一瞬间，黎粲的声音也随之响起："你敢不敢再……"

后面的"磨蹭一点"四个字卡在了喉咙里，没有说出来。

因为黎粲看见站在门后面的人并不是她熟悉的陶景然，而是陶景然专程在学校里为他的弟弟陶明诚请回来的家教老师——邵轻宴。

这是黎粲第二次见到邵轻宴。

她从未想过会在此时此地碰见这个人。

看见他的一瞬间，她想起了那辆停靠在陶家花园里的破旧自行车，好像一切都有了合理的解释。

原来是这样。

她安静地站立在门前，注视着邵轻宴。

邵轻宴同样也看着她。

"陶景然呢？"没过多久，黎粲先问。

邵轻宴的脑袋往里转，扫了眼屋内的沙发。

很快，他就把门完完全全地打开，让黎粲能够一眼看全屋里的景象。

摆在落地窗边的沙发上正躺着两个呼呼大睡的身影，一大一小，各盖着一条毛毯，几乎占据了整个沙发的位置。

黎粲没有想到，就睡在客厅的两个人居然听不到她的敲门声。

她沉默了。

"小邵老师，是谁来了？"

而在另一边的书房里，还等着老师回去上课的陶明诚在老师过了两分钟还没有回来之后，就迫不及待地伸出了脑袋，探头探脑地望了过来。

黎粲看着小小的陶明诚，陶明诚也在眼神纯净地仰望她。

陶家有三兄妹，陶景然是正儿八经的老大哥，陶明诚和陶明萱则是后来出生的龙凤胎兄妹。

由于陶景然和自家龙凤胎弟弟、妹妹年纪差得比较大，所以从很小的时候开始，陶明诚和陶明萱兄妹俩就都喜欢黏着他，白天里无论做什么事，都喜欢赖在这个大哥的房间里。

"粲粲姐！"陶明诚见到是黎粲，模样还是很乖巧的。

黎粲点了点头，本来想在陶景然这里躲个清静，但环顾一圈，发现他这个客厅好像已经没有自己落脚的地方了。

于是，她眼珠子一转，想起陶景然的书房倒是挺大的。

她问陶明诚："小诚，你书房能借我坐一会儿吗？"

陶明诚仰着脑袋："当然可以。但是老师给我讲课可能会有点吵，粲粲姐你要听老师给我上课吗？"

黎粲顿了下，这才想起她去书房好像应该再问问邵轻宴的意见，毕竟现在是他给陶明诚上课的时间。

这是他们的第二次相见，她就要旁听他给学生上课。

她不偏不倚，将目光又落回身边站着的人身上。

"我随便。"邵轻宴轻飘飘地落下一句话，带着陶明诚先行回了书房，留下黎粲站在原地看着他的背影发愣。

——"我随便。"

——"我都行。"

她想起前几天林嘉佳喊他拍照的时候他的回答。

他倒是没脾气，向来不挑。

黎粲轻哂一声，跟在他们身后进了书房，轻手轻脚地帮忙把门关了。

书房里的讲课，对黎粲来说，有些枯燥和无聊。

她天生对数学不感兴趣，虽然每次考试都能维持高分，但那都是她硬逼自己的结果。

她坐在沙发的最角落里，尽量不吵到他们，也尽量不让他们吵到自己。

她一只耳朵塞着耳机，以防万一，留了一只耳朵听外面的动静。

邵轻宴给陶明诚讲课的声音、陶明诚发现自己没听懂时提出疑问的小奶音……虽然黎粲都没有听得很真切，但多多少少还是留下了点印象。

她闲闲地靠在沙发上，偶尔抬头瞥他们一眼。

"呼，终于做完了。"

等陶明诚再一次完成邵轻宴给他出的随堂检测时，墙上挂钟的时针已经慢慢指向了六点。

邵轻宴看完了陶明诚写的答案，基本没什么问题。

"那今天的课就上到这里，你要是还有什么不懂的，可以写在本子上，下回我过来给你讲解，或者直接叫你哥哥发微信给我也行，我有空就会回你。这是刚刚给你出的几道题目，在我下回过来之前你要全部做完……"

终于要结束了。

黎粲听着他们的动静，也跟着摘下了自己的耳机，缓缓动了动脖子。

陶明诚绷紧小脸，好像全程都在认真听邵轻宴讲话。

只是听完了他的话之后，陶明诚点着头，突然从抽屉里掏出一盘五彩的弹珠跳棋。

"老师你现在就要走吗？可以陪我玩一局跳棋再走吗？"陶明诚的声音还自带属于小孩子的甜糯。

黎粲好奇地抬眼看过去。

"我哥哥说你很厉害，我可以在你上完课之后再跟你玩一局跳棋。"陶明诚仰着嫩白的小脸，一脸真诚地望着邵轻宴。

邵轻宴好像很不理解他的逻辑。

"为什么我很厉害就要跟我玩一局跳棋？"

"因为爸爸、妈妈没有时间陪我玩，哥哥已经玩不过我了，妹妹也玩不过我，家里的保姆也玩不过我……他们都不爱和我玩跳棋，我已经很久没有对手了。"小小的陶明诚抱紧怀里的跳棋，和他解释。

邵轻宴听明白了，黎粲也听明白了。

她看见邵轻宴起身站在桌前，开始收拾自己的东西。

"那只能玩一局。我今晚还有事情，不能陪你很久。"

"好！"陶明诚的眼睛亮了。

黎粲无声轻笑着，听完他们的对话，又继续窝回到沙发里，打算再玩会儿手机。

"粲粲姐姐，你玩吗？"哪知道陶明诚眨巴着眼睛，又把算盘打到了她身上。

一盘跳棋六边格，是可以三个人同时玩的。

黎粲挑眉，看着陶明诚。

"我哥哥说你也很厉害，还说下回你来家里玩就可以找你玩。"

你哥还真是……自己不行，只会把饼画在别人身上啊。

黎粲很想现在就冲出去把陶景然的领子揪起来，对他翻一个白眼。

但是在听完陶明诚的话之后，她向来黑白分明的双眸缓缓看向站着的邵轻宴身上。

他真的很高，黎粲从见到他的第一眼就发现了。

黎粲不算矮，一米七往上，在众多的女生当中算是偏高的存在，但是她站在邵轻宴面前的时候，还需要仰望他。

此时此刻的邵轻宴正埋头整理自己的东西，好像已经做好玩完一局立马就走的打算。

他听见陶明诚的话，也跟着陶明诚回过头来看她。

黎粲放下手机，终于把目光转回到陶明诚的脸上，在刺眼的白炽灯光下，朝他露出一个欣然的笑意。

"玩。"她说。

邵轻宴骑车回到家里，晨光熹微。

屋子里安安静静的，好像人还在睡觉。

等他开门进去之后，很快，邵沁芳女士就从里屋走了出来。

"回来了？"她柔声问道，"昨晚怎么连家都没有回，直接从补课的人家里去便利店上班了？"

"嗯。"邵轻宴放下书包，没有多说话。

"那昨晚吃饭了吗？"

"吃了。"

邵沁芳这才稍稍放下心，继而又问道："是在补课的那家人那里吃的吗？昨晚补课的人家怎么样？"

"还行，一家人都挺好。"

不管哪一家人，邵轻宴总是这样的回答。

邵沁芳虚弱地叹了一口气，好像并没有发现儿子的避重就轻，只顾着自责道："都怪妈不中用，你都保送了，还要你自己在外面辛苦挣生活费……"

"没事，"邵轻宴习以为常地安慰她，"这不关您的事。保送之后反正不怎么需要去学校了，我在家里闲着也是闲着，不如多去外面接点补课的活，方便又轻松。"

"何况……"他顿了下，"那家人真的挺好的，我就是昨晚临时给他讲题过了时间，所以来不及回家吃饭了。"

邵沁芳听到这儿，总算露出一点笑意。

"可是你总这么忙也不行，补课的活轻松，那便利店的活就暂时先别干了吧……"

邵轻宴自从确认保送之后，慕名前来找他补课的家长自然不少，包括陶家在内，他一口气接了三家补课的活。

除此之外，他还利用零碎的时间在家附近的便利店里兼职，每天忙忙碌碌，不是在给学生补课，就是在便利店上班。

他虽然年轻，但一天到晚这么辛苦，邵沁芳看着实在心疼。

"便利店不大，大部分时候只是站着收银，也不是很累。我还年轻，能多挣就多挣点。"邵轻宴显然并不会因为妈妈的几句话就轻易辞去自己的工作。

熬了一整个晚班，他脸色不是很好，把书包放进房间之后，就去厕所里洗了把脸。

邵沁芳站在原地，又叹了口气。

"我做好了早饭，吃点早饭再睡吧。"她又告诉邵轻宴。

"好。"邵轻宴很快洗漱好，进到狭小的厨房里去帮她端早餐。

黎粲起床后，又看到了昨晚自己没有复盘完的那盘跳棋。

散落在棋盘上的透明玻璃珠子看似杂乱，却是她凭着记忆中和邵轻宴走过的步骤一点一点复刻下来的。

从前，黎粲从没有把保送 Q 大看作多么厉害的事情，毕竟这是其他人努力的终点，却从来不是她的目标。

但是经过昨晚和邵轻宴下过一盘跳棋之后，她发现，有些人能够被保送，的确有其独特之处。

邵轻宴很聪明，比她见过的绝大部分人都聪明。

只是很普通的小孩子之间的游戏，但他走的每一步棋都能轻轻松松地把她压制住，叫她有些吃力。

黎粲很久没有这种感觉了。

如果不是他们之间的赛场上还有个小孩子陶明诚的话，她想，邵轻宴一定会更加快速又更加残忍地结束掉和她的棋局。

她站在棋盘边，看着昨晚绞尽脑汁才复盘出来的成果，刺眼的光晕从边上的落地窗照进来，折射出一片五彩斑斓，心头突然莫名其妙涌上一股烦躁。

终于，黎粲实在没忍住，抬脚踢了踢眼前的矮脚茶几，棋盘上的玻璃珠子跳动了几下，有几颗在震动中移了位。

她冷冷地看着那几颗珠子，下一秒，转身扬长而去。

黎粲今天心情不是很好。

有不少人看出来了，但也有不少人没看出来，毕竟这位大小姐从来都是这样的一张冷脸，平等地对所有人都爱搭不理。

今天是学校里舞蹈社团的聚会，因为社团里有不少G12（国际学校十二年级）的人都已经拿到了去往英国的录取通知书，所以聚会上可以听此起彼伏的祝贺。

"恭喜啊，你和林嘉佳要一起去英国了！"艾米莉走到黎粲面前。

黎粲瞥了艾米莉一眼，没有说话，艾米莉觉得被鄙视了，但这件事情发生在黎粲身上，她觉得好像又尚可接受。

黎粲从来都是这样的，拥有优渥的出身，拥有别人艳羡不来的身高和身材，拥有一张精致到极点的脸蛋，但总是喜欢冷着一张脸，像是谁欠了她五百万一样。

艾米莉没趣地撇撇嘴，却还是选择继续待在黎粲身边。

"听说林嘉佳最近和实验中学一个保送Q大的帅哥走得很近，是不是真的？"

闻言，黎粲没忍住冷嗤了一声。

她就知道，这个人怎么会无缘无故过来跟她搭话，原来还是想要打听林嘉佳的消息。

艾米莉和林嘉佳，是一对不折不扣的冤家。

两个人从小掐架到大，明明互相厌弃，但又十分关注彼此的消息。

上回他们几个朋友给林嘉佳办了一个生日惊喜派对，拍了很多照片，当晚回去之后，林嘉佳就整理出长图，发了个九宫格的朋友圈，其中就有那天中午他们在私房菜馆的包间里拍的，邵轻宴也在的那张。

黎粲估计艾米莉是从那些照片当中捕的风捉的影，然后来她面前找存在感的。

实验中学和思明国际就隔了两条马路，艾米莉会知道一些隔壁学校的风云人物，倒也说得过去。

"关你什么事？"黎粲看也没看艾米莉，情绪淡淡的，瞧上去实在懒得和她说话。

"都是同学，我还不能问问吗？"艾米莉噎了一下，显然有些被黎粲气到了，"黎粲，我知道我和林嘉佳关系不好，所以你也总是帮她来气我，不过我真的是出于好心，想要告诉你们一句，实验那个保送 Q 大的帅哥可不是什么有钱人，跟你们根本不可能是一伙的。你们要找朋友玩啊，完全找错人了。"

黎粲皱了皱眉，不知道她怎么有脸说出这种话。

她们要和谁做朋友，轮得到她来指指点点了吗？

而艾米莉完全没有察觉到黎粲不对劲的情绪，继续道："你们怕是还不知道那个学霸帅哥的家境吧？我都打听过了，他家穷，很穷很穷，这是整个实验中学无人不知的事实。他从上高中起就自己在外面做兼职，在学校里拼了命地拿奖学金，他没有爸爸，只有一个生了病的妈妈，如果他自己不干那些活，不去争不去抢那些东西，那他恐怕连每个学期的学费都交不起。

"现在也是一样，就算已经被保送 Q 大，就算 Q 大给他免了学费，他还是每天都得去做兼职，这样才能攒到去北城的路费和生活费。

"黎粲，你跟林嘉佳是朋友，林嘉佳的性格你是再清楚不过，她随便在街边买个包包，那学霸估计都得不吃不喝攒几个月的钱才行，你觉得他们真的合适吗？"

不合适。

她们之间不论任何一个人去和邵轻宴做朋友，其实都不合适。

这件事情，黎粲从一开始就知道。

只是她不知道，艾米莉到底有什么资格站在这里趾高气扬地跟她说这件事情。

是，因为昨晚在陶家的那件事情，黎粲目前不是很看得惯这位学霸，但相比艾米莉这样子站在自己面前高高在上地发表长篇大论，她突然觉得那位姓邵的学霸好像也顺眼了起来。

她双手抱胸，气定神闲地看着对方："所以呢？"

"你告诉我这些，是想要说明什么？他们俩适不合适做朋友，又关你什么事？"

"我……"艾米莉被她理直气壮的语气噎了一噎，"黎粲，我是在为你们好！"

黎粲从座椅上起身，本来今天她就不是很有心情来参加这场聚会，现在被艾米莉这么一闹，终于下了离开的决心。

"为我们好？艾米莉，不管你和林嘉佳怎么吵，但你以后最好少出现在我面前，并且少嚼我朋友的舌根，不然我也可以去找人调查调查你的那些朋友，并把他们的光荣家境全部公布于众，叫大家都讨论讨论。"

她穿好大衣，捞起包包，在临出门前深深地看了眼艾米莉，眼里尽是鄙夷。

其他人不明所以，不知道黎粲怎么突然就要离开了。

"粲粲，这是怎么了？"社长跑过来，想调和两个人之间的关系。

黎粲瞥了社长一眼，出于礼貌，还是和她道了个别，随后不待人反应过来便直接转身，大步流星地离开了这个包间。

身后声音嘈杂，黎粲的脚步却越走越快。

从五楼到了一楼，黎粲一路坐电梯下来，出门又是熟悉的梧桐大道。

家里的司机没有接到她的通知，这个时候自然不会在楼下等她。

她矗立在冷风中，环顾四周，突然就冷静了下来，有些不知道该去哪里。

她站在原地，脸上还带着一丝刚才面对艾米莉时的勃然怒意。

黎粲觉得自己最近已经很少在别人面前露出这样赤裸裸的情绪了。

她也说不上来具体原因，是因为艾米莉诋毁了林嘉佳吗？还是因为艾米莉一直在暗讽邵轻宴是个什么都没有的穷小子吗？

她感觉都不是，好像还是因为昨晚输的那盘棋。

黎粲不否认，自己天生就是一个好强的人。

关于邵轻宴的家境，她早就知道了，但是艾米莉的那些话，就像再一次把这些事情裹成了针刺，反反复复扎在她的心间。

她每多说一句，她的心里就像有个小人在不停地跳舞，并且说：看啊，黎粲，就他那样的家境，下个跳棋都能把你碾压，你再看看你，从小到大就拥有那么多，你难道不觉得可笑吗？你难道不觉得羞耻吗？

她双手再度抱胸，冷着脸，慢吞吞地走在早就没有树叶的梧桐树下，在寒风再度袭来的时候，狠狠地吸了下有些冻红的鼻子。

今天云城的雪难得停了，却因为化雪，比前几天还要冷一点。

远处天光还亮，她缩了缩脖子，暂时还不想这么早回家。

满大街都是陌生的身影，她浑身冷清，混入其间，却也是真的不知道自己该去哪里。

突然，有一道骑着自行车的清瘦身影猝不及防闯入她的视线中。

黎粲目光颤了颤，几乎是下意识脱口而出那个名字："邵轻宴！"

后来，邵轻宴回想起那天下午的梧桐大道的情景，应该是黎粲第一次主动喊他的名字。

在那之前，他对黎粲的印象其实并不深，无非一个长得好看、家里又有钱的小公主，总是以冷漠的眼神看着别人，高高在上，不染尘埃。

如果不出意外，他们除了那顿饭，还有那一盘幼稚的跳棋，这辈子应该都不会再有交集。

但是她叫住了他。

他摁紧自行车的刹车，回头看她。

少女姣好的面庞暴露在冬天的冷风当中，鼻子被吹得通红，一双水灵灵的眼睛定定地落在他的身上，好像越过了千山万水在观察他。

邵轻宴心里猛然被刺了一下，不知道这是一种怎样怪异的情境。

当然，他也不知道黎粲为什么突然会叫住自己。

他们有什么交情吗？

好像没有。

他停在路边的梧桐树下，看着她静静地站在那里。

他们之间，现在还不是刚刚好可以讲话的距离。

但是黎粲叫完他的名字之后，好像就没有走上前的打算，她只是站在那里，一动不动。

邵轻宴干脆也坐在自行车上，单脚点地，回望着她，一动不动。

两个人谁都没有先说话，谁都不知道对方想要说什么，好像在暗暗较劲。

但其实邵轻宴也不知道,自己和这种生来就站在金字塔尖的小公主有什么好较劲的。

"巧啊。"

时间在一分一秒地流逝,就在他打算收回目光,继续沿着这条梧桐大道骑行的时候,黎粲终于先忍受不住这样的风吹,上前来打破了两人之间诡异的沉寂。

原来她真的是在喊他。

"嗯,巧。"邵轻宴只能留在原地,一板一眼地回她。

黎粲看了眼他的自行车,又主动先问:"你这是要去哪里?"

"家教。"

"哦。"她抬头看了看前方,"但这不是去陶景然家的方向。"

"我去别人家家教。"

"哦……"黎粲有些没话说了。

林嘉佳说得不错,闷葫芦就是个闷葫芦,能够忍受住闷葫芦的,都是非一般的人才。

"我今天跟同学出来聚会。"黎粲双手插在大衣口袋里,继续找着话题。

邵轻宴只是看着她,没有再回她的话,因为他也不知道自己该说什么。

黎粲又说:"但是我不想跟他们再待下去了……我现在一个人在大街上,不知道该去哪里。

"你要去家教,载我一程吧?"

邵轻宴眨了眨眼,以为是自己听错了。他蹙起向来冷硬的眉,又看了看黎粲。

黎粲却不是在开玩笑:"就当我是在开盲盒,你随便载我一程,带我去兜风吧。"她慢慢把目光移向这辆自行车的后座。

老旧的自行车有老旧的好处,现在新的自行车,哪里还有可以载人的功能。

她极富自信地看着邵轻宴,好像知道他一定会答应一样。

邵轻宴沉默了一下,的确没有拒绝,或许是因为昨天才刚见过面,或许是因为她是陶景然的朋友——陶家在他做家教的这三户人家里,给的钱是最多的。

黎粲裹紧自己的大衣，在他默认之后，直接又上前两步，一屁股坐在了冰凉的后座上。

可下一秒，她又从后座上弹了起来。

谁能告诉她，为什么这铁做的后座，冬天可以这么冰凉刺骨？

她眼里噙了些怒意，生生地瞪着那个不会说话的座椅。

邵轻宴仍旧维持着原来的姿势没有动，在黎粲被迫离开座椅之后，也没有吱声。

他的沉默仿佛在向黎粲说明：这个后座就是这样，坐不坐，完全看你自己。

黎粲硬着头皮，一时间也不知道自己为什么要这样找罪受，最后，她还是扶着自行车后座的一角，缓缓坐了回去。

侧边坐的姿势，叫她想要在自行车上找到一个安全可靠的支撑点时，有点费劲。

黎粲不是没有看过偶像剧，知道通常这个时候抱紧前面那个人的腰身是最好的选择，但她也不是什么都不挑的……

她仰起头，看了看挡在自己身前邵轻宴那单薄的脊背，最终还是选择把手抓在他的车座底下。

这个位置蛮好，什么也不会碰到。

黎粲的满头秀发在寒风中飞扬。

因为有邵轻宴的遮挡，她的脸颊好歹没有感受到太大的风吹，只是两只耳朵差点冻到失去知觉。

自行车一路驰骋过衡山路，仿佛看不到尽头的梧桐大道，沿着街角拐过弯，又继续向前行驶了两个街区。

兜风真的叫人开心。

黎粲坐在邵轻宴的后座上，原本还带着很多复杂不明的心绪，但是在狂风不断呼啸过她的耳侧时，她除了想要牢牢地抓紧车座一角，还有欣赏沿途的风景，再也想不到别的事情。

空气中有雪后的清香。

在她自己都没有意识到的时候，她的脸上已经露出了享受的表情。

邵轻宴骑车的技术还算老到，一路都没有让她感到很颠簸，偶尔快偶尔慢，黎粲很是能适应。

在过了十多分钟之后，自行车终于停了下来。

黎粲看了看眼前的小区，知道这应该就是邵轻宴给人家补课的地方了。

她自觉下了车，一米七一的个子，亭亭玉立地站在他眼前。

"谢了。"

她好像真的恢复得不错，原本在梧桐大道上那股明晃晃的戾气已经差不多消失不见了。

身后有半明半暗的光线照耀，邵轻宴看见她被风吹乱的发丝隐隐也在闪动着光辉。

"嗯。"他随便应了一声，就推着车想要进小区。

黎粢却又拦在了他面前。她随手拨了拨自己的头发，从一直被自己斜挎在身后的包包里掏出了许久没动的手机。

手机被亮在邵轻宴眼前。

黎粢如同那天在陶景然家里还没有开始下那一盘棋时一样，对着他露出一个欣然愉悦的表情。

"多少钱？我扫给你。"她嘴角带着笑说道。

第三章 · 谣言

这晚回到家的黎粲,心情明显比出门前好了许多。

就算刚回到家,家里的保姆就告诉她爸妈又去北城出差了,她也没有什么情绪,只是点点头,示意知道了。

她拎着包包,回到了卧室。

和陶景然的卧室一样,她的卧室也是一个独立的小套间,里面会客厅、衣帽间应有尽有。

她坐在沙发上,打开手机,看着几个小时前付出去的那笔二十元微信转账。

她也没有想到,她明晃晃想要羞辱人的恶意,居然会被邵轻宴轻轻松松地接受。

"顺风车费用,二十块。"

在听到黎粲的话之后,他虽然有一瞬间的愣怔,但很快就掏出了手机,朝着黎粲亮出了自己的微信收款码。

动作之利落,态度之坦然,叫黎粲当即就知道自己又输了。

她付了二十块钱,而后朝着邵轻宴挥了挥手,跟他说下次再见。

或许是兜风给她带来的快乐足够长久,这回她就算是输给了邵轻宴,也并没有太过生气。

她甚至有心情又一个人打车去了江边,挑了个临江的餐厅,独自吃完了一份晚餐。

她渐渐在沙发上没有什么坐相地陷落。

退出付款页面之后,她又打开了和林嘉佳的聊天框,发了个"戳戳"的表情包。

黎粲:把邵轻宴的微信推给我。

林嘉佳：谁？

黎粲再次确认了一遍那三个字才发送。

黎粲：邵轻宴。

林嘉佳反手一个好友推荐发了过来，但是紧接着，她就抓住黎粲开始问东问西。

"你要加邵轻宴的微信干什么？"

"感觉你们上回一起吃饭都没怎么说过话。"

"你找他有事吗？"

"你不会也是亲戚家有谁需要补课吧？"

黎粲听着那一长串妙语连珠般的语音，相当有耐心地给林嘉佳回复了过去。

黎粲：不是，找他请教一下下棋的问题。

以防林嘉佳再问具体是什么，黎粲简单给她说明了一下那天晚上他们在陶家偶遇的事情。

输了就是输了，她倒也没什么不好承认的。

林嘉佳听完后却是一阵沉默。

林嘉佳：粲粲，你果然是一个什么都要争强好胜的女人！

她如是点评。

黎粲不置可否。

家里爸妈从小对她的教育就是需要优秀，需要无时无刻不站在金字塔的顶尖。

不论她，还是现在已经在美国留学的哥哥，都是从小就被灌输着黎家和孙家，从来都不喜欢没有出息的孩子这件事，所以她才会养成这样的性格。

但是想要加上邵轻宴的微信，真的只是为了跟他讨教那一盘跳棋究竟该怎么下吗？

这事只有黎粲自己知道。

她点进去林嘉佳发过来的名片，对面人的头像是一张碧海蓝天的风景照。

"俗不可耐。"她"嗤"了一声，眨眼又看见他的微信名字。

——Shao。

她对着邵轻宴的主页稍微研究了一会儿，然后在好友申请的备注栏里不客气地写上了一句话。

——1月16号你的顺风车顾客。

终于点击了好友申请，对面却没有立即回复。

黎粲想邵轻宴也许又是在哪里忙着兼职，就暂时把这件事情抛到了一边。

但她没有想到的是，接下来过去整整三天了，邵轻宴都没有通过她的好友申请。

邵轻宴平时到陶家补课的时间是下午三点钟。

他从便利店里出来，就一路骑着自行车顺利抵达了西郊庄园门口。

陶景然带他上楼，楼上的房间里，却不只有需要补课的学生陶明诚本人，还有妹妹陶明萱，以及前几天恰巧见过、心思一如她的外表不是那么单纯善良的大小姐——黎粲。

邵轻宴面色如常，没什么异样情绪地走进了陶景然的房间。

"小邵老师！"陶明诚对他很是客气。

"嗯。"他淡淡应着。

"小邵老师可以等我把这局跳棋玩完了再去补课吗？我都下到一半了，马上就要赢了！"

陶明诚指了指自己面前的这盘跳棋，语气里都是必胜的把握。

邵轻宴看了下棋盘："十分钟内可以结束吗？"

"可以！"陶明诚自信地说道。

"嗯。"于是邵轻宴便点头，放任他先把这局跳棋玩完。

从他进门之后，伴随着陶明诚的声音，还有另一道目光赤裸裸地落在他的身上，但他未曾理会，也未曾予以任何回应。

他率先进了里间的书房，去准备待会儿上课的事宜。

外面的跳棋结束的时候，时间刚好过去十分钟。

陶明诚输了。

小男孩虽然并没有多么沮丧，但还是不理解、不甘心。

"粲粲姐，你今天是不是也棋圣附体了？"陶明诚好奇地问道。

"什么叫也棋圣附体了？就不能是我自己去进修了？"黎粲好笑地把最后一个子也拨进该去的位置里，轻轻松松赢下了这一场比赛。

"玩跳棋还有进修的吗？"陶明诚虽然年纪小，很多事情都还不懂，但是直觉这个"进修"听起来不是那么靠谱。

黎粲脸上挂着浅笑，没有再回他的话。

倒也不怪陶明诚觉得她和上次的跳棋水平有出入，上回她和陶明诚玩跳棋时，还有一个邵轻宴在，邵轻宴全程都把他们压着，虽然偶尔还给放放水，但是最后完全是以压倒性的胜利战胜了他们两个，黎粲以仅比陶明诚快两步的子位列第二。

这就导致了陶明诚理所应当地觉得自己的水平应该和黎粲差不多。

她慢悠悠地收拾好棋盘，然后好整以暇地靠在紧挨着落地窗的沙发上，盯着那扇半合的书房门看。

罪魁祸首邵轻宴，今天从进门之后还没有看过她一眼。

要说黎粲不知道原因，那肯定是不可能的，只是知道原因之后，她心底里想要折腾人的恶趣味居然越发强烈。

她眼睁睁地看着陶明诚进了书房，而后书房门就被彻底合上了。

她倒也不急，随便从边上扯了条毯子过来，和陶景然一边靠着聊天，一边刷起了手机，眼神漫不经心间带着一种势在必得的决心。

与此同时，在她看不见的书房里，陶明诚在输了一盘棋之后，一坐在书桌边，就忍不住和他的家教老师聊了起来。

"小邵老师，你今天给我上完课，还能再陪我玩一局跳棋吗？粲粲姐今天好厉害，我想和你们两个再玩一局。"

然而邵轻宴无情地拒绝了他："今天不行。"

"啊，为什么？"陶明诚的话里透着浓浓的失落。

邵轻宴面不改色地说："今天给你上完课，晚上还有另一个兼职，我要赶时间，所以不能陪你了。"

"就连一局的时间都没有吗？"陶明诚可怜巴巴的。

"没有。"

说着，邵轻宴为他摊开了笔记和课本，指着课本上的内容，要他拿出上回给他留的那几道作业题目。

陶明诚小小地神伤了一会儿，不过很快就跟着邵轻宴的节奏进入学习的状态当中。

两个小时的课程，说长不长，说短也不短，时间一眨眼就过去了，邵轻宴又给陶明诚留下了几道课后题目，告诉他这几天要做完，自己下次会过来检查。

他收拾好书包，然后径自打开了书房的大门。

出乎他的意料，书房外面，陶景然房间的小会客厅里居然只剩下了黎粲一个人。

她不知道什么时候在沙发上睡着了，脑袋枕在巨大的靠枕上，身上还盖着一条陶景然特意为她拿的毯子。

落地窗外面是傍晚昏沉的夜景，少女躺在舒适的沙发上，低垂细长的睫毛、柔顺到泛着光泽的秀发、就算是睡着的时候也是紧紧闭合的嘴角、白皙的肌肤……叫人很难不看一眼就联想到传说中的睡美人。

邵轻宴脚步停顿了一下，却也只有一下，而后照旧没什么表情地掠过她，径自向门外走去。

"小邵老师！"

只是他没想到，在他彻底走出这间房门之前，陶明诚会手上捏着一个娃娃又朝他跑了出来。

他只能被迫再度停住脚步。

陶明诚宝贝地把刚刚摆在书桌一角的一个娃娃递给邵轻宴，说："小邵老师，这是前两天哥哥带我们出去玩时，我们抓娃娃抓回来的，我们都觉得这个和小邵老师你很像，所以想要送给你！"

他殷勤地把娃娃捧起来，想让邵轻宴能够把它看得更清楚一点。

那是一只不大不小，正好可以抱在怀里的很可爱的棉花娃娃，穿着蓝色的西服，梳着整齐的发髻，脸上还架着一副黑框眼镜，眼睛带笑，嘴角微微上扬，像一个聪明的学者，也像一个斯文的读书人。

陶明诚把娃娃塞到邵轻宴手里："小邵老师，你拿着吧，等你下回过来记得再和我玩跳棋哦。"

他果然最心心念念的还是自己没能讨要到的那盘跳棋。

邵轻宴突然有些哭笑不得，微微扯了扯嘴角，摸了摸他的脑袋："下回我提前几分钟到，和你玩一盘再上课，行吗？"

"行！"陶明诚一时又雀跃起来。

邵轻宴在他的注视下，把娃娃放进了自己的书包里。

原本看着还有些扁塌的背包在塞进一只棉花娃娃之后，突然就鼓鼓囊囊了起来。

他把书包再背回到后背，正要继续转身走人，却不经意间瞥见不远处的沙发上原本躺着的身影，竟不知何时已经坐了起来——

黎粲困倦地打了个哈欠，噙着比平时还要淡漠的眼神，正安静地看着他们。

看见他们终于注意到了自己，她才掀开了毛毯，下了沙发，走到他们面前。

"怎么要走了也不说一声?"她淡淡地双手抱臂,带着一副当家女主人的态度,"陶景然带着萱萱出门去了,要我送你,你都不知道喊我起来的吗?"

她看着邵轻宴。

"我认得路。"好歹还有陶明诚在,邵轻宴没有太漠视她的存在。

"哦……"黎粲拖着一如既往散漫的尾音,漫不经心地应了一声,"认得路,但就是不会认识一下微信里没有通过的好友。"

她喃喃自语着,好像这话只是说给自己听的,却又不小心钻入邵轻宴的耳朵里。

邵轻宴:"……黎粲。"

黎粲记得,这是邵轻宴平生第一次主动喊起自己的名字。

他平时除了讲课的时候,语气好像从来都很淡,就像冬天清晨的浓雾,裹挟着一股冷气,却又似清流。

黎粲站在暖气里,隔着重重浓雾看他,听见他说:"我没有精力陪你玩什么欲扬先抑的游戏,你要想找人消遣,找错人了。"

"不要再靠近穷人,有些人的确是玩不起的。"

这是黎粲在被邵轻宴当面拒绝添加微信之后,再三悟出来的道理。

之后的很长一段时间里,她真的再也没有想起过这个人,因为她和林嘉佳终于去了澳洲,在南半球过了大半个月的夏天。

从悉尼到墨尔本,从遍地袋鼠的动物园到圣保罗大教堂和涂鸦街,黎粲每天的朋友圈动态里全是她和林嘉佳拍的各种照片,连她自己都看得应接不暇。

她根本没有心思再去想邵轻宴的事情,和林嘉佳两个人在澳洲一直待到了腊月廿八,过年的前两天。

她们最终在墨尔本的机场分道扬镳,黎粲要飞香港,林嘉佳则是直接回云城。

不过两人约定好了,大年初二的时候,林嘉佳会跟着爸妈一起来香港,到时候她们一起去维多利亚港看烟花。

一切都在有条不紊地进行着,如果不是从维多利亚港看完烟花回来的那个晚上,黎粲一路上接到了不下十几个来电的话,也许她们的快乐还能持续得更久一点。

"粲粲，快看热搜，微博实时热搜里那个说的是你吧？你校园霸凌？怎么回事？是你吗？"

"黎粲，你看微博了吗？你上热搜了！"

"粲粲，快看微博，快看微博啊！"

黎粲一开始还是顶着一头雾水接的电话，直到每一个给她打电话的人嘴里都在念叨着什么"校园霸凌""实时热搜"，她才慢慢意识到事情的严重性。

她拧着眉头打开了微博，在实时热搜上翻找着他们所说的关于自己的动态。

今天还是大年初二，所以微博上还是一片以祝福和庆贺为主的红红火火，有关于他们提及的校园霸凌热搜目前还位于比较低下的位置。

黎粲点进词条，虽然那条校园霸凌的热搜词条上暂时还没有她的姓名，但是点进去之后的热搜广场，话题度讨论最高的就是有关于她的投稿发帖。

帖子是上午十点钟发的，发帖人名字叫"全国高中生联盟bot"。

发帖内容如下：

博主博主，我要投稿。有个在云城思明国际就读的网红富二代女高中生前两天发了条vlog（视频日志）庆祝过年，里面出现了蛮多思明的学生，其中一个蛮漂亮的，也被大家看出来了很有钱，评论区里一堆人喊她女神。本来一切都挺好，结果今天那个视频的评论区底下突然有人扒出来那个女生就是恒康集团的大小姐，姓黎，也在思明国际念书，属于在学校里经常横着走，校园霸凌其他人的那种！

附带的照片，是几张视频里黎粲跳舞的截图，还有几张一看就是在学校里拍的，各种奇奇怪怪角度的偷拍。

黎粲皱着眉头看完，不敢相信这么空口无凭的造谣居然也能登上热搜。

这个投稿里面说的vlog，她是知道的。

他们学校因为是国际学校，所以允许学生带手机上学，学校里有不少同学平时就喜欢用手机或者相机拍vlog记录生活。

前几天因为过年，有个舞蹈社的同学在群里问能不能把大家之前一起出去玩时拍的一段跳舞视频剪辑到vlog里面，因为觉得那个氛围很符合过年的气氛。在得到大家的一致同意之后，她才把视频剪辑了进去。

视频发出去的前两天,这个舞蹈社的同学还在群里很开心地跟大家说,这条视频的浏览量很高,大家点赞的积极性也都很高涨。

黎粲记得自己当时也点开链接看过一眼,后来就没再关注过了。

没想到,现在这条视频的评论区底下已经发酵成了她校园霸凌的最初指控地。

她手指往下划,先去翻看这条微博的评论区。

因为平时关注这个bot的都是一群还没毕业的初高中生,有公立学校的,也有国际学校的,所以评论区里很快就有人根据投稿人的信息扒出了照片上的人就是黎粲。

——啊,这……我也在思明国际上学,如果说的真的是黎粲,那好像还是蛮合理的样子。没有别的意思,就是这位学姐的脸真的很冷……

11。如果真的是黎粲的话,虽然惊讶,但是好像也并不奇怪。

…………

出乎黎粲的意料,评论区前排居然没有一个人觉得这个造谣离谱的,反倒是一群自称是她校友的人在大庭广众之下公开对她的长相评头论足,说她长得就像是很会霸凌的样子。

黎粲一时都被气笑了。

——我说楼上的几位,别太荒谬了,万一人家生来就是这样的臭脸,生来就是不爱笑,还不允许人家经常不笑了?都什么年代了还在以貌取人,冷脸到底做错了什么啊?

虽然也有诸如此类帮她说话的,但是因为对立的声音实在太过庞大,所以很快就被淹没在了层层叠叠的讨论里。

黎粲盯着这个博主的页面,眼神慢慢从讽刺和不可置信变成了愤然,再到后来的完全麻木和冷漠。

因为"校园霸凌"这个话题的热度在初高中生们的生活当中一直居高不下,黎粲的身份又实在特殊,恒康集团在云城乃至全国都是排得上名的大企业,所以关于她的这条投稿一登上热搜,马上就以不可遏制的方式飞速攀升热度。

她几乎每一分钟刷新,帖子下面都能出现几十条新的评论和新的点赞。

从抨击她本人,到顺带着去抨击网络上那些早就已经被爆出来的种种恶行的富二代,还有恒康集团本身。

最后,她几乎已经习惯性地去刷新这条微博底下的最新评论了。

整整半个多小时，直至车子停到家门口，司机提醒她到了，她才想起来要下车。

而巧合的是，她刚把脚迈出去的那一刹那，她的电话再度响了起来。

这回不是什么朋友，而是孙微女士。

"喂，你到家了没有？"

妈妈的语气听上去不是很好，黎粲下车的脚步顿了下，想着妈妈或许应该已经知道了这件事情。

她不轻不重地"嗯"了一声。

"那来书房，我和你爸爸有话要问你。"

果然……

黎粲下了车。

香港虽然处于北半球十分靠南的位置，但是冬季夜里的凉风也还是不容小觑。

何况她刚从维多利亚港回来，脸上已经经受过一阵子的狂野风吹。

她僵着脸，来到别墅二楼的书房。

书房里坐着的是她的爸爸和妈妈。

"你自己解释解释。"

孙微女士直接把手机丢给她，要她看屏幕上面的内容。

黎粲随便瞥了一眼，都不消多费心思，就能认出这就是刚刚她在车上看的那条投稿微博。

下车前还是只有七千多点赞的内容，眨眼的工夫，已经到了八千多，评论也在激增。

"我没做过。"黎粲脸色很不好看，但好歹还算冷静。

孙微说："我也希望你没做过，不然我哪里还有脸来给你擦屁股。"

看得出来，对于这件事情，她比黎粲还要生气。

孙微和黎兆云其实都刚刚从宴会上回来。

这条热搜，孙微是在离开宴会的前一刻，被今晚同时赴宴的另一位夫人告知的。可想而知，她当时有多尴尬。

黎粲默默攥紧了拳头，一言不发。

孙微又说："我已经叫人去联系那个发稿的人了，微博应该很快就会被删除，热搜也会撤下来，但是你最好好好给我们解释解释这到底是怎么回事！"

怎么回事？

黎粲倒是也想知道这投稿是谁发的，这些评论到底是怎么回事。

可她仔细想了又想，还是只能说："我没有霸凌别人，这是别人在污蔑我，需要拿出证据的是他们，而不是我。"

这话倒也没有错。

自古以来，指控别人是过错方的人，都需要拿出合理的证据来举证。

孙微看着黎粲的脸，火气好歹没有之前那么大了，只是语气依旧不好："那你好好想想，最近有没有和什么同学起过冲突，好像说你霸凌别人的那条评论最初是出现在你同学的视频底下。那条视频是你哪个同学发的？现在能联系上人吗？能不能喊她把那个评论的资料调出来，然后赶紧先把视频删了？"

黎粲张了张嘴，还想再说些什么，但是孙微话音落下的那一刻，她的手机正好响起。

黎粲看了眼，恰好是最初发 vlog 视频的舞蹈社同学。

她也是在微博上看到了热搜，那条投稿的很多配图都是她 vlog 视频里黎粲跳舞时的截图。

她疯狂地给黎粲道歉，说完全不知道发视频的后果会这么严重，甚至都不用等黎粲开口，就主动先说视频她已经删除了，以后保证绝对不会再带学校里的任何人出镜。

黎粲听着她比自己还着急的声音，到底还是没说什么责备的话，只是让她不用太在意，顺便告诉她，以后获取那条视频底下的评论信息可能需要她的帮助。

对面连连说好。

两人最后又聊了两句，就挂断了电话。

孙微和黎兆云从头到尾都看着黎粲。

黎粲放下手机，知道这个时候自己不得不跟他们低头。

"爸爸、妈妈……"她的声音显然比刚才低落。

"好了，今天已经很晚了，你先去睡觉吧，剩下的事情我们来解决。"从黎粲进门开始就一直没说过话的黎兆云终于在这个时候站在了女儿这边，先为她说了话。

黎粲感激地看了他一眼，在鼻尖开始彻底泛酸之前转身走了出去。

从小到大，黎粲其实都没怎么哭过。她好像生来就是一副很寡淡的性子，对什么东西都提不起兴趣，自然也就谈不上失望和难过。

在她印象中，小时候唯二的哭泣，一次是因为成绩没有考好，一次是因为爸妈出了一趟很久很久的远门。

她也不知道，这回只是被人造谣上了热搜，有什么好哭的。

她抹了把酸胀的眼睛，红着眼回到了自己的房间。

躺在床上没有多久，她就又把手机里那条关于她校园霸凌的投稿翻了出来。

评论区底下骂她的声音还在愈演愈烈，说她是资本家的女儿，天生长了一张臭脸就很了不起……

短短看了几行，她就又退了出去。

微信群里，林嘉佳几个则是都在关心她，问她有没有事。

她本来想告诉他们没事，但是短短几个字打了又删，删了又打，最终还是选择了把手机关机，没有再理任何人。

是夜的香港张灯结彩，欢度新年，快乐却与黎粲无关。

大年初二的夜晚，邵轻宴才终于结束一天的轮班，能够和几个早就约好的同学一起出去吃饭。

顾川风把一只手搭在他的肩上，另一只手刷视频刷得起劲。

邵轻宴安静地在饭桌上写着自己新年过后的兼职时间规划，没有理顾川风。

"哎，轻宴，你看看这个。"

在接连对着一个视频看了三遍还是看不够，依旧每看一遍都要龇着大牙笑出声后，顾川风把视频递到了邵轻宴的眼皮子底下。

邵轻宴看了眼，视频里是一群女生在江边很随意地跳舞，她们的身后就是明灯璀璨的云城标志性建筑——滨江外滩。

排在最前面的那个女生，上衣是一件极富有设计感的白衬衫，搭配一条哥特风长裙，跳起舞来的时候，不仅随性慵懒，而且还十分灵动。

不过在邵轻宴看来，这都不是重点，重点是……

"你看这个，第一个，好看吧？听说她身上光这套衣服就价值十几万了，随便穿着这么一拍，这么一跳，大家都看直了眼。"顾川风指着视频上定格住的女生跳舞画面。

邵轻宴看着他："所以？"

顾川风直言不讳："所以这就是我最近新晋的女神了！虽然可惜我女神没有什么社交账号暴露出来，但是我跟你说，评论区有人说这个视频里跳舞的女生全部是思明国际的，思明国际你知道吧？就我们学校过去不远那个国际学校……"

他遥遥指着方向,和邵轻宴伸手比画起来。

对面一起出来吃饭的男生看见他的动静,好奇地问:"你们是在说黎粲吗?"

"黎粲?"顾川风愣了下,"黎粲是谁?"

对面男生一听,立马嗤笑起来。

"亏你还拿人家当女神呢,搞半天连人家名字都不知道。你那个视频就是从之前他们学校那个女生的vlog里面截出来的吧?"

顾川风顿了顿,看着被自己做成短视频保存的照片相册,点了点头。

"那就是黎粲没错了。"那个男生不以为意地笑开来,"劝你还是少拿人家当女神的好,你看她虽然脸长得是不错,身材看着也挺好,但是个蛇蝎心肠,听说在学校里经常霸凌同学,今天刚被人爆出来,都上热搜了呢。"

"霸凌同学?"

顾川风握着视频的手顿住了。

刚低下头去的邵轻宴,也因为听到这最后几句话停住了自己打算继续写字的笔,抬起头来,眼里带着明晃晃的询问。

因为有黎家爸妈的及时出手,所以关于黎粲校园霸凌的那条热搜撤得很快。

不过几个小时的工夫,热搜榜上就再也看不见相关的字眼。

只是一石激起千层浪,虽然那条最主要的、浏览量最大的投稿和热搜都已经撤没了,但是看到过那条热搜的很多人开始自发贡献热度,并且集体汇聚到了恒康集团的企业微博号底下不断抨击官方,坚持要给个说法。

黎粲被爸妈控制在家里两天没有出门。

其实第二天她就调整过来了,但是家里人担心她心态不好,强制性要求她在家休息两天。

林嘉佳恰好也在香港,第二天就上门来陪她了。

"我听说找到了那个微博投稿人,就是云城本地人,还是个学生?"她一进门就问黎粲。

黎粲心不在焉地点点头。

"云城本地人……不会真是我们学校的学生吧?是谁这么跟你过

不去？"

黎粲紧接着又摇了摇头："好像不是我们学校的，是实验的。"

"实验的？"林嘉佳震惊了，"这都查出来了？"

"嗯。"

现在的网络和科技那么发达，只要稍稍动动手指头，压根没有什么是找不到的。

就算是社交平台上已经被删除的文本和内容，只要有人想，就没有找不到的。

黎粲倚靠在沙发角落里，说："现在就差那个最开始在vlog底下造谣我校园霸凌的那个人的资料了，他们说已经拿到了后台IP，看着也是云城的，感觉像是一伙人。"

这件事情的起因，就是有人在那条vlog的评论区里造谣只出现过十秒钟的黎粲校园霸凌，至于后来有人把视频和截图搬运到微博投稿，在黎粲看来，不过是好事者想要推波助澜、火上浇油。

当然，也不排除这两件事情压根就是同一个人干的可能。

总之，只要找到那个在视频底下最初造谣她校园霸凌的人，问题就能解决一大半。

"云城的……实验的……"林嘉佳有点搞不懂了，"你跟实验的哪个人有仇，对方要这么造谣你？"

黎粲翻了个白眼："我认识几个实验的？"

就一个半年前才刚转学过去的陶景然，还有一个连微信也不愿意加的……不提也罢。

林嘉佳又问："那一开始在微博底下带节奏的那群人呢？查过了吗？真的是我们学校的吗？你都不知道，一开始看到那群人的时候，我简直都要气疯了！要不是他们在那里带节奏，硬生生地把热度拱起来，那条微博或许压根就不会登上热搜！"

她说的是黎粲昨天晚上看到的那条原始投稿微博底下点赞最高的几条评论。

几个自称是思明国际学生的人，在底下从黎粲的外貌开始攻击，说她的性格就算是霸凌也不奇怪。

黎粲再度点了点头："也去查了，根本都不是云城的IP，不知道哪里买来的水军。"

"我就知道是水军！"林嘉佳怀里抱着一只极为软糯的抱枕，闻言，她义愤填膺地狠狠捶了一下,"我就说,思明哪里来的这么多人吃饱了撑的没事干?等到查出来究竟是谁买的水军,我一定要直接把那人的嘴给撕烂了!"

黎粲看着突然比自己还要激动的林嘉佳,一开始还有些沉默,待到后来,实在忍不住,趴在她的肩上,露出了从昨晚到现在唯一一个真心实意的笑容。

她学着林嘉佳,在边上捞了一只抱枕放在怀里,只是她没有那么用力地去捶打这只抱枕,而是不断掐着它,掐着它,直到自己的五指全部深陷进去,在不知不觉间,白皙的手背上露出了青筋。

半山别墅上几乎没有多少人的踪迹可循。

就算在冬天,窗外也是满眼翠绿,深深落入黎粲的眼里,倒映出一片不合时宜的春意。

接下来,黎粲又在香港待了好几天,每天不是在家陪着自己年迈的外公、外婆,就是被表弟、表妹们拉出去逛街,看各种各样的演唱会。

好像除了最初的那个晚上,关于她霸凌的造谣真的没有对她造成多少伤害。

她依旧是那个高高在上的大小姐,每天吃了睡,睡醒了继续出门逛街,吃吃喝喝,没心没肺,好像压根就没有多少心事。

只是爸妈暂时不让她回云城。

他们自己回去得倒是快。

还有林嘉佳一家,在大年初四就一起坐飞机回到了云城,恢复了自己该有的生活步调。

黎粲现在每天对于被造谣事件的进展消息,还不如她爸妈及在云城的林嘉佳知道得及时。

"查出来了,最开始造谣你的是实验中学一个很普通的学生,好像还是个女生,陶景然还认识呢。"

这天,林嘉佳给黎粲打电话说。

"他认识?"

"是啊,叫什么唐沁的。你爸妈本来想直接找到学校去处理这件事情,可惜现在还没开学,就只能先去找了她的爸妈,要求她公开道歉,在那个视频平台上,还有那个bot投稿那里发公开的致歉声明。"

"她答应了?"

"她哪里能啊，一边哭一边说自己没做过，不是她干的。那顺着网线查出来的东西，还能有假吗？她以为自己把那些平台的评论记录全部删除了就万事大吉了吗？想得美。"

"唐沁……"黎粲深吸了一口气，拼命在脑子里寻找着有关这个人的记忆。只是找来找去，她发现自己真的不认识这个人。

"那微博投稿也是她做的？"

"那倒不是。"林嘉佳一听到这个问题，就有些更加压不住的生气，"但是那篇微博的投稿人我们也已经找出来了，粲粲你猜猜，是谁？"

她都这么问了，黎粲还有什么好猜的。

"艾米莉。"

"就是她！"林嘉佳在电话里瞬间大吼道，"你知道为什么我们一开始发现那篇投稿的 IP 是实验的学生吗？因为那是艾米莉怂恿一个和她关系好的男生发的，那个男生就是实验的，所以一开始还真以为你是得罪了实验的什么人呢！"

可是就算没有他们，那个唐沁也是实验的吧？

黎粲觉得头有点疼，继续问道："那几个自称是我们同学的人呢？是艾米莉买的水军？"

"是啊，真的不知道她要做什么。你爸妈也已经去找过她爸妈了，她干坏事倒是承认得干净利落，但是她非得说她也没说谎，只是把别人说的话记录下来投稿了而已，还说投稿是因为不想自己学校里出现霸凌咖。要命了，这到底是谁在霸凌谁啊！"

林嘉佳气急败坏的声音，就算隔着一千多公里的距离，也准确无误地传递到了黎粲的耳朵里。

黎粲把手机音量调低了一点。

恰好这个时刻，机场提示航班起飞的播报响了起来。

林嘉佳在电话那头突然愣住："粲粲，你现在在哪儿呢？"

"机场啊。"黎粲直接回道。

"你偷偷回来了？不是，你爸妈不是不让你回来吗？"

"是啊，所以我没在香港坐飞机。"黎粲言简意赅，"我坐高铁回的深圳，现在在深圳坐飞机回去。"

林嘉佳一时不知道该说什么才好："粲粲，你还真是……天才哈。"

"好了，我把航班信息发给你，拜托你，待会儿准备一下，来机场接我吧。"

黎粲站在登机口，没再说废话，直接把自己航班预计的到达时间发送给了林嘉佳，然后就跟林嘉佳断了联系。

等到黎粲回到云城，时间又过去了三个多小时。

林嘉佳跟着家里的司机一起来接她，看到她站在出站口，手上却只有一个包包。

"你的行李呢？"林嘉佳问。

"没带，到时候直接叫他们寄回来给我吧。"

黎粲很清楚自己是背着爸妈偷偷回来云城的，所以带多少东西，根本不可能由她随心所欲。

不过现在就好了，她已经在云城落地了，他们总不可能再把她转头又送回去。

她朝林嘉佳晃了晃手机，说："我今晚约了艾米莉。"

"你约她干什么？"林嘉佳不解。

"冤有头债有主，我已经被人挂在广场上骂了这么多天了，找她要点精神损失费，难道不合理吗？"黎粲说得很理所应当，随手买了两瓶冰的矿泉水。

约艾米莉见面的地方依旧在衡山路，那天跟舞蹈社的人一起聚会的地方，不过是在那栋楼底下，不是在楼里。

林嘉佳一路斗志昂扬，知道是要去找艾米莉算账之后，就开始喋喋不休，想着自己待会儿要怎么骂她。

林嘉佳和黎粲一起在衡山路下车。

见到艾米莉的那一刻，林嘉佳眼里的滔天怒火就仿佛要将艾米莉淹没。她走了两步上前，想要开始算账。

然而，她没有想到的是，从车上带了一瓶矿泉水下来的黎粲竟然边走边直接拧开了矿泉水瓶的盖子，在所有人都还猝不及防的时候，朝着艾米莉的头上狠狠泼了过去！

艾米莉就这样在众目睽睽之下，被从冰柜里刚拿出来不久的矿泉水浇了个彻彻底底！

所有人都倒吸了一口冷气。

艾米莉看着眼前不断往下流的矿泉水，脑袋还是蒙的。

她想过，黎粲知道真相之后也许会找自己算账，但是她没想过黎粲会这么堂而皇之地在大庭广众之下给她泼凉水。

这是刚过完新年的正月。

这是每天平均气温还只有3℃的云城。

这是冬天,是最寒冷的冬天!

这是在大街上!

她咬紧了牙关,瞪着黎粲,眼看着下一秒就要反扑回去。

黎粲却又喝住了艾米莉:"你只管跟我动手,我早就叫人做好了拍视频的准备,你今天但凡敢动手打我一下,马上视频就会送到你爸妈那里,你做的好事,就等着你爸妈来给你收场吧。"

她果然在来之前就做足了功课,知道艾米莉最怕的是什么。

艾米莉狠狠地攥紧了手心。

但是,她已经被拿捏住了软肋。

她背地里怂恿人投稿,买水军诋毁黎粲的事情,她爸妈已经全部知晓,他们明确告诉过她,过不久就会带着她去给黎粲道歉,还告诉她这段时间里千万不能再节外生枝。

她站在原地,只觉得周遭的人群现在都在看自己的笑话。

"我……"她最后还想给黎粲放个狠话。

黎粲却根本没有再给她说话的机会:"我不会让你好过的!"黎粲绷紧了脸色,一字一顿道,"你别以为你爸妈能够劝动我爸妈息事宁人,这件事情就能够这么算了!我是我,他们是他们,这件事情的受害者是我,现在要不要报警把你送去派出所的主动权也在我。你以后要是敢再在我面前出现,再在我面前跟搅屎棍一样搬弄是非,在网上发布一些乱七八糟的东西,我一定会亲自把法院的传票送到你的桌子上。

"我说到做到!"

黎粲话音落,根本不再给艾米莉反应的机会,直接拉着林嘉佳上了停在一旁的保姆车,扬长而去,留下一屁股的汽车尾气。

一切事情都发生得太过突然。

林嘉佳坐在车里很久才反应过来刚刚发生了什么。

她目瞪口呆地看着黎粲,张了张嘴,好像想夸奖黎粲,但是又说不出口,只能沉默地陪黎粲坐着。

良久之后,她才小声问道:"粲粲,要不你今晚先跟我回家,去我家睡吧？"

黎粲摇了摇头。她回云城的事情，爸妈肯定会发现的，事情做了就是做了，她绝对不会当逃兵。

林嘉佳只能叹了口气，拿起手机玩了一会儿，突然给黎粲看了自己新发现的东西。

那是一封来自全国高中生联盟 Bot 的道歉信。

微博内容如下：

博主，你好，我今天想要来发一封道歉信，向我前几天造谣抹黑的黎粲同学道歉。

黎粲同学，对不起，我承认我当时是猪油蒙了心，因为嫉妒，因为自卑，所以在你同学的评论区底下发了那样的留言。我没有想到，当时只是一时撒气的行为会引发后续这么大的争议，还会被人看见，发到了投稿 bot 里面来。

我在这里向你郑重地道歉，也向广大被我误导的网友郑重声明，本人就读于云城市实验中学，其实和黎粲同学压根不认识，只是听说过，看到过几次她的照片而已，关于对她校园霸凌的留言，全部都是我空口无凭捏造的，我已经深刻地认识到了自己的错误，检讨并且反思过了。我保证，日后绝对不会再有这样的行为，对于这些天对黎粲同学造成的困扰，我真的是深表歉意，对不起。

微博的配图是这封道歉信的手写版。

底下还有落款，是实验中学那个叫唐沁的女生。

黎粲随便划拉了两下，看到这次评论区不再有水军，画风分成了鲜明的两派。

第一种，质疑信的真实性，直言这都是资本的力量，叫人不得不妥协。

第二种，因为看到了信下面的落款，所以选择了相信这封信，顺便就上回的事情为黎粲说话，说她才是最大的受害者。

明明是对自己的道歉，但是黎粲全程看得心无波澜。

她大概是知道了，这就是孙微女士和黎兆云先生这么多天想出来的解决办法。

她又返回到这个 bot 主页，确认了上面没有艾米莉的道歉后，心底居然闪过一丝早知如此的必然。

等到林家的车子开到黎粲家门口的时候，林嘉佳还想拉黎粲扎目己先住一晚，但是黎粲执意下车。

云城的冬天就是比香港要冷，随便吹来的一阵风好像都裹挟着潮湿的水汽。

黎粲套上围巾，便往家里走去。

黎粲有一段时间没有回云城了，现在是北京时间晚上七点整，刚刚华灯初上的时候。照平常来说，她的爸妈是不会在家的，他们每晚都有各种各样的宴会和酒局，黎粲很少和他们一起吃晚饭。

但是今天晚上，他们都在，甚至对于黎粲偷跑回来的事，他们并没有多少意外。

"回来了？"孙微女士只是简单地扫了她一眼，示意她坐到自己对面去。

黎粲听话地挪了过去。

"这是我们找到的那个同学，还有叫她发的道歉声明。"孙微把刚刚黎粲在路上已经看到过的那篇微博投稿展示给她看。

"最初在那条视频底下造谣你的人就是她，我们已经和她的家长商量过了，要是不想还没有成年就留下案底，就必须公开跟你道歉，并且公布她自己的姓名，这样对你来说才算是公平。"

黎粲盯着那条微博投稿末尾手写的"唐沁"两个字，脸上没有什么表情。

"那艾米莉呢？"她问道。

"艾米莉……"孙微顿了下，没有直接回答她，而是转头和黎兆云交换了一个眼神。

"粲粲，"黎兆云开口，"艾米莉的爸妈已经找到我们道歉了，说她就是小孩子心性，还没长大，是因为跟你吵了架所以才那么做……"

"跟我吵架就可以有目的地组织网暴我，这样的人，难道不用跟我也写一封公开的道歉信吗？"

黎兆云一时也沉默了。

"所以你们单方面就替我决定事情就这么解决了，是吗？"

偌大的客厅里，只有黎粲的声音。

黎兆云叹了一口气："粲粲，你也知道，艾米莉的爸妈一直都是我们的合作伙伴……"

"所以你们不能放弃这个合作伙伴，不能替我告他们家的女儿，不能让她像别人一样公开向我赔礼道歉,还要帮忙维护他们家的脸面。"

"黎粲!"

大抵是听不下去她这么直白的解剖,孙微终于又出声打断了她,并且叫的是她的全名。

黎粲脸色不变,因为这完全是她预想之中的情况。

在林嘉佳告诉她查出来投稿人是艾米莉的时候,她就知道事情的结局和爸妈会采用的方式和手段了。

不是他们合作伙伴的孩子,他们可以为她捍卫和维护最大的权益;合作伙伴的孩子,他们还要考虑合作伙伴的脸面。

所以她才会一下飞机就选择先去找艾米莉,不管怎么样,她要替自己把这口恶气出了。

她看着坐在自己面前的父母,虽然没有对他们抱太多的希望,但是在他们真正开口之后还是不免感到一阵心寒。

"你刚从香港回来,很累吧?赶紧先去房间洗漱洗漱,好好睡一觉吧。"还不知道发生了什么的黎家夫妇又在试图和稀泥。

黎粲就这么看着自己的爸妈,真的很想把自己刚才做的事情告诉他们,看看他们的反应,但她到底还是没有。她只是攒够了失望,便转身一言不发地直接朝着玄关走去。

"粲粲!"孙微在她身后喊道。

黎粲头也不回地出去了。

邵轻宴今晚在便利店里值夜班。

衡山路的夜晚,其实便利店里没什么顾客,但因为是二十四小时便利店,所以即便是没什么客人,也必须有人守在店里。

晚上八点,街上的人流量勉强还算可以。邵轻宴给上一位顾客结算完了价格之后,就抬头去看下一位来客。

抬头看见来人的瞬间,他顿了下。

黎粲站在邵轻宴面前,和他隔着收银台对望。

其实黎粲也不知道,明明才晚上八点,明明街上有那么多的店面还亮着灯,她为什么偏偏就要走进这家便利店。

便利店里的东西根本一点也不好吃。

她站在邵轻宴对面,缓慢眨了下眼睛。坐了一下午飞机,落地之后又不断奔波的疲累,叫她已经没有精力想太多。

"帮我拿点关东煮。"她红着眼眶,对邵轻宴说。

邵轻宴给黎粲装了一碗关东煮。

黎粲没有跟他说太多话,接过东西付了钱,走到便利店最角落的位置吃了起来。

她吃东西习惯慢条斯理,脸上也没有多余的表情,没有别的动作——从小养成的习惯,她吃饭的时候也不喜欢玩手机。她全程只坐在自己的位子上慢慢地吃着眼前的食物,吃完了又起身再去拿别的。

两串照烧鸡肉丸、一个手枪大鸡腿、保鲜柜里快要开始打折的红烧牛肉盖饭、拿到手里还是冰凉冰凉的鲜牛奶……她一个人安静地坐在便利店里,一吃就是一个多小时。

云城是个适合纸醉金迷的地方,但是显然,夜里的衡山路不是。

晚上九点多,街上的行人已经开始慢慢减少,便利店里也已经很久没有新的客人进来。

邵轻宴不过看了眼时间的工夫,黎粲又走到了他面前。

"再帮我装一碗关东煮吧。"她看上去还是怏怏的,没什么情绪。

邵轻宴这回却没有再动。

黎粲皱着眉头看他。

邵轻宴说:"收银机器坏了。"

黎粲有些不敢相信自己的运气会这么背。

她难受的时候就喜欢暴饮暴食,别的什么都不想管。

她踮起脚,身子探过他们之间隔着的收银台,瞥了一眼机子,看到满屏都是跳闪的画面的时候,才信了邵轻宴的话。

"那现金可以吗?"她不死心地问。

"现金也收不了,是结账的系统坏了。"邵轻宴告诉她。

"行。"黎粲撇撇嘴,告诉自己,反正今晚也已经有点吃够了。

她站在收银台前,又百无聊赖地看了眼邵轻宴。

自从上回在陶景然的家里不欢而散之后,两个人已经许久没见过面了。

一段时间不见的邵轻宴,面庞看上去又冷峻了不少。

"你什么时候下班?"

"晚上十一点。"

"哦。"黎粲握紧手机,沉默了一会儿才又开口,"那你今晚下班的时候……"

"能再骑车……带我一次吗？"

黎粲觉得自己实在是有点无耻。他们上回都闹成那样了，她居然还能当着他的面问出这种问题。但她今晚就是很不开心，就是莫名想要邵轻宴再骑车载自己一次，吹吹冷风。

她的姿态有些低，语气也是从未有过的低声下气。

她安静地站在收银台前，等待着邵轻宴的回答。

"今晚下班，不接客。"

好像是意料之中的回答。

黎粲深吸了一口气，转身就想要离开便利店。

"但是可以免费载你一段路。"

直到邵轻宴的第二句话响起，她才又顿在原地。

她回头时，邵轻宴正好把目光低下去，开始修理坏了的收银机器。

"你家是在陶景然家附近吧？我可以顺路送你到西郊庄园。"

他又说。

黎粲脸上终于出现一丝稍微不一样的神采。

"可是我今晚不想回家。"

邵轻宴抬起头来。

少顷，他说："我只和你家顺路。"

黎粲今晚真的不是很有心情笑，但是邵轻宴的话，叫她在转身之后终是忍不住抿起了嘴角。

她又在便利店里坐了下来，顺便开始查看手机里关了静音之后就懒得看的那些消息。

在她没有听到手机提示音的几个小时里，林嘉佳他们给她发了不少消息，还打了不少电话。

应该是她爸妈知道她离家出走后，就找了她的好朋友们打听她的行踪。

她一个一个看过去，在群里慢慢悠悠地回复。

黎粲：没死。

陶景然：天哪！粲粲你终于回话了！再不说话，我们都想报警了！

黎粲：放心，没什么事，我就是出门走走，待会儿就回去了。

陶景然：需要我去接你吗？

黎粲：不用，有人陪我回来。

消息发出去的时候，黎粲还没意识到这件事情有多么不对。

直到看到齐刷刷的问号。

林嘉佳：是谁？你出门散心居然叫的不是我！

黎粲终于后知后觉，这个时候，这个时间点，她要是继续说是邵轻宴送她回家，好像确实不太妥当。

他们什么关系？

他们没有关系。

她抬头，又远远地扫了眼还在收银台那边忙碌的邵轻宴，低头隐去他的姓名。

黎粲：是个普通朋友，路上恰好碰到的，待会儿顺路一起回家。

群里众人终于暂时又都消停了。

只是马上，他们又就今晚微博上那篇对黎粲的道歉信发起了讨论。

身为在场唯一一个认识唐沁的人，陶景然第一时间被拎了出来。

"不是，怎么都问我啊？我跟她真的不熟，哥哥、姐姐们，我也不知道她为什么要发那种评论。"陶景然急得连字也不打了，直接发语音澄清。

林嘉佳问："她长什么样？有没有照片看看？"

陶景然那边等了一会儿，然后发出来一张集体团建的合照："喏，就这张第一排，左边穿黄衣服的那个。"

黎粲点开大图，照着他的指示找到了那个女生。

出人意料，她第一眼看过去就觉得那个女生很面熟，好像之前在哪儿见过。

在她隐隐约约快想起来的时候，林嘉佳直接发了语音过来："这不是那天我们在你学校门口见过的那个女生吗？"

是，黎粲也想起来了。

这个女生她见过，在陶景然学校门口的奶茶店里。

当时和陶景然打招呼的，就是她。

陶景然也再次发了语音过来："是啊，就是那天奶茶店里嘛，你们应该都见过的。"

黎粲慢慢回想起当时的情境。

实验中学门口、奶茶店、唐沁……当时那个女生看她的眼神，好像的确怪怪的。

正当她对着手机上的照片想得出神的时候，眼前的桌子上突然落下一片巨大的阴影。

她浑浑噩噩地抬起头，看见邵轻宴提着一柄拖把走到她的身边。

黎粲愣了下，赶紧起身把位置让出来，顺便看了眼时间，居然不知不觉已经晚上十点半了。

"你还有半个小时下班？"以防万一，她再问了一遍。

"嗯。"邵轻宴把她让出来的地方仔仔细细地拖了一遍，很快又去了别的地方。

黎粲盯着他的背影瞧："你每天都这个点下班吗？"

"不是，看排班。"

"哦，那你没排班的时候，就去做家教？"

黎粲简单算了下，目前她所知道的，邵轻宴就有起码两家的家教在做。按照云城现在的家教市场，他这种已经保送Q大的，价格一定不会便宜，他只要随随便便多接几个，月薪过万估计不是问题。

可即便这样，他还是要来便利店上班，挣这仨瓜俩枣的辛苦钱，他家里……究竟是有多缺钱？

"你在便利店打工，一个月能挣多少？"虽然很冒昧，但黎粲还是问了。

邵轻宴终于挺直腰杆回头看了她一眼，没有说话。

黎粲轻咳了一下："不是，我家里有个小表弟，成绩也一直不是太好，家教换了好几个都没用。据我所知，他们家时薪好像开得还可以，和陶景然家差不多，你要是愿意……"

"谢谢，我没有时间了。"

"哦……"黎粲这辈子也没有多么热心地为别人办过什么事，更别提在外人面前吃瘪，可一下子在邵轻宴面前集齐了。

她不再说话，继续捧着手机打发时间。

直到挂在墙上的时钟终于指到了十一点钟，她看见接替邵轻宴的人已经到了店里，才动了动僵硬的脖子，起身打算跟他一起回家。

邵轻宴自行车的后座今天依旧是冰凉的，黎粲裹紧了大衣坐下去，忍不住龇牙倒吸了一口冷气。

邵轻宴坐在前面的坐垫上，好像还在整理什么东西。

她也不催，就这么静静地等着。

没想到，半分钟后，邵轻宴从书包里掏出了一条围巾递给她。

黎粲眨了两下眼睛，默默扯了扯自己已经围在脸上的东西。

"垫着吧。"他没说太多的话，只是示意她，围巾是给她垫在屁股底下的。

黎粲恍然大悟，一边想着这是不是不太好，一边很自觉地把东西接了过来，垫了下去。

果然不是很冻了。

她抓着自行车垫下面的位置，牢牢把自己固定在邵轻宴的后座上。

因为已经有了第一次的经验，所以这次黎粲很是如鱼得水。

云城半夜的凉风在她的耳畔呼啸而过，袭来阵阵春雪的味道。

偶然抬头看向前面骑车的人时，黎粲想，放在半年前，她大概无论如何也想不到，自己能找到的最解压的方式居然是叫人骑车载着兜风。

她盯着邵轻宴的后脑勺，心里猜想不知道邵轻宴是不是知道了她这段时间发生的事情，所以对她的态度才忽然有了一点好转。

不然，就他们上回闹成那样，他还愿意载她，也是奇迹。

做人是不能这么好到没脾气的。

不然只会被欺负。

等自行车骑到西郊庄园门口，已经是半个小时之后的事情了。

黎粲站在小区门口，把围巾递还给了邵轻宴。

"谢了。"

"嗯。"

他把围巾收好，又放回到书包里。

黎粲看着他大约是自己两倍大的手掌，默默又把扯到身后的背包拉了回来，掏出了手机。

"学霸。"她学着陶景然他们平时对邵轻宴的叫法，再度把微信递到他的眼前，"就加个好友吧，万一以后我会是你的老主顾。"

第四章 ·成人

终于算是加上了微信。

黎粲回家的路上，一边低头看着自己手机里刚刚通过的好友验证消息，一边嘴角轻微上扬，也不知道是为什么。

对于她的"离家出走"，孙微女士和黎兆云先生到底没有说什么，因为事情毕竟是他们的不对。

而艾米莉似乎也并没有把那天的事情告诉家长。

回到云城后的第二天，黎粲就被林嘉佳他们约了出来。

这是她新年之后第一次和他们几人正式见面，大家聚在一起，在何明朗新到手的房子里轰趴。这是他爸妈给他考上大学的奖励，一套临江 270 度视野的大平层。

聚会上，林嘉佳本来还和大家围在一起，聊天聊得好好的，突然举手示意大家都安静下来，说她有个很重要的录音，需要当众放给大家听。

所有人都一头雾水，但还是照做了。

屋子里逐渐安静下来，只有手机录音里的声音。

录音的一开始，是一段很长的沙沙声。

黎粲猜测，这大概是录音笔放在包里，碰到周围杂物所产生的声音。

等到沙沙声逐渐过去之后，录音就开始正常起来，人声也随之响起。

"沁沁……你没事吧？"

说话的是个女生。

"我听说那个事情了，你……唉，怎么说呢，你怎么会想到要去发那种评论呢？你知道，现在网络那么发达，大家冲浪又都那么敏感，一看到校园霸凌，肯定就都忍不住要把热度顶上去的……"

"你后来发的那篇道歉声明,学校里已经有不少同学看到了。"

"沁沁,你说实话,你为什么会发那种评论啊?是不是因为陶景然?你之前一直都欣赏他,不是吗?"

"那个叫黎粲的,是刚好和陶景然在交往,所以你才故意发那条评论的,是不是?"

另一个女生说:"我,我也不知道,我当时就是嫉妒,就是想随便发一下,我完全没有想过那条评论会被人顶到最前面,还会有那么多点赞,我……"

"就是因为陶景然吧?"

对面终于彻底不说话了,只有低微的抽泣声。

过了好半晌,那道女声才又响起。

"她好像和陶景然走得蛮近的……"

录音就此中断。

所有人都抬起头来,恍然大悟,目光不断在陶景然和黎粲之间打转。

黎粲则是满脸怨气,直接怒视着陶景然。

录音到这里,一切都已经很明确了——

林嘉佳找了唐沁的闺蜜,搞明白了唐沁到底为什么要造谣黎粲。

"不是,不会这事情到最后居然赖我吧?"面对全场的质疑,陶景然举起双手双脚为自己证明,"天地良心,粲粲,我真的完全不知道别人在背地里认为咱俩有关系!也不知道唐沁她……"

黎粲直接拎起身后的一只抱枕朝他砸了过去。

她打开手机,去翻陶景然的朋友圈,想知道那些人到底是凭借什么蛛丝马迹才会认为他们俩关系不纯粹的。

事情到了这个地步,她也终于算是明白了,当初在奶茶店里相遇,唐沁为什么会那样长久地盯着自己。

她当时没有把人家当回事,没想到不到一个月,人家就把她送上了热搜,遭千万人唾骂。

她不断翻着陶景然的朋友圈。

以前没怎么在意过,现在仔细看了才发现,原来陶景然那么多条动态里,有一半多都是关于他们几个人的,这一半多中又有相当多的照片是仅有黎粲,或者是他和黎粲两个人的。

这样亲密的关系,的确很难不叫人怀疑。

"不是,陶景然你是不是一直格外关心粲粲?怎么不见你多发几张我的照片啊?"林嘉佳揪着陶景然的耳朵问。

"不是不是,那你不是负责拍照的吗?你自己相册里几张你自己的照片,你自己心里没点数吗?我发的那些照片,不都是你帮我们拍的?"

好像是这样的。

林嘉佳尴尬地放下了揪着陶景然耳朵的手,难得地陷入了沉思。

黎粲板着脸,没好气地对陶景然大声说:"现在,立刻,马上,发一条澄清!"

没想到这件事情的源头竟然是自己的陶景然,当然是立马照做。

不到两分钟,大家就看见朋友圈里出现了一条新的动态。

——哥们,从小一起长到大的哥们,纯哥们,铁哥们,没有丝毫不正当关系的纯纯纯硬哥们!

附图是他和黎粲的一张合照。

"这下行了吧?"他无奈地对众人说。

黎粲这才算满意,顺便第一个给他的朋友圈点了赞。

慢慢地,气氛又开始重新活跃起来,一群人看电影的看电影,玩飞行棋的玩飞行棋,一直玩到后半夜,黎粲才再度摸着手机爬上了床。

半天没有再看过的朋友圈,这个时候已经出现了很多的消息。

黎粲都不用点进去看就知道,一定是他们的共同好友给陶景然的那条动态点赞的消息。

她随手翻了翻,很快就打算退出来。没想到,就在她刚想退出的那一刻,眼尖地发现了淹没在众多消息当中的一条——

邵轻宴在20点20分点的赞。

被网暴的事情终于告一段落。

因为提前收到了大学的录取通知书,所以黎粲不去参加学校最后一阶段的学习也没什么问题。

但她还是去了,她不想在被造谣之后被人说躲起来,不敢去学校。

明明做错事情的人不是她。

她大摇大摆恍若无事地在学校里转了一圈,听到大家讨论最多的,除了最近都录取到了哪所学校,就是不久之后的成人礼。

"对了,粲粲,成人礼的礼服你选好了没有?"林嘉佳问道。

显然,现在在不少人心目中,参加成人礼这件事情已经超过了毕业本身。

"选好了。"黎粲找出手机里保存的一张照片,递给林嘉佳看。

"哇,粲粲,这条裙子超级适合你哎!"林嘉佳惊艳道。

黎粲个高、肤白、貌美、脸蛋小的优势,最适合各种各样的小黑裙。她给林嘉佳看的,就是来自年初刚结束的巴黎时装周高定上的一条黑色长裙。

林嘉佳已经可以想象到黎粲穿上这条裙子后是怎样一副高贵不可攀折的黑天鹅姿态。

"晶晶现场直播给我看的,顺便当场帮我定下了。"黎粲说。

"真羡慕,我要是有这样一个表姐,不得高兴死了。"

说着,林嘉佳支起小脸,也给黎粲看了自己的礼服,是来自国外一个著名婚纱品牌的小白裙。

"咱们一黑一白,雌雄双煞,到时候直接惊呆所有人!"她憧憬道。

黎粲笑而不语。

林嘉佳又说:"对了,粲粲,实验中学这个月月底也要办成人礼,你知道吗?好像比我们还要早一个星期。我们去不去看看陶景然的成人礼?"

林嘉佳有点期待。

黎粲支着脑袋沉默了一下,实验中学啊……她对这个学校的印象,目前不可以说很好。

"实验中学的普通年级部和国际部的成人礼是同一天吗?"过不久后,她突然问。

"是啊,不过一个是上午,一个是下午。粲粲你放心,应该不会碰到那些讨厌的人。"林嘉佳自然而然地以为黎粲是讨厌以唐沁为代表的那一群实验中学学习成绩好的普通年级部的学生,"陶景然他们的成人礼就在上午,我们上午看完就走了,不出意外,根本不会碰到别的人。"

"哦……"黎粲意味深长地应了一声,像在深思熟虑到底要不要去。

林嘉佳见状,又说:"听说这回实验国际部不少人有表演,舞蹈社也有,你们之前在比赛上不是还碰过面吗?这回再去看看呗。"

她怂恿黎粲前去的心情有些急切。

黎粲看出来了,但是没戳破,只好对林嘉佳说:"那就去吧。"

林嘉佳一时脸上笑出了酒窝:"好!我通知何明朗他们,我们到时候一起去给陶景然一个惊喜!"

三月底的云城终于回暖。

对于实验中学的学霸们来说,开学已经快要一个月了,但是对于国际部的同学们来说,新学期则是刚刚才开始。

黎粲套了件还算轻薄的外套,里面穿的是黑色吊带长裙。

她和林嘉佳一行人一起到了实验中学,时间掐得刚刚好,是学校敲响上课铃,国际部的成人礼又恰好还没开始的时候。

他们目标明确,进了学校之后,直奔体育场馆。

路上,他们看见了穿着礼服,稀稀落落往场馆赶的学生。

"看样子实验中学的成人礼也不差呀。"林嘉佳脖子上挂着台相机,看见几个路过的人,抬手给他们照了一张相。

岑岭手上抱着一束鲜花:"我们去哪儿找陶景然?"

"去后台吧?他说今天有个表演,要扮王子。"

"王子?有没有搞错,现在还有这么俗气的舞台吗?"

"你管他呢,到时候全程给他录下来,等结束了再去笑话他。"

几个人叽叽喳喳,已经走到了场馆门外。

黎粲跟在他们身边,一路几近沉默,直到要进场馆的那一刻,她的手机突然响了起来。

是孙微女士打来的。

黎粲和他们说了一声,让他们先进去,待会儿她再进去找人。

她接起电话,孙微说过两天要带她去北城,机票已经为她订好了。

黎粲敷衍地应下,知道这回又是去给那位与孙微关系要好的阿姨过生日。

孙微在电话里顺便又说了一下自己这几天出差的事情。

黎粲有一搭没一搭地听着,差一点点就全部只当作了耳旁风。

等到终于可以挂断电话时,她已经在场馆外面站了三分钟。

她握紧手机,转身打算进去跟林嘉佳他们会合。

不想,她才刚走了一步,抬头就碰见了意想不到的人。

邵轻宴站在体育馆门外,好像在等什么人。

在她转身的刹那,两个人的目光隔空相撞。黎粲从他的眼中窥见了平静,她自己的眼神则是带着些许诧异。

"巧啊,学霸。"她收好手机,若无其事地朝他走去。

"巧。"邵轻宴总是有本事在任何场合都能做到比黎粲还要平静。

黎粲以前瞧不上,现在倒是有些佩服他了。

"都保送 Q 大了,还要参加成人礼吗?"她问,"而且这是他们国际部的成人礼,你怎么在这里?"

"陪人过来。"

"陪谁?"黎粲问。

"邵轻宴!"

就在黎粲话音落下的那一刻,好像是为了回答她的问题,一个她并不认识的女生从场馆内走了出来,喊了邵轻宴的名字。

黎粲噙着惯常冰凉的双眸看过去。

女生穿着一身干净的小白裙,脚下一双白色的帆布鞋,她向他们走来的这几步,风正好吹动她额前的刘海,轻微摆动着。

嗯,很典型的乖乖女的长相。

"东西拿到了,我们走吧。"文加雯瞥了黎粲一眼,抱紧手里的材料,直接对邵轻宴说。

邵轻宴跟着文加雯走了。

黎粲站在体育馆门前最高的台阶上,一言不发地看着一直往楼梯下去的两个身影,第一次觉得云城春日里的光晕有些刺眼。

"邵轻宴,你……认识黎粲啊?"

直到走下几十级的石阶之后,文加雯才敢在黎粲视线的盲区里回头悄悄看了一眼,顺便问向邵轻宴。

邵轻宴不置可否,淡淡应了一声。

"那你跟她很熟吗?"文加雯继续问。

邵轻宴不再回答,只是扫了她一个眼神。

文加雯立刻又说:"我不是多管闲事,邵轻宴,我知道你很忙,平时几乎从来不用微博这种东西,所以你也许不知道,那个女生她……"

"我知道。"

出乎文加雯的意料,邵轻宴的回答来得这么轻描淡写,且冷静到不可思议。

"关于她的新闻,我都知道。"他站在原地,居高临下地看着文加雯,"所以,你还想说什么?"

文加雯莫名感觉到一阵压迫。

"你既然知道，那你也该知道，唐沁的事……"

"那不是唐沁在造谣她？"

"你真信吗？"文加雯急道，"邵轻宴，唐沁去年可是跟我们一起拿过学校的三好学生的，成绩好，长得也不差，有什么理由去嫉妒黎粲？这件事情，我们所有人都在猜测压根就是他们国际学校的学生家大业大，故意找关系给唐沁施压……"

"那就叫唐沁报警吧。"邵轻宴简简单单的一句话，打得文加雯彻底哑口无言。

"不是，邵轻宴，这件事情，你是向着黎粲的是吗？你觉得她是无辜的？"文加雯笑道，"一个国际学校的富二代……"

"一个国际学校的富二代，难道就可以不受法律的制裁吗？如果不行，那我还是建议唐沁去报警。"

邵轻宴每一句话都说得如此轻松，却直接压得文加雯快要喘不过气来了。

她脸色越发难看了："邵轻宴……"

"崔老师还在等我们，快走吧。"他又是这样波澜不惊的语气。

文加雯目睹着邵轻宴的身影从与自己并排到先行走在了自己面前，就算是有再多的不满想说，她眼下也只能是咬咬牙，拔腿先追了上去。

"你等等我。"

她固执地走在邵轻宴身边，路过每一株刚刚春来抽芽的桂花树，都妄图在树下留下自己和他的身影。

黎粲找到林嘉佳他们的时候，几个人在后台和陶景然玩嗨了。

"粲粲！"陶景然一看见她，就立马把她搂了过去，喊人给他们拍了几张合照。

他身上还穿着一会儿表演需要的舞台服，硬邦邦的，紧挨着黎粲，把她的肩膀刺得有点疼。

黎粲拍了几张照片后就不客气地推开了他："你们怎么还没开始？"

"快了快了，八点半开始。"

黎粲和林嘉佳相视了一眼："那我们现在可以去看台了吧？"

"等等，粲粲。"林嘉佳又拉住她，圆圆的大眼睛扑闪着，"陶景然刚才说，我们既然都来了，要不下午就陪他一起留下来吧，他下午还跟普通年级部那几个同学约好了，要给他们捧场，合照。"

"是啊。"陶景然也说,"留下来,我中午直接带你们尝尝我们学校的食堂,味道还是蛮不错的。"

黎粲沉默地看着林嘉佳,仿佛在质问她:说好的中午就走呢?

林嘉佳甚是不好意思地挽着黎粲的胳膊,无声地撒起娇。

黎粲只能又看了看岑岭和何明朗。

两个人虽然没有说话,但不好意思笑起来的神情仿佛明晃晃地就是在说他们也想留下来……

黎粲翻了个白眼:"那你们都留下来,我还能一个人走吗?"

所有人顿时都松了一口气。

实验中学国际部的成人礼,从校长和国际部负责人发表讲话开始到最后结束,总共耗时四个小时。

原本计划要走的众人,因为临时改变了主意,所以中午是在陶景然的带领下,在实验中学用的午餐。饭后,他们又被陶景然带着逛了一圈偌大的校园,这才重新往成人礼场馆的方向走去。

绕着校园散步的一路上,黎粲可以明显感觉到,相比起早晨,校园里不断有越来越多的人在向她投来好奇又畏惧的目光。

这种目光其实从早上她踏进实验中学的校园开始就已经存在了,只是随着时间的推移,校园里越来越热闹,那些望向她的目光也就越来越叫人难以忽视。

对于这些目光的存在,黎粲当然知道是出于什么样的原因,不过得益于被孙微女士从小锻炼到大的强大心理素质,面对这种情况,她全程面不改色,仿佛自己并没有受到任何影响。

甚至,她在这些人的注目礼之下,还无比正常地和林嘉佳他们在校园里遛了一圈又一圈。

光明正大。

招摇过市。

等时间终于到了下午普通年级部成人礼即将开始的节点,几人人手一杯奶茶,又坐在了看台上,陶景然腿上还放着一份流程图。

实验中学普通年级部的成人礼流程,首先依旧是校长和年级部长的发言,其次是高三年级组优秀教师代表发言,再其次则是终于轮到了万众瞩目的学生代表发言。

"一号学生代表发言,二号学生代表发言……"林嘉佳抬头看了看台上正在忙碌踩点的众人，"怎么还需要两个学生代表？"

"一个男一个女呗。"何明朗告诉她，"听说实验中学今年保送的名单又多了几个，其中好几个都是女生。"

"这么厉害？"林嘉佳挑了下眉，立马回头看了眼黎粲。

"粲粲，你放心，那个女生代表绝对不可能是那个姓唐的。"她对黎粲说道。

黎粲沉默着喝了口奶茶，心想自己倒也没有那么小肚鸡肠。

她一边喝着奶茶，一边看着林嘉佳举起相机对准舞台上不断走动的人群，又开始调整起参数。

她的眼神漫无目的，不知道该看些什么。

等到那两个传说中的学生代表终于露脸的时候，林嘉佳突然拍了拍她，惊奇道："粲粲，居然是学霸哎！"

黎粲一脸迷惑。她当然知道，能够代表学生上台发言的，一定是学霸中的学霸，战斗机中的战斗机……

不过她突然又顿了下，意识到不论是林嘉佳还是陶景然口中的"学霸"，好像早就已经成了某人的专属名词……

她终于把许久都没有聚焦的目光眺望到了遥远的舞台之上。

那是黎粲第一次看见穿着正装的邵轻宴。

上午还是一身校服从她面前走过的人，这个时候已经换上了一身得体的西服，站在高台上，身姿挺拔，好像所有的聚光灯本来就是为他而存在。

如果不是知道他真实家境的话，黎粲在聚光灯照耀下的某一刻，忽然不可遏制地想，邵轻宴是真的耀眼，也值得所有尊重。

少年意气风发，立于高台之上，处于青涩与沉稳之间最好的年华，像滚滚东流的无尽诗篇，奔向的是一望无际又宽阔汹涌的大海。

她的眼光流转，在看够了邵轻宴的西服之后，终于又缓慢把目光挪到了他边上。

"我大概站在这里吗？"

文加雯站在邵轻宴身边，转头，轻声细语地询问他。

一整场实验中学普通年级部的成人礼，黎粲看得并没有多少用心。

或许是没有她想要看的东西吧，她全程不知道在想些什么。

突然，手机响起轻微的提示音，她低头看了眼自己最新收到的消息，居然是孙微女士给她发的，说小表弟徐黎和今晚到了他们家里，可能需要她帮忙照顾几天。

黎粲很想问，自己是什么专业陪玩保姆吗？

孙微又发了一段语音过来："他比较闹腾，我也知道，你要是不喜欢，就直接交给保姆也行。你姑姑这几天需要跟我一起出差，家里保姆是新来的，她不放心，所以才放到我们家。"

黎粲：知道了。

孙微都这么说了，黎粲还有不同意的权利吗？

她收起手机，抬头又扫了眼舞台，学生代表发言已经结束了，负责报幕的主持人又穿着礼服上台，开始播报下一个环节。

黎粲依旧没有什么兴趣听。

林嘉佳适时碰了碰她的胳膊，压低声音问道："粲粲，晚上去南园吃饭吗？陶景然他们刚刚在讨论。"

"嗯？不去。"黎粲果断拒绝了。

"啊？为什么？"林嘉佳已经把今天需要拍的照片都拍完了，收起相机问道。

黎粲便把自己刚刚收到的孙微女士的语音转成了文字，递给她看。

林嘉佳瞬间了然，并且同情黎粲地说："那我只能祝你好运了！"

黎粲无奈朝场馆空旷的天花板望了一眼。

不能一起去吃饭，但是等到成人礼结束后，几个人还是一起走到了校门口。

林嘉佳挽着黎粲的手臂，依依不舍地和她告别。

目送着几人陆续上了同一辆商务车之后，黎粲独自站在校门口，等着自家的司机来接。

遇到邵轻宴，真的又是一件相当偶然的事情。

黎粲不过是抬头的一瞬间，便看见那辆熟悉的自行车又从自己面前滑过。

"学霸！"

不知道在想什么的黎粲下意识伸出脚，拦住了那只充满年代感的车轮。

邵轻宴被迫站定，回过头来。

刚刚还在舞台上光芒万丈的人物，褪去鲜亮的西服之后，又是一身洗到发白的朴素校服。

黎粲看着他校服最顶上的扣子，抿了抿嘴角，问道："今天晚上有没有空，帮忙带个孩子？"

其实，黎粲也不知道自己怎么会突然心血来潮，想要邵轻宴帮忙带孩子的。

或许是想到了他带陶明诚的场景吧？

徐黎和那么闹腾，而邵轻宴又那么古板，交给他的话，场面应该会很有趣。

而且，他本来就缺钱，不是吗？

她怔怔地看了邵轻宴两秒，似乎生怕他拒绝，立马又补充道："一小时一千，干不干？"

邵轻宴原本正想开口，在听到黎粲的第二句话之后，又默默闭上了自己的嘴。

他蹙眉看着黎粲，似乎又受到了什么羞辱。

可黎粲这回还真不觉得自己在羞辱人。

照顾徐黎和，在她看来就值这个市场价。

她默默握紧自己的手机，在等待邵轻宴回答的间隙里，手心微微冒了点汗。

他站在她面前，没有立马给出答复，她也没有急着催促。

只是突然，一道柔软的声音打破了他们之间的沉寂。

"邵轻宴！"

这已经是黎粲今天第三次看见文加雯和邵轻宴站在一起了。

文加雯好像总是喜欢这样，无视她的存在，并肩站在比其他任何人都要更靠近邵轻宴的地方。

"你今晚是不是正好要去给童童补课？我也正好要去小姨家，跟你一起过去吧？"

黎粲看见文加雯微微抓紧了书包带子，仰脸对着她面前的男生说。

第五章 ·陪玩

有时候，黎粲会觉得云城春日的光景很长。她收到来自英国的录取通知书已经是好几个月前的事情了，却还要再等好几个月才能出发去念书。

但有时候，她又觉得这春日的光景过得异常匆忙和短暂。她这一天和邵轻宴见了三次面，两次都不到三分钟，剩下的一次，他们隔着遥远的人山人海，未曾有过一秒的对视。

黎粲看着他把自行车往旁边推，绕过自己挡在车轮前的脚，突然觉得自己今天这些行为有些莫名的滑稽。

她把腿收了回来，状若无事地理了理背着的包包，余光不经意地瞥见文加雯已经在抬脚，迅速跟上了邵轻宴的脚步。

他把车子推到了一旁的榕树下，文加雯也跟着到了榕树下。

"邵轻宴……"

"你记错了，我今天晚上不去给童童补课，你自己去吧。"邵轻宴转头，跟她说话。

文加雯顿了一下，紧张到双手在裙摆附近悄悄攥紧。

她知道，其实她早就知道。

她妈妈是学校里的教导主任，最喜欢的学生就是邵轻宴。妈妈知道他家境不好，所以在他还没有确定保送名额的时候，就把自己妹妹家的家教活介绍给了他。

他每周去小姨家给表弟补课的时间，文加雯都清楚地知道。

今天，他的确没有去的安排。

只是……

文加雯又问："那你今晚是要跟顾川风他们一起去吃饭吗？我……"

"我不跟他们去吃饭。"邵轻宴把车子停好,回头看了一眼黎粲,"我去她家带孩子。"

黎粲自从邵轻宴把车子带走的那刻起,便专心地站在原地,等着自家司机来接。蓦然听到邵轻宴的回答,她微冷的眸子缓慢转动,终于再度把目光落到了这个人的身上。

少年站在榕树下,披着一层落日的斑驳光影。

"我车就停在这里,先去对面超市买点东西。"她听见邵轻宴对自己说。

"哦。"黎粲站在原地没动,脸上是惯常的半点表情也没有。

直到目送邵轻宴的背影离开,她的眼神悄无声息地和文加雯对视上,她微冷的双眸里才噙上一点戏谑般的笑意。

文加雯满面通红,也在盯着她,带着许多的错愕和不可置信。

黎粲眨了下眼睛,嘴角咧得更加放肆。

恰好这个时候,家里的司机开着那辆她最为熟悉的迈巴赫,穿过了重重人群,来到了她面前。

就停在文加雯身后。

黎粲便抬脚朝她走去,嘴角仍旧挂着轻蔑的笑意。

文加雯吓得直接往后退了一步,一双充满文艺气息的眼睛死死地瞪着黎粲,也不知道自己是在怕什么。

她怔怔地站在原地,目视着黎粲一步步向自己靠近,而后掠过她,径直走向了她身后的车子。

她浑身僵硬,知道自己是被无视了。

"姚叔,这里人多不好停车,你先停到前面去一点吧,我待会儿就过来。"黎粲说道。

司机姚叔坐在驾驶座上点了点头,看着黎粲手指的方向,又把车子往前面开了几十米。

榕树下微微有尾气漾开,黎粲抬手扇了扇,转身又走远了一点。

自始至终,她都没有跟文加雯说一句话,也没有再回头看过文加雯一眼。

邵轻宴回来的时候,榕树附近只剩黎粲一个人。

黎粲双手抱胸站在街道旁,并没有环顾四周,却也知道,有人已经离开了。

"学霸，你利用我啊。"她气定神闲地说道。

"有吗？"邵轻宴手里拿着一本刚刚收回来的笔记本，面不改色，"不是你邀请我吗？

"晚上需要几个小时？十一点后我要回家。"

黎粲又笑了。

她真的很少有这般感觉到势均力敌的时候。

"一小时一千，看你缺几千。"

"……黎粲。"

后来，黎粲才发现，自己有个恶趣味，就是喜欢一边气邵轻宴，一边听他无可奈何地喊自己的名字。

势均力敌吗？不，她不管做什么，都要狠狠地占据上风才行。

她看着邵轻宴再度微蹙的眉峰，心情是前所未有的舒畅。

"现在是五点多，估计等你骑到我家就六点半吧，你陪他玩到晚上九点，怎么样？"终于，她的玩意褪去，才认真跟邵轻宴商量。

"可以。"邵轻宴答应，"他喜欢看书吗？"

"学霸，我是请你回家当陪玩的，当然，你要是愿意做家教，我也能再给你出一份工资……"

"不用了，你就照正常陪玩的价格给就行。云城市场价，幼儿陪玩大概三十到四十元一个小时，我没有考过幼师证，你随便看着给就行。"

"这你都知道？"黎粲有些意外。

"嗯。"邵轻宴习以为常地把笔记本塞进自己的书包里，背着书包便跨上了自行车。

他骑在自行车上，问道："你怎么回家？我骑车过去。"

这是顺便还想要载她一起回家的意思？

黎粲神情古怪地嗤笑了一声，觉得自己突然又找到了一个能够奚落邵轻宴的好办法。

她伸出葱嫩的指尖，毫不犹豫地指向自家车子的方向："我家司机来接。"

然而，望着那辆黑亮无比的迈巴赫，邵轻宴只是点了点头，一点别的神色也没有。

他让黎粲把她家的具体位置发给他，随后就踢开自行车的脚撑，径自往西郊庄园的方向去了。

黎粲到家，时间才刚刚过六点。

迈巴赫的速度总归比自行车快很多，虽然出发得晚，也挡不住它的无情超车。

想起邵轻宴刚才的态度，黎粲把正在楼上捣乱的小表弟徐黎和喊了下来，没什么好脸色地告诉他，自己给他安排了一个陪玩。

徐黎和自然要闹："我不要陪玩，妈妈说你就可以陪我玩！"

"你想得美。"黎粲冷笑，"我陪你玩，我自己玩什么？"

"总之我不要陪玩！"徐黎和坐在地上，直接撒泼哭闹了起来。

黎粲冷眼瞧着，没有打算多理会他。

身为家里的独生子，徐黎和从小就是霸王脾气，从他两岁开始，家里便给他安排双语陪玩兼家教，奈何没有一个能撑过三个月的。

这回他又把上一位陪玩家教给折腾走了，他妈妈才不得不在出差的时候把他送到这里来。

黎粲喊人去把家里几个还没拆的乐高拿了下来，打算待会儿让邵轻宴陪徐黎和拼乐高玩。

徐黎和在地毯上翻来覆去，哭闹了足足十多分钟也不消停。

直至他听见不远处有开门声传来，黎粲坐在沙发上，仍旧一点动静也没有，他才知道她是铁了心了，他再怎么撒泼也没有用。

徐黎和只能狠狠地在地毯上坐了起来，面色凶狠地瞪着即将进门的人。

邵轻宴迈进黎家别墅的大门时，怎么也没想到，自己一进门就会先被一个孩子给放了个下马威。

徐黎和表情凶狠，像个小霸王，只是脸颊上挂着泪珠，叫他知道这是个刚刚哭闹过的小霸王。

他单肩背着书包，神色尚算平静，在和黎粲短暂的眼神交会过后，知道这便是自己工作的开始了。

"小朋友，你好。"他俯身和徐黎和打招呼。

"我不好！"小小的徐黎和仰着脑袋，双手叉腰，"你从我家出去！"

"哦，好。"邵轻宴神色一滞，听到徐黎和小朋友的话，人还没彻底进门呢，立马又直起了身体，转身朝着门外走去。

他其至没有一丝丝的犹豫。

徐黎和愣住了，黎粲也有一瞬间愣住了。

但是她很快反应过来,看着邵轻宴离去的身影,朝徐黎和瞪了一眼。

"这是我一千块一个小时请过来的,徐黎和,今天他要是在这里少待一分钟,你就少一件新年礼物。"

她打开手机自带的计时软件,半点不客气地知会小表弟。

徐黎和眨巴眨巴眼睛,小小的大脑显然并不能理解,为什么他今天都还没有正式开始闹,所谓的陪玩老师就先走了这件事情。

他脸颊红红的,眼睛也红红的,更不能理解的是一千块一个小时是什么概念,很贵吗?

他的大脑持续发蒙,不过这些并不妨碍他在瞥见自家表姐的表情时,知道自己如果再不把人拉回来的话,好像真的会大事不妙。

他突然变得唯唯诺诺的,坐在原地不敢动。

"还不去把人请回来啊?"黎粲又睥了他一眼,脸色不爽。

徐黎和这回终于有了反应,手脚并用地从地毯上爬了起来。

他看了眼黎粲放在桌子上计时的手机,就这么一会儿的工夫,时间居然已经过去一分多钟了。

识时务者为俊杰,他虽然仍旧小脸气鼓鼓的,但还是迈着小短腿,赶紧朝黎家的花园外面跑去。

邵轻宴正慢悠悠地走在黎家的院子里,听见身后有脚步声响起,微微勾了勾嘴角。

"你怎么回事?怎么我叫你走你就走了?你一点也不敬业!"

果然,不出多时,徐黎和小朋友就拦在了他的身前,脑袋还不到他的腰际。

"你知道敬业两个字怎么写?"邵轻宴垂眸,好笑地看着他,"在我来之前,你姐姐就已经把钱付给我了,你不要我陪你玩,这个钱不就是免费给我的?"

"你想得美!"出身商人家庭的徐黎和,虽然暂时还没有什么经商的头脑,但是也知道付出去钱就该得到应有的回报,"你这是抢钱!"

"那你想怎么样?"

"你,你把钱退给我!"

以为他好歹会叫自己回去的邵轻宴听到这个回答的时候,属实惊讶了一下。

真不愧是黎粲的表弟。

他一时间只有这一个念头,而后,他更加觉得有意思地看着眼前这个小朋友。

"那如果我不退呢?"

"你……你……"

事实证明,不论如何,都不要小瞧一个小朋友的力量。

邵轻宴好整以暇地看着眼前的小男生,然后怎么也没想到,下一刻,这位面红耳赤的小男生会满面怒容朝着他撞了过来。

只听到沉闷的一声。

徐黎和抬头,仿佛完全没有想到有人的肚子居然是硬的!

他捂着自己的脑袋,在对着邵轻宴愣了片刻之后,猝不及防大声哭了出来。

好疼!

邵轻宴无奈极了。

五分钟后。

徐黎和趴在邵轻宴的怀里,终于被抱回了家。

对于两个人会一起回家这个结果,黎粲并不感到意外,但是这两个人回家的方式让她很不理解。

"徐黎和,你在干什么?"她坐在沙发上,好奇地问。

"姐姐!"摔疼了之后的小孩总是知道要往亲近的人的怀里钻,徐黎和挣扎着要邵轻宴放下自己,一下子扑到了黎粲怀里,指着邵轻宴,"他打我!"

邵轻宴沉默,刚刚他们可不是这么商量的。

黎粲的脸色一时精彩纷呈,看看邵轻宴,又看看徐黎和。

"徐黎和,不许说谎。"

"……我脑袋撞到他肚了了。"徐黎和只能泪眼婆娑、委屈巴巴地把实话半说了出来。

说完,他好像也难为情,拉起黎粲的手,非要她陪着自己去吃饭。

"我饿了。"他刻意不去看邵轻宴。

黎粲无可奈何,喊保姆先把徐黎和带去洗了把脸,完事才允许他坐上饭桌。

徐黎和别的地方或许不懂事,但是有一件事情非常讨大人们的喜欢,那就是乖乖吃饭。

趁着吃饭的时间,黎粲终于可以独自下楼了。她给邵轻宴使了个眼色,很显然,是接下来这个小霸王就交给他的意思。

不管徐黎和和邵轻宴在楼下发生了什么,不用当保姆的黎粲一个人在卧室里过了愉快的两个小时。

等她将近九点再打开卧室房门的时候,只听到楼下传来一点模糊的交谈声。

她站在楼梯上,往下看到客厅里的邵轻宴和徐黎和正在玩叠高高,两个人你一下我一下,正玩得聚精会神,不亦乐乎。

她觉得新奇,倚在楼梯上不禁多看了两眼。

没过多久,徐黎和便又输了。

"啊!"他崩溃地捂着脑袋,闭上眼,任邵轻宴在自己额头上轻轻点了一下。

"哥哥!"

短短两个多小时,他对邵轻宴的称呼,不知道什么时候已经从不客气的呼来喝去变成了客客气气的"哥哥"。

"九点到了,你是不是要回家了?"他语气有点不舍地说道。

"嗯。"邵轻宴抬头看了眼挂在客厅墙上的时钟,"等你姐姐下来,我就走了。"

"那趁我姐姐还没下来,我们再来一局吧。"小孩子贪心得很,不肯服输,总觉得再来一局就肯定能赢。

虽然今晚两个小时的游戏时间,他一局也没有赢过。

邵轻宴看了他一眼,不知道是不是感应到了什么,忽而又抬起了头,目光向上。

猝不及防的对视,叫黎粲顿了一下。

邵轻宴轻笑,低下头说道:"不行了,你姐姐已经下来了,我们的时间到了。"

"啊!"徐黎和立马跟着邵轻宴的目光向上望去,果然看见自家姐姐倚靠在三楼扶手旁的纤细身影。

既然都被发现了,黎粲便下了楼。

"怎么,还玩上瘾了?"她问徐黎和。

徐黎和抿了抿肉嘟嘟的唇瓣,悄悄拉了拉黎粲的衣摆,说道:"姐姐,小邵哥哥跟他们不一样,小邵哥哥好聪明,我喜欢和聪明人玩!"

你才几岁,就喜欢挑聪明的人玩?

黎粲嘲弄地看了眼自家的小表弟,喊保姆过来带徐黎和去洗脸,准备睡觉。

晚上九点对于普通的高中生来说，或许还是正当奋斗的时候，但是对于六岁的小孩子来说，已经不早了。

等到保姆把徐黎和带走，黎粲才有工夫再看一眼邵轻宴。

"走吧，我送你出去。"

"不用了，我大概认识路。"

"钱还没算呢，而且，我想出门吃夜宵。"

黎粲上楼的两个小时里，换了一身衣服，晚上轻薄的外套扛不住风，她便换成了有点厚度的软牛仔。

她双手插到兜里，淡色的牛仔外套宽宽松松地罩着，在明亮的灯光下，印出斑斑点点的花纹形状。

她仰着脸，看着邵轻宴。

"那走吧。"邵轻宴终于无话可说。

他走到花园里，率先推着自行车出门。

黎粲不紧不慢，走在邵轻宴的身边，一路从黎家的别墅来到庄园小区的门口。

春夜的月色从来都不是冬天能比的。

黎粲在自家的小区里散过不少次步，每一次头顶着夜色出门，她都能感受到月色倾泻在自己的脸上、身上，柔和的光线会软化她不少棱角和锋利。

"邵轻宴。"站在自家小区门口的时候，黎粲凝望着天边细碎的繁星，突然问道，"你平时都吃什么夜宵？"

"不吃。"邵轻宴很诚实地告诉她。

"就算忙到很晚，也不吃吗？"

"那是必需的晚饭，不是夜宵。"

"哦，那你请我吃夜宵吧。"黎粲晃了晃手机，在说完话的最后一刻，把今天该给他结算的钱发了出去。

整整两个半小时，她给邵轻宴转了两千五。

邵轻宴看着她的手机页面，微微叹了口气。

"黎粲……"

"我一开始说的一小时一千，就是一小时一千，你要是不同意，下回再免费来帮我多带他几次吧，他好像还挺喜欢你的。"

黎粲满头黑发柔顺地披在身后，月色下淡淡的浅笑叫她看起来格外人畜无害，像朵洁白的小雏菊。

但是邵轻宴知道，"洁白"和"人畜无害"这几个字，从来都是不适合黎粲的。

黎粲很喜欢用钱羞辱人。

真的很喜欢。

也不对，他不知道黎粲对别人是什么样子的，或许她只是单纯地喜欢用钱来羞辱他。

仅仅是他，而已。

邵轻宴撑着自行车，看黎粲熟练地坐在自己的后座上，自顾自掠过了这个话题："好了，就这样吧，邵轻宴，请我去吃夜宵吧！"

她一本正经地仰着脖子，俨然一副不容人拒绝的模样。

邵轻宴定定地看着她。

他应该答应黎粲吗？

不，他不想就这么纵容黎粲。

邵轻宴心想。

他知道，自己今天一旦对黎粲的纵容开了口，那么接下来的一切就会像是一个无底洞般一发不可收拾。

犹如潘多拉的魔盒，一经打开，没有尽头。

但是他看着月色下的黎粲许久，平时总是能够做到很冷静的理智，不知道为什么，在今夜好像丧失了上风的高地。

邵轻宴最终还是上了车，无声沉默代替了他的回答。

这是大学城附近的一条小吃街。

邵轻宴从西郊庄园一路骑着自行车，熟门熟路地带黎粲来到了一家鱼粉摊子前。

"吃吗？"他问黎粲。

"吃啊！"

虽然是个从小十指不沾阳春水的大小姐，但黎粲也不是从来没有吃过小吃街。

她下车后，环顾了一圈小吃街的环境，抽了几张纸巾，擦了擦自己面前的桌子和红色的塑料板凳，然后就跟着邵轻宴坐了下来。

没有多余的矫情。

"吃什么？"邵轻宴把桌上摆的小菜单推给她。

"这家店不是专门卖鱼粉的吗？"黎粲低头看了眼菜单，"那就要一份番茄鱼粉吧，鱼片记得多放点。"

黎粲没有吃过鱼粉，不过鱼粉鱼粉，听名字也知道是有鱼肉的，她喜欢吃鱼肉。

"嗯。"邵轻宴没多说什么，听完她的要求，起身就去跟老板点菜了。

"一份番茄鱼粉，加双份鱼片。"顿了顿之后，他又补充道，"不要葱和花生。"

夜晚的小吃街热火朝天，鱼粉摊子的生意兴隆异常，老板显然是认得邵轻宴的，在熔炉似的锅炉堆里笑着问他："你小子难得啊，平时自己吃一份鱼片也不舍得加，今天带个女生过来，居然加双份？"

"嗯。"邵轻宴淡淡地应了声，面对老板揶揄的笑意，他当然知道对方在想些什么。

但是邵轻宴向来不是个话多的人，有些事情，不到万不得已的时候，在他看来没有必要特地去解释。

他付完钱之后，回头便看到黎粲坐在塑料凳上左顾右盼。

邵轻宴想，大小姐大概是压根没有来过小吃街这种地方，又或者是很久没有接触过了，所以他不在的时候，她东张西望的，可以依稀看出她的无尽好奇。

斑驳嘈杂又炽热的灯光底下，她的脸蛋好像在熠熠闪光。

邵轻宴怔了一下，惊讶自己对于黎粲居然会有这样的评价。

他没有急着回去，而是站在老板的身边，顺着黎粲的目光，注意到她视线停留最久的地方是不远处一家人来人往卖冷饮的铺子。

"石莲豆腐，要吃吗？"终于，他走过去，问道。

"石莲豆腐？"黎粲眨了眨眼。

"嗯，江浙那边的小吃。"邵轻宴看着她的神情，下一秒便很自觉地问道，"要多加蜂蜜吗？大杯还是中杯？"

"中杯就好，不用太多蜂蜜，我不喜欢吃太甜的。"

"嗯。"

很快，黎粲便拥有了一杯邵轻宴为她带回来的、中等甜度的石莲豆腐。

冰冰凉的口感，这个天气喝，其实还是有点冷，但也许是鱼粉摊子的烟火气实在太足，所以黎粲没觉得。

她捧着石莲豆腐，一口气喝了好几口，这才注意到不论手上还是桌前都是空空如也的邵轻宴。

"你吃什么？"大小姐终于大发慈悲地关心道。

"吃过晚饭了，现在不饿。"邵轻宴很干脆利落地回答，回到桌边坐下后，双手便握紧手机打字。

黎粲沉默了一下，看他好像是在回答家教学生的什么问题。

等到鱼粉老板把热乎乎装在透明塑料碗里的鱼粉端上桌的时候，她想了想，问老板又要了一只小碗。

"喏。"她把小碗推到邵轻宴面前，"我吃不了这么多，你跟我一人一半吧。"

邵轻宴终于抽空把目光从手机上抬了起来。

黎粲歪头扫了他一眼。

"我真的不饿。"须臾，邵轻宴说。

"可是我也真的吃不完。"

黎粲倒也不是在说假话。她从前没有吃过鱼粉，哪里知道一份鱼粉的分量会这么大，夜宵吃一点就好，又没必要吃饱。

黎粲不等邵轻宴再说话，直接掰开筷子，夹了一半鱼粉和鱼片到那只小碗里，推到了他面前。

"浪费粮食可耻，学霸。"她说完话，便不等他回答，自己埋头先吃了起来。

黎粲吃饭很专注，也不喜欢跟人说话。

这一点，邵轻宴在看过两次她吃饭之后就发现了。

他坐在黎粲面前，又看了她一会儿，最后，半是释然半是无奈地紧跟着拆了一双筷子，默默吃了起来。

吃完鱼粉之后，差不多是晚上十点半了。

邵轻宴沿着原路返回，先把黎粲载回到西郊庄园的门口。

西郊庄园外面的街道上，有一股相当浓郁的茉莉花香。黎粲坐在邵轻宴的后座上，吃饱喝足之后，难得没有什么要捉弄人的心思，一路抓紧车座的支撑，晃着脚，闻着花香，沉浸在春夜的风里。

等到快到家门口的时候，她拨弄了下自己的长发，叫原本沾染了些小吃街味道的乌发又仿佛瞬间只浸润着茉莉的清香。

自行车稳稳当当地停在庄园门前的时候，时间刚好到十一点。

"今天又谢谢你了，学霸。"黎粲从车子上跳下来，对邵轻宴说道。

"那我回去了。"

"嗯。"

邵轻宴没从座椅上下来，待黎粲下车之后，握紧自行车的车把手，便打算直接掉转车头往家里去。

黎粲转身往自家小区走了两步。

突然，她又像想起来什么一样，在邵轻宴打算离开的时候快步跑回来拉住了他的校服一角。

光线在夜色中缓慢拉长。

"等等，我差点忘了，还有一件事情。"

邵轻宴沉默地等着她的后话。

"如果你以后还需要我像今天那样帮忙的话，我也是很乐意效劳的。"黎粲在灯火下站着，眨不眨的双眸皎洁清润，好似月光下最耀眼的那颗珍珠，"毕竟我长得这么好看，不管怎么样都很有说服力，你说是吧？"

第六章 · 朋友

徐黎和觉得自家姐姐最近应该是有什么好事发生了，因为他已经连着两天在黎粲面前获得了好脸色！

邵轻宴离开后的第一天，黎粲带着徐黎和去逛了商场；邵轻宴离开后的第二天，她又直接联系了林嘉佳和陶景然，喊陶景然带上他们家的两个小朋友，大家一起去林嘉佳家里的游乐场玩。

徐黎和好不开心！

他一连跟着黎粲疯玩了两天，直到第三天，黎粲告诉他，他的妈妈再过几天就要回来了，他才后知后觉地意识到自己的好日子马上就要到头了。

"姐姐，你跟妈妈说说，让她把小邵哥哥请去我家当我的陪玩吧？"

才陪着徐黎和玩过两个小时的邵轻宴，也不知道是有什么魔法，能够叫徐黎和念念不忘。

黎粲看着自家贪心的小表弟，觉得他对邵轻宴的喜爱程度似乎超出了她的预料。

"怎么，你就这么喜欢他？"

"嗯，小邵哥哥可好玩了！姐姐，你就帮帮我吧！"

徐黎和把自己胖乎乎的小手臂缠在黎粲的胳膊上，黎粲无可奈何地又睨了他一眼。

这件事情，她倒也不是不想帮徐黎和，只是她上回和邵轻宴提起这件事情的时候，邵轻宴已经以没时间为由明确地拒绝了她，那两个半小时的陪玩还是意外才得来的，她还能怎么办？

不过说到邵轻宴……

黎粲想起上回吃完夜宵，他送自己回家的场景。

她和邵轻宴又有好几天没有联系过了。

"嗯，不过以后可能都不需要了，谢谢你。"

——这是邵轻宴当时对她的回答。

如果没有窥见他在灯光下微微泛红的耳尖，还有骑着自行车速度快到堪称落荒而逃的狼狈的话，黎粲肯定不会觉得，原来那一次，又是自己占据了上风。

那是一声相当不清不楚的"嗯"。

扑闪的眼睫和躲闪的目光，连带着棱角分明的侧脸，在月色与灯光的复杂照耀下，好像都透着一股朦胧的羞涩。

也是黎粲第一次发现了不一样的邵轻宴。

隐藏在清冷和沉默表皮之下的、与普罗大众其实也没什么分别的、另一面的邵轻宴。

直到现在想起那晚的月色，黎粲依旧会觉得当时一路从海洋上吹拂而来的晚风，应该都是带着说不清道不明的蓬勃春意。

对于徐黎和的请求，黎粲思索了许久，最后没有说答应，但也没有拒绝。

她只是当着徐黎和的面，先发了自己昨天带他出去玩的朋友圈。

黎粲发朋友圈，不喜欢屏蔽谁，也不喜欢编辑文案，每次都是几张图凑个九宫格，随后便万事大吉。

不过九宫格里都是她精挑细选的图片。

她发完朋友圈后才和徐黎和说道："这样吧，咱们俩比赛，如果你小邵哥哥在今天大黑之前点赞我这条朋友圈，我就再帮你喊他出来陪你玩一天，怎么样？"

徐黎和眨巴眨巴眼睛。

虽然才六岁，但是生活在高速信息时代的徐小朋友已经知道什么是微信，什么是朋友圈。

他忙不迭点头："好！"

小朋友尚不会分辨条件这种东西，只是觉得自己有机会就好！

黎粲笑了。

接下来整整一天，徐黎和便比黎粲本人还要更加关心她的朋友圈点赞。

过了十分钟，已经有十几个人点赞了！但是好像都没有小邵哥哥，没关系。再过一个小时，又有好多人点赞了！但是好像又没有小邵哥哥，没关系，反正还没天黑呢……

徐黎和就这么缠着黎粲，一直从早上到了中午，中午吃过午饭后，又到傍晚。黎粲打算去洗澡了，他便独自趴在黎粲房间的沙发上，捧着她的手机，目不转睛地盯着她朋友圈的点赞人。

黎粲洗完澡从浴室出来，看见窗外已经天黑了，问道："怎么样？"

徐黎和大为不解："姐姐，为什么小邵哥哥就是不给你点赞？他都给陶哥哥点赞了！"

"什么？"黎粲顿了一下。

"就是嘛！"徐黎和把黎粲的手机递还给她，指着下面一条陶景然昨天发的朋友圈，以及他朋友圈好友点赞处那个蓝天白云的头像。

黎粲看了眼，还真是。

不过陶景然的朋友圈都是昨晚发的，邵轻宴昨晚看到了点赞，今天还没有刷朋友圈，好像也没有什么问题。

她只是告诉徐黎和："好啦，愿赌服输。"随后便收回了自己的手机。

徐黎和哼哼唧唧，不满意了一整个晚上。

而黎粲虽然看似不太在意，但是晚上临睡前，躺在被窝里，还是打开自己的朋友圈，又仔仔细细地看了眼今天给自己点赞的人员。

她从前从来没有在意过这个东西，但是今天真真切切地注意到，邵轻宴从早上到现在，真的一直都没有给她点赞。

为什么不给她点赞？

黎粲一个人躺在被窝里，对比了下自己和陶景然的朋友圈的不同。

有什么不同？显然她的朋友圈比陶景然的高级，她的朋友圈比陶景然的更会构图，她的朋友圈比陶景然的色调更加和谐，她的朋友圈比陶景然的表现更加完美……

那为什么不给她点赞？

换作几个月前的黎粲，完全不可能会想到自己有一天居然会因为一个男生的点赞辗转纠结。

因为邵轻宴今天忙到现在还没有时间看手机吗？

真是可怜呢。

黎粲这么想着，心里突然好受了许多。

辗转反侧了大半夜，她终于能够因为一个尚算合理的回答，得到了正常的睡眠。

只是第二天,黎粲的脸色并没有比昨天晚上好多少,因为邵轻宴依旧没有给她点赞。

她不是一个有事喜欢藏着掖着的人,憋一夜,已经是她的极限了。

她直接打开了和邵轻宴的聊天框,把自己昨晚挑出来发九宫格的照片一张一张全给邵轻宴发了过去。

黎粲:好看吗?

紧随其后的只有这三个字,外加一个带有死亡微笑意味的表情包。

邵轻宴昨晚值夜班。

值完夜班回家,东方早就已经露出鱼肚白。

邵沁芳女士依旧做好了早餐等他回来,看他吃完之后,就叮嘱他赶紧去睡觉。

一个星期至少两次的便利店夜班,在她看来实在是没有必要,但是邵轻宴仍旧有自己的坚持,她也就没有多劝。

邵轻宴这一睡,直接从早上七点睡到了中午十二点半。

下午他还需要去陶景然家里做家教,所以十二点半一到,他的闹钟响起,把他从睡眠中强制拉了出来。

他洗了把脸,简单吃了顿午饭,回到房间准备备课,才发现几个小时没有碰过的手机里已经有了几条新的消息。

顾川风的消息被顶在最前面,是喊他今晚一起去给朋友过生日的。

紧接着,是教导主任,说是需要他再提供几张照片,学校的青年报社想要给他出期人物专访,需要他的配合。

再然后……是黎粲。

黎粲的微信名称叫"Glory.",邵轻宴猜测应该是她的英文名,寓意为荣耀与灿烂。自从加了微信之后,他就没给她改过备注。

至于她的头像,是一只慵懒的、戴着一顶金灿灿王冠的黑猫。

邵轻宴看着那只眼神和黎粲别无二致的纯正黑猫,揉了揉眉心,莫名想起一些事情。

点开和她的聊天框,大小姐在今天早上八点的时候,一口气给他发了好多张照片,最后又是他熟悉的那句——

Glory.:好看吗?

附带一个死亡微笑表情包。

邵轻宴不明白自己又是哪里惹到了她,仔仔细细把她发过来的每一张照片都看过去，然后回了一个"嗯"字过去。

他知道，黎粲发的这几张照片，是前几天她跟陶景然他们一起出去的时候拍的。

当时他看见了陶景然的朋友圈，还顺手点了个赞。

只是他不明白黎粲把这些照片单独发给自己的意义。

邵轻宴忙得很，不是每一天都有心思去刷朋友圈，窥探别人的岁月静好。他回了黎粲的消息之后，就把手机关上，准备下午上课的内容。

等到他再拿起手机的时候，黎粲的消息已经回复了过来。

Glory.：怎么又是嗯？嗯是什么意思？好看还是不好看？

Glory.：学霸，你们这样讲话，语文作文真的可以得高分吗？

邵轻宴没有再回复她。

因为时间快来不及了，他备完了课，就得赶快骑车去陶景然家。

这样忙忙碌碌一直到从陶景然家出来，邵轻宴才终于有工夫去回答黎粲的消息。

"喂，邵轻宴！"

可是好像又根本不用等他在手机上作答。

邵轻宴循着声音抬头，时隔多日，又见到了黎粲。

她穿着简单的家居服，样子是他前所未见的松弛，她似乎只是从家门口散步过来，然后偶然碰到他。

黎粲站在他面前，唇线抿直，除了刚刚的那声招，暂时好像并不打算再说些别的话。

邵轻宴握着车把的双手稍微紧了紧。

"巧。"这回，终于是他先说。

"嗯，真巧啊。"黎粲站在原地，可有可无地应了一声。

邵轻宴紧跟着沉默了一下，看着她清冷的眉眼，不知道在想什么。

过了一会儿，他才说道："我最近有点忙，你表弟这几天还在你家里吗？我后天周末大概有空，他需要的话，可以再陪他玩一天。"

"他后天早上就要回去。"黎粲没有半点迂回地告诉他。

"哦。"邵轻宴神色平静，听到这话似乎也没有什么遗憾，"那下次我再……"

"但是周末再把他留一天又不是什么难事，他巴不得有人陪他玩呢。"黎粲好像很无所谓，把双手放在外套的兜里，微微仰脸看着他。

邵轻宴说到一半的话收了回去。

"那周末的时候，你跟我联系，去你家还是带他出去玩，我都可以。"他说。

"但是这个周末不行，这个周末我得去北城。"黎粲终于又露出了自己狡黠的本色。

邵轻宴沉默了。

他知道，他向来都知道，这样的一波三折，完完全全是黎粲会喜欢的捉弄人的把戏。

他终于上了自行车："那以后有机会再商量吧，我会抽空把我的时间表发一份给你，你有需要就找我。"

好歹是收了人家那么多钱，邵轻宴还是会尽力把自己该做的事情做到，争取无愧于心。

"嗯。"黎粲淡淡地看着邵轻宴，或许是自己今日捉弄人的目的又达到了，所以她并没有再计较邵轻宴没有及时回复自己消息的事情。

只是在邵轻宴准备离开的时候，她又猝不及防地拉住了邵轻宴的衣摆一角。

"学霸，下回手机买个防窥屏吧，不然你在看什么东西，别人都一览无余。"

黎粲的恶劣程度，永远都比展现在人前的要更加严重一点。

——这是邵轻宴在和黎粲接触了几次之后，得到的不二真谛。

他当然没有去换自己的手机屏幕，也没有因为自己正在打算回她的消息，结果就被她这么赤裸裸地看到而觉得羞耻。

如果这也要羞耻，那邵轻宴这辈子需要觉得羞耻的事情可就太多了。

等到黎粲再联系邵轻宴的时候，已经是下一个周末的事情了。

云城晴空万里，如同棉花糖般的云朵飘浮其上，变化万千。

邵轻宴收到了黎粲要求他带徐黎和出门的消息，在周日早上的九点，他准时抵达西郊庄园的门口。

徐黎和对于自己居然真的还可以和邵轻宴一起出去玩，感到无比激动。

昨天收到黎粲的消息时，他还有些不敢相信，明明上回他都输了！但是可以和小邵哥哥出去玩，他怎么会不去呢？他一收到消息就屁颠屁颠地喊自家妈妈把他直接送到了黎家，非要当天晚上就住在这里。

黎粲懒得和这小屁孩掰扯，她前几天刚从北城回来，一回来就替他约了邵轻宴，当然不是为了和他吵架。

她和邵轻宴约了周日带徐黎和去外面的草地上烧烤。

出门的当天，她特地挑了一件十分日常简单的Polo裙，却对着镜子化了半天的淡妆才允许自己出去。

他们去郊外烧烤，当然是坐黎家的车子。一路上，徐黎和都在叽叽喳喳，表达着自己再度见到邵轻宴的兴奋。

如果算上徐黎和的话，邵轻宴如今正在做家教的学生有三个，年纪从小学到初中不等，徐黎和年纪最小，但是对他最为热情的那一个。

他一路上邵哥哥长，邵哥哥短，叫原本不算话多的邵轻宴也无奈说了不少的话。

去野餐的路很远，车子从市区出发，足足开了四十多分钟才到。

车停下后，邵轻宴率先下车，和司机一起把烧烤需要用到的东西都搬了下来。

徐黎和与黎粲，一个大少爷，一个大小姐，则是双手插兜，站在草地上欣赏了好一会儿风景，然后才有搭把手的觉悟。

不过这个时候，邵轻宴已经把该做的事情差不多都做完了。

黎粲盯着他满脑袋的薄汗，难得善解人意地朝他递出一张纸巾。

邵轻宴抬头看了她一眼。

"擦擦吧，不知道的还以为你是我请来的劳工呢。"

邵轻宴接过纸巾，觉得其实从某种意义上来说，劳工倒也没错。

如果不是因为黎粲上回给的钱实在太多了，他想他应该是不会再有闲心抽时间来陪大小姐和大少爷烧烤的。

是的，他一直都觉得自己应该不会有这样的闲心。

擦过汗之后，就是正式生炭火和烧烤的环节。

当然，还是邵轻宴一个人干。

徐黎和因为看到隔壁的小朋友在放风筝，所以也想起了自己带的风筝，拉着黎粲就陪自己去找风筝。

等到他们放完风筝回来的时候，肉已经摆上了烤架。

"哇，姐姐，小邵哥哥好厉害！我们第一次约会好成功！"徐黎和望着烤架上一串又一串花花绿绿的烤肉，两眼放光。

黎粲和邵轻宴听到他的话，却都是一怔。

不是，这小孩子家家的怎么乱用词语呢？什么叫约会很成功？这是约会吗？

"徐黎和！"黎粲陪着徐黎和蹲在烤架前，和邵轻宴面对面，"你知道什么叫约会吗？"

"我知道啊！"徐黎和眨巴眨巴眼睛，"妈妈说，男生和女生出去玩就是约会！我经常和我们班上的同学约会呀！"

黎粲一本正经地纠正他："是一个男生和一个女生单独出去玩才叫约会，很多个男生和女生出去玩，就不叫约会了！"

"那叫什么？"

"叫……"黎粲脑袋卡了壳，一时竟然想不到什么好的表达可以告诉自家尚未成熟的小表弟。

"叫聚会。"

突然，邵轻宴的声音响起，隔着微微弥漫的炭火，传进了黎粲的耳朵里。

黎粲顿住，转头看了他一眼。

"对，叫聚会。"她接话道。

"哇，邵哥哥你好厉害！"徐黎和一听到邵轻宴的回答，立马转头吹捧起邵轻宴。

想起一个词就厉害了？

黎粲翻了个白眼。

接下来，徐黎和休息够了，还想再拉着她陪自己去玩，可是黎粲一点儿也不想陪他去玩了。

"喊你最厉害的邵哥哥陪你去玩吧。"她懒懒地坐在便携式折叠椅里。

徐黎和丈二和尚摸不着头脑，完全不明白自家姐姐怎么突然好像又生气了。

他看看邵哥哥，邵哥哥也看了看他。

邵哥哥要烧烤，想要他陪自己玩应该是不可能的。

徐黎和偏着小脑袋瓜想了想，很快便想到了可以自己一个人玩的东西。

他拿起箱子里的吹泡泡工具，围在黎粲和邵轻宴的身边一口气吹了好多泡泡。

黎粲和邵轻宴一惊，忙护住一堆吃的。

"徐黎和!你干什么!这个不许在这里吹!"

但是徐黎和玩得正开心呢,哪里听得进这些,他手里握着玩具,一口气又吹了好多泡泡出来。

这熊孩子!

黎粲手忙脚乱,见邵轻宴一边护住食物,一边挥手赶走那些泡泡,她干脆便直接起身,去抓徐黎和的领子。

徐黎和见黎粲开始追自己,越发高兴地抱着自己的玩具在草坪上撒野狂奔起来,黎粲追着他绕了草坪整整一圈才终于把人给抓回来,并且没收了他的"作案工具"。

"这是能随便吹的东西吗?"她骂道。

徐黎和被抓了,这才知道老实。

"可是你们都不陪我玩!"他苦着脸。

"你……"黎粲终于开始后悔带徐黎和出门烧烤了。

她到底是怎么吃饱了撑的,想到要帮他约邵轻宴出来玩的?

现在好了,纯纯是给自己找气受。

正当她被徐黎和气到无话可说的时候,突然,一串香喷喷的青椒羊肉串被递到了她面前。

黎粲顺着那截劲瘦的手臂去看递来东西的人。

"烤好了,你先尝尝吧。"邵轻宴沉静又如同春日一般带着丝丝欢快起伏的声音再一次传进了她的耳朵里。

黎粲抿着唇,片刻后,终于还是接过了那串羊肉。

嗯,味道一般。

烧烤结束的时候,黎粲发了一条朋友圈,大致内容是草坪、烧烤、蓝天、白云,还有不听话的表弟。

当然,没有邵轻宴。

回家之后,一路上小嘴叭叭又没有停过的徐黎和在家门口目睹邵轻宴骑着自行车远去的身影后,忍不住问道:"姐姐,我们下回还能找邵哥哥一起出来玩吗?"

不能。

鉴于徐黎和今天的表现,黎粲真想这么告诉他。

但她还是不想看他下一秒就在自己面前哭开,于是说道:"看情况吧。"

烧烤聚会过去没几天，就是黎粲学校办成人礼的日子了。

国际学校的成人礼要比一般公立学校热闹许多，每个人都可以穿上自己精心准备的晚礼服，迎接自己一生中最为重要的时刻。

黎粲不知道成人礼的发明者是谁，但她知道，成人礼那天，她的礼服应该是最耀眼又最夺目的。

黎粲为成人礼准备的礼服是一条黑色的羽毛抹胸长裙，年初巴黎时装周上发布的款式，由她的表姐当场看中买了下来，说是送给她的成年礼物。

礼服按照她的尺寸修改，紧赶慢赶才总算在学校的成人礼之前完成所有工序，送了过来。

黎粲以往出席正式场合，基本都是清透的素颜淡妆，但是这天为了配合自己的礼服，化了一个算是格外浓艳的妆容。

她五官本就明丽，极富存在感，化上浓妆之后，整个人的气质立马变得比以往凌厉了不止一个度，有一种张扬到不可方物的美。

每一个人为成人礼做的准备都很多，但是在黎粲出场之后，如她所料，每一个人的目光都只会聚焦在她和她的礼服上，再也移不开眼。

林嘉佳当天为黎粲拍了很多照片，而且趁着成人礼还没有开始的当口，一群朋友聚在一起，留下了很多珍贵的相片。

忙忙碌碌直到成人礼开始的前一刻，陶景然突然说："对了，我先发个朋友圈，谁都不许和我抢啊！"

黎粲沉默，也不知道他为什么要抢这种毫无意义的东西。

纵容着他一个隔壁学校的过来抢先发了第一条朋友圈之后，大家才进入了会场，开始走学校安排好的流程。

等到一切结束，已经是晚上八九点钟。

"哇，陶景然，你朋友圈到底有多少人，发个我们学校的成人礼，怎么也这么多点赞？"准备散场的时候，林嘉佳问道。

"不多啊，就几百个人嘛。"陶景然一副没什么了不得的样子。

几百个人？

黎粲都不确定自己手机里的联系人有没有超过两百个。

陶景然在他们这几个人当中，是完完全全的交际小能手，没跑了。

就在黎粲等待自家司机过来的时候，百无聊赖，也去浏览了下陶景然所谓有几百点赞的朋友圈。

但或许是他们之间共同好友还不够多，所以黎粲这边能看到给陶景然点赞的数量并没有那么夸张。

就是在一群没有那么夸张的数量里，黎粲眼尖，很快就扫到了那个蓝天白云的头像。

呵，每次都要隔好久才给她回消息和朋友圈点赞的人，到了陶景然这里，却好像是开了二十四小时全景监控一样，迅速得很。

黎粲想了想，自从上回烧烤过后，她和邵轻宴又已经有好几天没联系过了。

于是她翻出自己今天手机里的几张自拍，还有林嘉佳给她拍的那些照片，打开和邵轻宴的聊天框，直接全部发了过去。

黎粲：好看吗？

还有一个"死亡微笑"的表情包。

或许是知道黎粲刚刚才在心底里骂了自己，这一回，邵轻宴的回答很快，回复了一个"嗯"字。

黎粲笑了。

也不知道他是真心还是假意。

三四月份的云城，晚风总是轻柔又叫人沉醉。

她拿着手机站在原地，不出片刻，便直接拨通了邵轻宴的语音通话。

那是黎粲第一次打出语音电话，从云城的这一头，到云城的那一头。

邵轻宴的语音通话没有经过调整，铃声还是最原始的那种微信提醒音。黎粲握紧手机放在耳边，没等多久，就听到对面接了起来。

"喂，黎粲？"邵轻宴问。

黎粲故意没出声。

"喂？"邵轻宴又喊了一声。

"喂，学霸！"黎粲这才终于肯定地回答了他。

对面的人沉默了，仿佛又是在消化她的恶作剧。

黎粲勾起嘴角："学霸，我今天成人礼呢。"

"嗯，我知道。"但他不知道，她为何又特地给他打电话。

"学霸，你今晚有没有事啊？"黎粲问道。

"黎粲……"邵轻宴半是无奈，半是不解，仿佛想告诉她，有话就直说。

黎粲终于被他的语气逗笑："没事的话，做个顺风车生意呗，来学校门口接我回家，我家司机今晚有事来不了了。"

她弯着怎么也放不下去的嘴角。

"啧,而且,我今天晚上的礼服还挺好看的,你要是没有亲眼看过的话,估计会是一笔不小的损失。"

第七章 · 兄妹

邵轻宴并不想看黎粲的礼服。

但是晚上九点半的时候,他还是骑车到了思明国际学校的门口。

看到黎粲身后那辆在暗夜中闪耀着怎么也不容忽视的光芒的连号迈巴赫时,邵轻宴只觉得自己浑身都没了力气。

"黎粲,耍我很好玩吗?"

当然好玩。

黎粲嘴角挂着笑,没有正面回答邵轻宴的问题。

"学霸,你来啦!"她只若无其事地和邵轻宴招呼道。

她身上还穿着今天成人礼的礼服,在四月的晚风里,也不嫌冷。

"怎么样,我好看吗?"

邵轻宴没有理她,清冷的目光自从迈巴赫身上移回来之后,便似泄去光芒的月亮,只剩凹凸不平的褶皱和空洞。

"耍我真的很好玩吗?"他又问了一遍。

"啧。"黎粲终于回头,看了眼自家的车子。

平时总是不爱笑的人,只有在恶作剧的时候才会经常扬起嘴角。

将目光从车子上移回来之后,黎粲依旧是笑着看邵轻宴的:"学霸,我没有耍你,司机也是刚刚才到的。"

邵轻宴显然不会再信她的鬼话。

他又扫了眼黎粲身后的车子,已经懒得跟黎粲再多说一句话了,推着自己的自行车:"如果没有别的事,我就先走了。"

"哎!你都过来了,确定不做生意吗?"黎粲却眼疾手快拉住了他的衣摆,"邵轻宴,你得送我回家啊!"

她没有再喊学霸,而是直接喊了邵轻宴的名字。

邵轻宴又瞥了眼她身后的车。

黎粲说："你别管它，当它不存在就好了！"

她真的是很懂怎么侮辱人的。

邵轻宴无力地呼出一口气。

明明有车，却还要任性地喊他来接，明明知道他也该有尊严，喊他来接的时候，却不会叫自己家的车子先行离开。

他是真的不知道黎粲为什么总是喜欢这么对他，他还以为经过上回徐黎和和烧烤的事情之后，他们之间的关系会有所缓和，但她这回依旧如此。

是他在无形中得罪过她吗？还是她本性就是如此低劣？

"黎粲……"

"邵轻宴，我有点冷。"

想说的话被风吹散，邵轻宴借着灯光，又静静地看向站在学校门口穿着晚礼服的少女。

三四月份还是春日，云城夜晚的气温当然不会太高，黎粲今晚穿的是抹胸长裙，虽然身体被包裹得很严实，但是脖子连带着锁骨那片空落落的，除了一条价值不知几何的项链，别的什么都没有，不冷才怪。

黎粲终于又一次坐上了邵轻宴的自行车后座，身上还披了一件他的外套。

为了配合晚礼服，黎粲今晚其实还踩了一双五厘米的高跟鞋，因为不好受，所以在坐上自行车后座的时候，她直接把鞋子脱了下来，挂在了邵轻宴的车篮里。

她坐在邵轻宴的后车座上，一路双脚晃呀晃。

"话说，学霸，我今晚这身礼服，肉眼看是不是比照片上好看多了？"她闲来没事，问道。

邵轻宴专心骑车，没有回答她的问题。

黎粲只能抬头望着明朗的月色，像是在自言自语："学霸，你会经常看月亮吗？我有时候一个人，就喜欢看月亮，觉得月亮可有意思了。"

"不看。"终于，邵轻宴古井无波地在前面回复了一句。

黎粲"扑哧"一声笑了出来。

"是吗？那你可真是没什么意境。"

邵轻宴没有再反驳。

黎粲便又一个人盯着天空，慢悠悠地欣赏着今晚云城的月色，直到她的鼻尖突然钻入一股馥郁的茉莉花香，便意识到自己今晚的恶作剧又得接近尾声了。

黎粲慢悠悠地叹了口气。

在自行车彻底抵达西郊庄园门口之后，她光着脚跳下了车，一边拎起自己的鞋子，一边爽快地给邵轻宴转了二十块钱。

"学霸深夜出门辛苦了，下回我想兜风还继续找你。"她甩了甩自己的手机，同时又露出一个看起来极为天真的笑容。

黎粲天性就不爱笑。

接近黎粲的人都知道，她不爱笑，只有冷冰冰没有什么表情的时候，整个人才是正常的。

但她今晚当着邵轻宴的面笑出来的次数已经太多了，多到大概比她这么多年来在很多人面前笑得都多。

如果邵轻宴没有品味出这些笑意之中所带的羞辱，他当然会认为这是一件好事。

但他没品味出来吗？

他怎么可能品味不出来？

"黎粲……"邵轻宴拧着眉头，想要和黎粲说清楚，以后都不要再和他恶作剧了，可是没等他说完，下一秒，黎粲便直接当着他的面脱下了属于他的外套。

少女肩膀单薄，流露出大片雪白，精致的锁骨在深夜路灯的照耀下，如同珍珠一般透亮。

她把外套递还给邵轻宴，垂在身体两侧的细长双臂白皙纤净，也同其他地方没有丝毫差异。

邵轻宴眸光顿了下，很快移开。

黎粲却不以为意，把外套放在了他的篮子里。

"嗯，你说什么？"

"没什么。"邵轻宴心想算了，"赶快回家去吧。"

黎粲勾着嘴角，回家当然是要回的，只不过……

"哎，学霸，我再问你个问题啊，月亮你不喜欢看，那我呢？你觉得我今晚有比月亮好看吗？"

她的恶作剧，还需要一个合适的结尾才好。

邵轻宴回到家里的时候，刚好是夜晚十一点半。

他的书桌上还摊着刚才出门去接黎粲前看的书，他走过去坐在书桌前，对着厚厚的书籍，试图再继续看一点。

但可惜都是徒劳。

他满眼都是黎粲今晚穿着礼服站在他面前的样子。

云城夏夜的星光和月亮其实都很一般，因为高楼大厦实在太多了。

邵轻宴想起自己刚才看着黎粲一步步往小区深处走去时的场景——如瀑的月光倾泻在她的脊背上，让她看上去宛如盛开的蝴蝶，长出了透明的翅膀。

他的喉结莫名上下滚了滚，知道自己刚才说了谎。

她比月色好看。

成人礼之后，只剩下六月份的毕业典礼，黎粲的高中生涯就算彻底结束了。

她和林嘉佳，还有陶景然他们定的毕业旅行地点在马尔代夫。

但是在毕业旅行之前，对于黎粲来说，还有一件比较要紧的事情，就是徐黎和的生日。

这位小祖宗虽然才六岁，但是每年生日可都不是开玩笑的，排场比她大多了，基本上把整个幼儿园的小朋友都请到家里来给他庆祝。

黎粲一向不知道怎么给小孩子挑礼物，每年都是雷打不动的整套乐高玩具模型。

他在几个月前过年的时候就和黎粲说过，今年不要再送乐高了，他都要拼不完了。

但是不送乐高，送点什么呢？

黎粲一个人在家里搜索了两天的孩童玩具，不是觉得太幼稚，就是觉得太难看，终于，她又想起了邵轻宴。

既然他那么会哄小孩子，又那么讨徐黎和欢心，那他应该可以想出一些好东西吧？

成人礼的那天晚上过后，黎粲和邵轻宴之间的关系便似乎进入了一个有些好笑的阶段。

为什么说好笑呢？是因为黎粲不再恶作剧了，而邵轻宴似乎也不再如从前那般高冷了，他们开始变得如同真正的朋友一般。

偶尔听到自己感兴趣的歌，黎粲会分享给邵轻宴；偶尔路上看到觉得有意思的东西，她也会拍下照片发给他；碰到她玩不过去的游戏，她更是会截图给邵轻宴，问他思路，或者是要他直接登录自己的账号，帮自己闯关过去。

邵轻宴很忙，虽然不可能做到时时刻刻都秒回她，但是忙完之后看见她的消息，也总是会回她一两个字。

原本空空荡荡的聊天页面，突然充实起来。

所以思及此处，黎粲毫无顾虑地就打开了和邵轻宴的聊天框，把自己的诉求发了出去。

黎粲：你这几天有空吗？挤两个小时出来陪我给徐黎和挑个生日礼物呗？

邵轻宴没有立刻回复，黎粲已经习以为常，直到下午的时候才看到他的消息。

邵轻宴：今天晚上八点之后可以。

商场一般都是晚上十点关门，晚上八点之后……他还真是把时间卡得死死的。

黎粲对着手机，克制着翻白眼的冲动。

黎粲：那行，我等你。

和邵轻宴约定好时间之后，黎粲就开始挑衣服。

四月份的云城，还是不冷不热的时节，她先是给自己挑了一身无袖的牛仔裙，随后觉得不满意，又换成了正常的polo裙，还是觉得不满意。最后，黎粲在自己还一次都没有拆过的新衣服里找了半天，才终于找到一件觉得还可以，又不会显得太刻意的。

这是一条纯白的长袖衬衫裙，裙长到膝盖的位置，配上一双马丁靴，利落又不显刻意。

晚上八点，两人碰头，她打量了下邵轻宴的穿搭。

哦，毫无穿搭可言。

俗气到不能再俗气的浅蓝色外套，如果不是他一米八五往上的个子顶着，简直完全不能看。

两人见面之后没聊几句，便先进了商场。

八九点钟的商场正是生意兴旺的时候，顾客来来往往，年轻男女不是刚吃完饭就是刚看完电影，手里还捧着奶茶，聊得热火朝天。

黎粲想了想，先带邵轻宴在一楼转了一圈，找到了一家奶茶店。

"邵轻宴，我想喝奶茶。"她站在奶茶店门口说。

邵轻宴看了她一眼，显然是不明白她想喝奶茶为什么要和自己说。

几天没见面了，黎粲攒了许久的恶意终于又蠢蠢欲动，忍不住要破土而生。

"可是我没有带钱。"她仰起脸，一脸无辜又单纯地告诉他。

好的，邵轻宴知道了。

黎粲喝的奶茶是海盐芝士红茶，三分糖，但是要加一份珍珠。

虽然邵轻宴又搞不懂这种时候点三分糖还有什么意义，但他还是照做了。

"你不喝吗？"拿到奶茶后，黎粲捧着属于自己的那一杯，看了眼手上依旧空空如也的邵轻宴。

他摇了摇头："不用，我刚吃完晚饭。"

"哦。"其实黎粲也刚吃完晚饭，但她就是想喝。

得到了奶茶，黎粲这才开始办今晚的正事。

她和邵轻宴一起坐电梯往楼上去，商场四楼是专卖童装还有儿童玩具的区域。

"你觉得送他什么比较好？"黎粲视线晃过一家家店，觉得什么都差不多。

"看看吧。"邵轻宴其实也对小孩子的礼物没什么经验。

他和黎粲先走进最靠近电梯口的一家小黄鸭旗舰店。

黎粲直接拎了一只小黄鸭的帽子戴在自己头上，镜子里的少女面庞清晰，双眸冰冷却纯粹干净，一身纯白色收腰衬衫裙配黑亮马丁靴，显得她头上的帽子格外显眼且滑稽。

但也许是她头小的缘故，这顶帽子居然尺寸刚刚好。

她照着镜子动了动，看见走在自己身后的邵轻宴。

"邵轻宴。"她喊他过来。

他刚走过来，黎粲就往他头顶上也搭上了一顶帽子。

不同于黎粲的刚刚好，邵轻宴的帽子只能虚虚地撑在头顶。

黎粲"啧"了一声："不好看。"

邵轻宴顿了下，把帽子从头顶上拿了下来，淡淡地说："徐黎和应该不会喜欢这种。"

"我知道啊。"黎粲说，"但是我喜欢。"

她又看了眼镜子中的自己，大概是平时很少逛童装店的缘故，所以她觉得自己头上的这顶帽子还蛮新奇的。

黎粲没给徐黎和买帽子，但是给自己买了一顶。

接下来，邵轻宴算是真正见识了大小姐的购物能力，嘴上说着是要给徐黎和买东西，但是逛着逛着，看到自己喜欢的就果断下手。

临近晚上十点钟，商场里的人流量已经越来越少，黎粲虽然还没给徐黎和挑好东西，但是邵轻宴的手上已经满是她给自己买的东西了。

最后，他们走进一家卖四驱车的店。

店员或许是今天的业绩还没达标，一看到两人就热情得不行，问："二位是来给家里的弟弟、妹妹买礼物的吗？"

黎粲看了眼店里，言简意赅："表弟。"

"表弟啊，那年纪多大呢？"

"六岁。"

"六岁的话……要不要看看我们店里一款最新的跑道四驱车？"

店员给黎粲看摆在店里正中央的那一套玩具模型，标价"2999"。

看着跟在她身后的男生手上提的东西，店员已经大概能判断出，眼前这两个人虽然看着年轻，但都是不差钱的主。

她开始拼命给黎粲介绍这套四驱车的玩法和好处，说可以一个人在家闲着无聊玩，也可以跟好朋友们一起玩，可以自己手动组装赛道，也可以拼凑各种汽车模型……总之，在她的嘴里，这套四驱车就没有缺点，一切都被说得天花乱坠。

黎粲回头问邵轻宴："这套怎么样？"

"还行。"

店员一听，立马就高兴起来："那要不要就拿这一套回去？"

黎粲却转回了头，说："我再想想。"

两个人逛了不到两个小时的街，已经生出了一种奇怪的默契——当邵轻宴说"还行"的时候，就是这套玩具其实不太行。

大概也是看出了两个人之间是黎粲做主，店员开始紧跟着黎粲，跟她搭话。

"你们两个人看着都好年轻，都还是学生吧？"

黎粲可有可无地应着。

"是哥哥、妹妹，还是……"

店员的话还没有说完，但是黎粲似乎已经知道了她想要继续说下去的内容,立马回头扫了她一眼。

"啊……"店员被黎粲突如其来的回眸吓到,尴尬过后,问道,"那就是哥哥和妹妹一起来给表弟买礼物,是吗?"

黎粲哼笑一声,不说是,也不说不是。

店员便自顾自认为是了,开始继续给黎粲洗脑,卖力介绍眼前这套玩具的好处。

她费了九牛二虎之力,最后黎粲还是没有买。

在等电梯的时间里,黎粲问邵轻宴:"为什么那套玩具不好?"

"一楼进门那家店里有一套一模一样的,只是没做展示,价格便宜三百。"

好直接粗暴的理由。

黎粲不禁多看了他两眼。

他们刚刚在一楼只是随便一逛,主要是为了等她的奶茶,就那么点工夫里,他居然都能记住这些。

想起刚刚那个店员问自己跟邵轻宴是不是兄妹,黎粲默默喝下手中最后一口奶茶,又问邵轻宴:"你生日几月份?"

"七月十八日。"

"哦。"黎粲说,"比我小五个月,那应该是我弟弟。"

邵轻宴默默偏头看她,好像想说些什么,但是目光在她干净无瑕的脸蛋上停留几秒后,终究还是什么都没有说。

两人回到一楼,黎粲终于把邵轻宴说的那套一模一样的玩具买了下来。

等到走出商场大门的时候,两个人的手里都已经拎满了东西,又重又大的玩具交给了邵轻宴拿,轻一些的帽子和玩偶则是黎粲自己提。

只是在路过地铁口,看到卖茉莉花手串的老奶奶坐在台阶上,篮子里还有最后两串没有卖出去的花朵手环时,黎粲的脚步突然又停住。

"邵轻宴。"她眼神直勾勾地盯着那地方,"今生卖花,来世漂亮。"

邵轻宴顺着她的目光,看见了坐在地铁口的老太太。

大小姐虽然时常冷脸、高傲,还经常喜欢恶作剧、看不起人,但也总还是有点善心。

他走过去,买下了最后两串打折的茉莉花手环,给黎粲递了过去。

黎粲只要了一串:"两只手都戴也太土了。"

她把手上的东西先放到了地上，自顾自在左手腕上戴上了一串。

早上摘下的茉莉花，到了这个时候，其实已经有点不那么清新了，但是黎粲动了动自己的手腕，依旧半点嫌弃也没有。

清淡的茉莉花香慢慢萦绕在两人鼻尖。

剩下的一个还在邵轻宴手上。

"你不戴吗？"黎粲一边闻着茉莉花的香气，一边很自然地问他。

邵轻宴看了看黎粲的手腕，又看了看自己手上的花串，垂眸，学着黎粲的样子，把茉莉花串往手腕上绕。

只是这花串本就是适合女孩子戴的，他的手腕比女孩子要粗，所以戴的时候有点费劲。

看着他手忙脚乱的样子，黎粲抬眼，打算借此再度奚落邵轻宴一番。

但是当她轻微仰起脑袋，看见邵轻宴近在咫尺的目光也刚好低垂下来的时候，她滚到嘴边的话突然又好像有点说不出口了。

这大概是黎粲第一次这么近距离地看着邵轻宴。

她看见了他干净的眼睫、总是写满沉默却又黑白分明的瞳孔、锋利的眉峰、挺翘的鼻梁……所有她记忆中属于邵轻宴该有的样子，全部更加清晰地出现在眼前。

这是一张很适合一见钟情的脸。

不知道为什么，黎粲突然这么想。

她定定地看着邵轻宴，没有察觉到时间的流逝。

直到觉得脖子有点疼，她才把头低下，后退了两步。

奚落的话到底还是没能说出口。

黎粲朝外面的大马路上张望了一眼，家里的司机已经把车子开到了商场门前。

她给邵轻宴使了个眼色，对方立马很懂地俯身帮她把东西又提起来，给她送上了车。

夜晚十点多的云城街头，迈巴赫汇入车流。

邵轻宴也转身骑上自己的自行车，凉风灌进衣袖。

邵轻宴回到家的时候，家里还亮着灯。

邵沁芳坐在桌边，正在出神，听见门口的动静，她恍惚了一下，立马回头。

"回来了？"

"嗯。"

邵轻宴走进房间，先把书包放下，然后才走出来，看到桌面上摆着一碗红豆汤。

"我晚上突然想吃，就做了，给你留了一碗。"

"好。"

邵轻宴安静坐下，开始喝汤。

邵沁芳自然而然地看见了他手腕上的那串茉莉花手环，眸光顿了一下，一时开始怀疑自己是不是老花眼。

确认了不是之后，她问："轻宴，你今晚是跟女孩子出去了？"

邵轻宴抬起头来，也注意到了手上还没摘的手串。

"嗯。"他并没有否认。

"哦。"

他都承认了，邵沁芳倒也没什么好再问的。

从小到大，邵轻宴都是一个极有主见的孩子。邵沁芳自从生了他之后，身体虚弱，就不好再干重活，他很小的时候就知道帮着她做家务。

他的学习，从来不需要她操心，同时，他的私人生活，她知道也不需要太多过问。

头顶的白炽灯是前几天刚换的，光芒有些刺眼。邵沁芳揉了揉有些泛红酸痛的眼睛，开始重新斟酌今晚的事究竟要怎么告诉邵轻宴。

她一边看着邵轻宴喝汤，一边尝试着开口："轻宴，今天晚上，他又来过了……"

邵轻宴喝汤的手顿住，又抬起头来。

邵沁芳好像有点无力："他说，他和那个女人到现在都没有孩子了，他这个年纪也没有精力再去要一个孩子。轻宴，你是他唯一的孩子，他说，只要你愿意跟他回去，跟他的姓，以后他的财产都是你的，你上大学，或是出国留学，都不需要再自己拼命地去挣生活费，他都会帮你……"

"我要他帮什么？"

因为家庭的缘故，邵轻宴生来就比别的孩子要成熟，要冷静，要沉稳，但这都不代表他没有脾气。

他安静地看着母亲，虽然并没有因为她的转述而说出一句重话，但他捏紧勺子的手上，青筋根根分明。

"前面的二十年我们都自己过来了，我现在要他帮什么？"他略显凉薄地问。

"我知道,我知道你大概率是不愿意的。"邵沁芳听到他的话,一边着急解释,一边好像也终于有了底气,"我晚上已经拒绝他了,轻宴。

"但我就是怕,怕你会埋怨我,怕你会怨我,放着现成的好日子不给你过,非得要你自己去打工,去做家教……"

"我不会怨您,您没有错。"邵轻宴听完她的解释,心底里也像是松了一口气。

同时,他更加坚定地告诉母亲:"我靠自己的双手挣钱,没有比任何人低一等,靠他的钱去读书,我才会觉得我学到的东西都是脏的。

"以后他再来,不用再给他开门了。"

他和母亲明确说明了自己的态度,然后便继续低头喝汤,没有再多说一句话。

邵沁芳坐在桌边,看着儿子的样子,本来还想再说些什么,但是话到了嘴边,欲言又止。

她想,罢了,儿子从来都是个有主见的孩子,也是个有骨气的孩子,自己不需要过多地叮嘱和操心。

只是看着他手腕上戴的那串茉莉花手串,她想了想,还是又多说了一句:"和女孩子出去玩的话,记得对人家女孩子好一点,她想吃什么想喝什么,你都不要省,不能跟对自己一样对她。"

邵轻宴握着汤勺的手又顿了一下,觉得妈妈似乎误会了自己和黎粲之间的关系。

但是,他怔了怔,最后不知道为什么,只是说了声:"好,我知道了。"

第八章 ·假期

四月中下旬，黎粲给徐黎和过完生日，便和林嘉佳他们准备去往马尔代夫。

再晚几天，海岛将会迎来雨季。

他们这回一共选了三个岛玩，浮潜、海钓和快艇之类的海上项目五花八门，每天的行程安排得满满当当。

度假的日子里，黎粲和邵轻宴的联系并不算多，只是自己发朋友圈的频率要比平时高。吃的喝的和玩的，还有各种各样的风景照，林嘉佳给她拍的绝美写真每次一经发出，底下都是一堆人点赞。

黎粲平时其实真的不是特别在意朋友圈有哪些朋友给自己点了赞，毕竟她从小到大，除了林嘉佳这几个真正在乎的朋友，对于别人的目光，几乎是毫不在意。

但是她很在乎邵轻宴有没有给自己点赞。

说是联系少，但是黎粲和邵轻宴其实每天还是会说上一两句话。每天晚上黎粲发完朋友圈之后，如果到了第二天晚上邵轻宴还是没有给她点赞，那么她就会直接把自己发在朋友圈的照片重新发一份给邵轻宴，然后当面问他好不好看；如果他点赞了，那么恭喜他，黎粲就会大发慈悲地放过他，暂时不去打扰他。

而邵轻宴好像也发现了这种规律，所以只是前几天晚上没有能够及时地给黎粲点赞，后面的几天，他在临睡前都会记得刷新一遍黎粲的朋友圈，然后在她的朋友圈留下一个自己来过的痕迹。

准备回国的前一天晚上，黎粲没有发朋友圈，而是直接给邵轻宴发了一张自己下午在海边的照片。

林嘉佳从身后给她拍的背影，她的背部近乎完全镂空，只有脖子和腰际系着几根粉色的飘带。少女薄瘦的肩胛骨在海面夕阳的映照下，真的美得像蝴蝶，翩翩欲飞。

黎粲：好看吗？

她照旧这样问。

邵轻宴：嗯。

邵轻宴收到照片，还以为是自己又错过了大小姐的朋友圈，但是当他去到黎粲的朋友圈，发现她自昨晚就没有发任何东西后，很快就明白这是黎粲单独发给自己的。

又是这雷打不动的一个字。

黎粲看着对面隔了一个小时才发过来的回复，直接扔了手机，没有再回他。

林嘉佳刚刚洗漱结束，从浴室里出来，看到黎粲阴晴不定的表情，走过去问道："怎么了？发生什么事了，粲粲？"

出门旅行的时候，黎粲总是习惯和林嘉佳住一个房间。她翻身躺倒在床上，随便找了个理由："没什么，和我爸妈聊了两句。"

林嘉佳立马八卦道："粲粲，话说陈阿姨那事儿，我最近听我爸妈也提起了一点，是不是真的？"

"嗯？"黎粲翻身回来，不过一个眼神对视，立马便明白了林嘉佳在说什么。

孙微女士常年神龙见首不见尾，为了家里公司的业务，国内外满世界地跑，最近却连着好一段时间都在北城，原因就是她在北城的好闺蜜陈敏的婚姻发生了变故。

在前段时间陈敏女士的生日派对上，陈敏女士发现她的丈夫似乎在外面有了情况。这对于多年养尊处优、没有受过一点委屈的陈敏女士来说，无疑是个巨大的晴天霹雳。在孙微女士的鼓舞下，陈敏女士和她的丈夫陈泓最近正在闹离婚，打官司。

"是真的。"黎粲对林嘉佳说道。

"天哪。"林嘉佳唏嘘，"那陈叔叔可真是够不识好歹的，他能有今天的一切，不都是靠陈阿姨吗？"

"是啊。"黎粲也感叹。

身为孙微女士的闺蜜，陈敏女士虽然和孙微女士从小一起长大，家庭条件不相上下，但两个人挑选丈夫的眼光可谓天差地别。

孙微女士挑选了和自家门当户对的黎兆云，组成了现在的家庭，而陈敏女士在自己风华正茂的年纪嫁给了一位家境和社会地位都远不如自己的人。

这么多年来,这个人用着她的社会关系,用着她的人脉资源,用着她的资金手段,现在,却出轨了。

"我妈早告诫我,如果将来有这方面的打算的话,她会直接打断我的腿。"林嘉佳说道。

黎粲挑眉:"那你之前不是还对人家实验中学的穷学霸挺感兴趣的?"

"我只是想和他做朋友,又没有别的打算!"林嘉佳反驳道。

"哦。"黎粲了然,"所以……你现在对陶景然是别的打算了?"

"哎?"林嘉佳腾地一下从床上坐起,惊讶地看着黎粲,"不是,粲粲你……你……你怎么……"

"我怎么看出来的?"黎粲似笑非笑,也跟着林嘉佳坐了起来,"我生了两只眼睛,又不是只干瞪眼用的。"

"我,我,我……"林嘉佳一时语无伦次,脸颊肉眼可见地升温,可媲美世上最红艳的苹果。

"那,那岑岭……还有何明朗他们,看出来没有?"她紧张地问。

"那我就不知道了,也许他们并没有我的火眼金睛。"

"粲粲!"林嘉佳惊叫着扑到黎粲的身上,被闺蜜看穿心事的震惊过后,就是少女无尽羞涩的坦白。

"其实,我也不知道是怎么回事,你也知道,我和陶景然都这么熟了嘛,但是那天我过生日,陶景然晚上送我回家的时候,嗯,我脚崴了一下,他背了我……

"粲粲,你懂吗?就是那种感觉,原本我对他是真的没感觉的,就是那一下,我的心跳突然就很快……

"我以前也觉得自己是个颜控,不管怎么样,总是喜欢帅哥的,但是那天晚上之后,我就觉得他其实也挺好看的……"

所有条条框框的标准,在遇到特定的情境和特定的人时,全部都是不堪一击,极其脆弱的。

黎粲弯起嘴角,好笑地说:"陶景然要是听到你的话,估计会气个半死。"

"那他长得不是那么客观地符合大众审美的帅,他自己得认吧?"林嘉佳倒也没有因为对陶景然有了不一样的想法就晕了眼。

黎粲再度点点头，觉得长到让人心服口服的，起码也得是邵轻宴那种程度的才行。

邵轻宴……

黎粲不知道想起了什么，突然就不说话了。

海岛上的夜晚，其实不是那么宁静的，偶尔会有海浪"哗哗"的声音。

这是黎粲在马尔代夫的最后一个夜晚，她没有发朋友圈，也没有出去玩，只是和林嘉佳依偎在一起，听对方细数着更多和陶景然从小到大的一些片段。

他们一直都是朋友，但是截至目前为止，有一方好像开始打算不再和另一方只是朋友。

黎粲陪着林嘉佳，一直到最后快睡着的时候，才想起要再看一眼自己的手机。

只是空空荡荡的手机页面并没有任何可以看的必要。

黎粲又按灭了手机的屏幕。

黎粲回到云城的第二天，是周末。

不知道为什么，回到云城后，她突然有些懒得去联系邵轻宴。

一连好几天，她也没有找他聊过天。

直到这一天，一大早，徐黎和就捏着他的儿童电话手表给她打电话。

"姐姐，你是不是已经回家了呀？"

他的语气里有讨好的意味。

黎粲想都不用想就直接告诉他："别想我带你出去玩，我今天自己要休息。"

"那你让邵哥哥陪我玩吧！"

原来他的主意打在这里呢。

"姐姐，妈妈今天出门了，她给我找的这个新的陪玩我一点也不喜欢，你让邵哥哥来我家吧。我现在在厕所里，不想出去，姐姐，我求求你了……"

"你家有一个陪玩了，你还想让邵轻宴去你家？"黎粲听得笑了，"徐黎和，好好跟着你自己的陪玩老师玩，那都是花钱雇的，邵轻宴他没有空，我也没有空……"

"姐姐我不要！姐姐你来接我嘛，你跟邵哥哥来接我嘛！"

小霸王在电话里哭闹起来，也不管此刻自己家里是不是还有别的陪玩。

黎粲捂着脑门，无比后悔自己当初居然喊了邵轻宴过来陪他。邵轻宴当初到底是陪他玩得有多开心，叫他能这样念念不忘？

她想直接挂断电话，但是把手机从耳边移开的那一刻，她突然瞥见微信弹出来一条新的消息。

是一条好友验证。

——黎粲，你好，我是前两天跟你在马尔代夫见过的贺勋。

黎粲睁着刚被徐黎和吵醒的眼睛，愣了片刻才想起来，自己前段时间在马尔代夫的确遇到过另外一群也是国际学校的毕业生出来毕业旅行的。

这个叫贺勋的当时给她留下了一点印象，因为他和陶景然相识。

不知道他是从哪里找来的她的微信，估计是问陶景然要的。

黎粲第一反应就是忽略这个人的信息。

手机里徐黎和还在大哭大闹，他的陪玩好像是终于发现了他躲在洗手间里哭，开门进去好声好气地开始哄他。

但是徐黎和还是继续闹，一如当初他第一次见到邵轻宴时那样。

等玩熟了就好了。

黎粲想。

正当她又想挂断电话的时候，微信里又弹出来一条新的好友验证消息，依旧是那个叫贺勋的发的。

不知道这样会不会打扰到你，我想加你，主要是因为我也申请上了伦敦政治经济学院，也许我们过不久就会是校友，所以想提前和你联系，吃顿饭一起交流一下。

这回黎粲倒是没有再急着拒绝他。

想了一会儿后，她点了同意。

对面很快发过来消息，和她正式打起招呼。

黎粲可有可无地应付着。

没聊几句，贺勋就说他也刚刚回到云城，如果方便的话，中午想请她吃个饭。

黎粲冷笑了下。

这样的男生，她一年能拒绝十几个。

电话那边徐黎和还没有被陪玩哄好，甚至好像又开始爆发大少爷脾气，冲着新来的陪玩老师大吼大叫。

黎粲冷下声来："徐黎和！"

她喊了一遍，电话那端估计在闹，没有听到。

她又喊了一遍。

徐黎和总算是听见她的声音了，呜呜咽咽安静下来了一点，等着她再度说话。

"好好和陪玩老师玩，如果你表现得好，中午我来带你出去吃饭，听到了吗？"

徐黎和总算是不闹了，哭到有些哽咽的他可怜地问："呜呜，要中午才能来接我吗？"

黎粲沉默了，被这小屁孩的贪得无厌给制服，带着最后一点点耐心说："你要是表现得好，我就早一点来接你；你要是表现得不好，就只能等到中午或者是下午了。"

"那我，我不哭了，姐姐你早点来接我！"说得好像他在他自己家里过得有多委屈一样。

黎粲知道，这个新来的陪玩老师估计又要待不久了。

对徐黎和再叮嘱了两遍要听话之后，她才终于挂断电话，看着手机自动退闪回来的和贺勋的聊天页面。

她想了想，捧着手机打下了字。

黎粲：好啊，那就中午吧，不过我要带我表弟一起出门，没事吧？

贺勋当然说没事，顺便问了下她的表弟多大，热心地表示他可以顺便帮忙照顾。

黎粲和贺勋聊了会儿，聊完之后就进洗手间开始洗脸化妆，准备下楼吃早饭。

等她化完妆再捞起手机的时候，她惊讶地发现，万年不会主动给她发消息的邵轻宴，半个小时前居然破天荒地主动给她发了消息。

邵轻宴：你回云城了吗？

黎粲前几天回云城，特意没有告诉他，他应该是通过陶景然的朋友圈知道的。

黎粲：嗯。

对面过了一会儿才有回复。

邵轻宴：我今天下午正好空出来了，有时间可以陪徐黎和。

黎粲挑眉。

100

时间倒是卡得刚刚好。

她开始思索，不如就带着徐黎和跟贺勋吃完饭，然后把徐黎和交给邵轻宴，让邵轻宴陪他玩。

这时候，贺勋恰好又发了消息过来。

贺勋：我刚刚看了下附近的少年宫和海洋馆，表弟感兴趣吗？下午可以一起带他去玩玩。

黎粲眼睛眨了两下，居然开始犹豫起来。

她又切回到和邵轻宴的聊天页面，往上翻了翻和他的聊天记录。

虽然细细密密，但的确大部分都是她在主动找他聊天。

他的回复总是寥寥几句。

她站在镜子前想了很久，最终打开了和邵轻宴的聊天框，输入了一串自己觉得不带有任何感情色彩的文字。

黎粲：今天不需要了，有人陪我带他。

徐黎和直到中午黎粲来接自己的时候才知道，原来今天自家姐姐还要带自己见一个别的人，这个人不是他原来认识的陶哥哥，也不是他后来认识的小邵哥哥。

看着面前头发微卷，穿着一身宽松西装的贺勋，徐黎和直接不客气地当着他的面拉起黎粲的手，问道："姐姐，小邵哥哥最近在做什么？你可以帮我再约小邵哥哥出来玩吗？"

黎粲正在看着对面楼下的便利店。

她没想到，也许是为了方便她，贺勋订的午餐地点就在衡山路这条梧桐大道上，距离她家不过几个街角，距离邵轻宴平时打工的便利店也不过是一条马路的距离。

时序入夏，梧桐大道上的光景早已不是几个月前的模样，黎粲虽然时常从这边经过，但是静下来好好观察这片地方，已经是很久没有的事情了。

她坐在三楼靠窗的位置，窗户大开，微风拂过她的眼底，晃动满树的葱郁。

绿叶晃动间，便利店蓝色的招牌若隐若现。

听到徐黎和的问题，她直接没什么表情地回头看着他："邵轻宴到底给你灌了什么迷魂汤，叫你这么喜欢他？"

"那我就是喜欢小邵哥哥嘛。"徐黎和小嘴噘着，坚持道。

黎粲不理他，只把贺勋介绍给他："这是你贺哥哥，今天贺哥哥带着你玩。"

徐黎和只好老实了。

他又打量着贺勋。

贺勋朝徐黎和笑了笑，招呼道："小和，你好啊。"

"我不好！"徐黎和人小鬼大，一听到贺勋这么和他打招呼，立马摇头晃脑的。

贺勋尴尬了一下，似乎没想到这个小孩子还挺有脾气的。

不过没事，他素来最擅长的就是和小孩子玩了。

但或许是徐黎和实在是有点霸王脾气，贺勋和他的磨合花了不少时间。

一路上，徐黎和时不时便拿贺勋和另外一个人做比较，贺勋不认识那个人，但是从徐黎和的嘴里大概知道了那是黎粲的另一个朋友，是个很聪明的人。

他们一起吃过午饭，下午贺勋安排了海洋馆的行程，带徐黎和去看海豚表演。

徐黎和一开始是真的不太喜欢这个新哥哥，但是贺勋一整个下午的表现叫他几乎再没什么话可说。

当然，最主要的是，在他再三拿这位新哥哥和邵哥哥做比较之后，黎粲就瞪了他好几眼，他最知道识时务者为俊杰了，只能老实了。

傍晚从海洋馆出来后，贺勋问道："要不要再一起去吃顿晚饭？中午吃的牛排，晚上我定个中餐？"

成年后，贺勋就火速考到了驾照，现在是一位新手司机，只要黎粲想，他完全可以开车带着她和徐黎和去往任何她想去的地方。

可是黎粲拒绝了。

她看了看徐黎和精力不济的模样，便知道他今天的运动量估计就到这里了。

她麻烦贺勋直接送她和徐黎和回家吃饭就好。

贺勋只能照办。

晚高峰闹市里，敞篷车跑不快，贺勋在前面开车，黎粲陪着徐黎和坐在后车座里。

那是衡山路的一个红绿灯口，徐黎和的脑袋靠在敞篷车的窗户上，突然喊了一声："邵哥哥！"

黎粲循声望去。
在跑车引擎重新启动的瞬间,嘈杂的声浪直往耳朵里灌。
她和少年四目相对。
在梧桐大道绿灯亮起的尽头。

第九章 · 星光

黎粲站在便利店门口。

回家和徐黎和一起吃完晚饭,又和司机一起送他回家后,黎粲就让司机送自己到衡山路来了。

她站在便利店门口的梧桐树下,看着面前这辆老旧的自行车。

傍晚和邵轻宴在十字路口相遇的事情,完全是意料之外。

黎粲回家后,盯着自己的手机看了好久,也没见邵轻宴发消息给自己,这才终于有点坐不住了。

她不知道邵轻宴见到她和贺勋走在一起是什么样的滋味,但是她看到邵轻宴整整一个小时也没有给她发消息的时候,她的心情浮躁到比钱塘江上八月的潮水还要波涛汹涌。

她把手机一扔,卸了妆,洗了澡,换了身宽松一点的衣裳之后,才觉得自己浮躁了一整个傍晚的心终于沉静了下来。

但是送走徐黎和之后,她还是喊司机送自己到了衡山路的便利店附近。

她的目光从便利店门口的自行车逐渐挪到店里货架前的那道身影上,望着他挪步的样子,然后上前了一步。

便利店自动打开了大门。

邵轻宴站在货架前回过头来,手里握着两个即将打折的面包,看着突然进来的客人。

四目相对。

黎粲绷紧了神色,看着他,自然而然道:"帮我拿点关东煮。"

"来了来了,要关东煮是吗?要哪些呀?"

可是出乎她的意料,下一秒,回答她的人并不是邵轻宴,而是一个蹲在收银台下面，突然直起身的男生。

男生身上系着便利店的围裙，面带微笑看着黎粲。

黎粲顿了下，目光在邵轻宴和男生的身上反复来回，最终才发现邵轻宴的身上没有围裙，所以今晚并不是他当班，他似乎只是来买东西的。

她轻咳了一声，在店员的注视下，勉强笑了笑，随后便不理店员异样的目光，转身又走出了便利店，坐在了邵轻宴停靠在门外的自行车的后座上。

站起身的店员丈二和尚摸不着头脑，看看黎粲，又看看邵轻宴。

邵轻宴把自己挑好的几个面包递给他，无奈地说："麻烦待会儿时间到了帮我这几个结一下账，我明早交接的时候来拿。"

"好。"店员接过。

邵轻宴把预估好的钱转给了店员，转身又看到坐在窗外自行车上的黎粲。

他想了想，又回过头去："再给我装一份关东煮吧，现在。"

黎粲坐在邵轻宴的自行车后座上，远眺着对面的树枝。
身后的自动玻璃门打开，一碗热腾腾的关东煮递到了她面前。
黎粲抬头看了眼，莫名冷笑了下，却没有接过那碗关东煮。

"做什么？请我吃吗？"她问道。

"嗯。"邵轻宴说。

黎粲又仔细瞥了眼纸杯里都有些什么，鱼丸、福袋、萝卜……基本都是她从前点过的。

她脸上没有高兴的表情，却也没有不高兴的表情，只是靠坐在便利店的玻璃上，问道："邵轻宴，你今天是不是看到我和徐黎和了？"

邵轻宴又"嗯"了一声。

"那你就没什么想要问我的吗？"

"没有。"

"邵轻宴……"黎粲猛地站了起来，终于算是体会到和闷葫芦讲话的痛楚了。

"明天下午三点有场电影，"在黎粲再度开口前，邵轻宴突然说，"悬疑探案类型的，我觉得你应该会感兴趣，晚上的时候发给你了，你没回我。"

这回轮到黎粲愣住了,她呆呆地看着邵轻宴。

邵轻宴轻叹了口气,知道这个消息黎粲可能还没有见到。他拿出自己的手机,给黎粲看了自己给她发的消息。

他真的给她发了消息。

晚上七点三十分,在她送徐黎和回家的路上。

黎粲定定地把目光从亮着的手机屏幕转移回邵轻宴的脸上。

傍晚回家的时候,她把手机扔在了家里的沙发上,随后洗澡,送徐黎和回家,自始至终好像都没有碰过手机。

邵轻宴垂眸看着她,再一次把关东煮送到了她面前。

可是黎粲还是没有接。

给她发了消息又怎么样?她这么多天都没有联系过他,他就不会早一点主动联系她吗?

最早还是中午贺勋来联系她的时候。

黎粲森冷的目光仍旧没有什么温度,故意说道:"邵轻宴,我现在想去唱歌。"

邵轻宴不明白黎粲为什么突然又会有这样的决定。

不过因为是黎粲,她好像做出怎样荒诞的决定他都不会觉得奇怪。

他没有说不行,只是看了眼手机上的时间:"可是现在有点晚了,已经十点了。"

"可是我就想去,怎么办?"黎粲反问,"邵轻宴,我今晚就想唱歌。"

邵轻宴沉默地看着她。

夏天夜晚的凉风其实是很舒服的,不同于白日里的燥热,虽然空气中仍旧有点挥散不去的火气,但还是最容易叫人联想到一望无际的星空、田野,还有无处不在的蝉鸣。

两个人就在初夏这样的晚风里,无声对峙了三四分钟。

最终,邵轻宴无奈地打开了手机预订的软件,似乎想要定下一个可以唱歌的包间。

黎粲看着邵轻宴的动作,这几天一直郁结在心底里的恶气终于疏散了一大半。

她微微仰头看着邵轻宴,在他找到一个适合唱歌的地点前,终于劈手夺过了他的手机,顺便把他手里的一整碗关东煮也占为己有。

她在邵轻宴微微惊异的目光中,面对着他咬了一口他买的鱼籽福袋,满面笑意。

邵轻宴定定地看着黎粲。

突然之间，黎粲觉得，好像这个夜晚所有的星光，全部掉落进她的眼底了。

第一次正经的单独出门，黎粲难得化了全妆。

虽然只是去看个电影，但她收拾完后，还是对着镜子又整理了十多分钟的所谓仪容仪表。

她到达和邵轻宴约定好的地方时，还只是下午两点。

想到邵轻宴也许还在家教或者在便利店里，黎粲坐在商场一楼的咖啡厅里给他发了个定位，然后点了杯咖啡，自顾自刷起了手机。

因为之前出国留学的事情，她手机上的各种社交平台时不时会给她推送各种中学生出国留学的信息，偶尔还会有一些大学出国或者研究生出国的资料。

她一般扫一眼就离开，但是今天，她破天荒地点开了一个大学出国留学的帖子，多看了两眼。帖子里汇总了国内各个大学公派出国留学的资料，身为国内的顶尖 Top 双子星，排在第一列的自然是 Q 大和 H 人的各种对外留学项目。

黎粲慢慢看过去，直到把整个 Q 大公开对外交流的项目统计都看完之后，才意识到自己在做什么。

她眨了两下眼睛，而后飞快地点着屏幕，从页面退了出来。

等邵轻宴到的时候，她已经坐在咖啡厅里喝了半个多小时的咖啡。

初夏的时节，他倒也不怕热，还是骑着自行车来和她看电影。

黎粲起身站到他身边的时候，可以清晰地看见他额头上的汗珠，就算商场里的空调再凉快，也没有办法立刻吹干。

她给邵轻宴递了一张纸巾，然后问他想喝什么。

"我自己点吧。"

说着，邵轻宴掏出手机，打开了商场里各类奶茶店的小程序，货比三家后选了一杯柠檬茶。

黎粲瞥了一眼，说："我也想要一杯。"

半个小时，她的咖啡已经快喝完了。

邵轻宴抬头问她："柠檬茶？"

黎粲摇摇头："海盐芝士红茶。"

三分糖，加珍珠。

邵轻宴记得。

他给她点好了一杯。

两个人的奶茶分属在两家不同的奶茶店，绕商场一圈取完奶茶之后，他们才一起去楼上取电影票。

或许是第一次真正体会到约会的感觉，在和邵轻宴一起坐扶梯上楼的时候，黎粲总是控制不住要朝他多看两眼。

邵轻宴发现了她的不对劲，在她又一次回过头来看自己的时候，他噙着疑惑的目光向她望了回去。

没有任何征兆的对视，让黎粲毫无准备的内心突然就如同小鹿一般狂跳起来，这也是她第一次体会到了"小鹿乱撞"这四个字的真实感受。

但好在她惯常冷脸，就算被他发现了偷窥，依旧是面无表情，没有一丝丝的异样。

她转回了头，叫自己冷静。

一路从一楼坐扶梯到了六楼。黎粲看着邵轻宴去取票，又在售票的地方买了一桶爆米花，然后才折返到她身边，跟她一块儿检票进影厅。

黎粲平时其实不怎么来电影院。她家里的影院就是和许多院线联通的，平时这些地方最新上映的电影，她躺在家里就都能看到，但她没有告诉邵轻宴。

她带着他给买的爆米花和奶茶，坐在了他选的位置上。

悬疑恐怖类型的电影，的确是她最喜欢的。

但不知道是不是实在不习惯外面的电影院，所以黎粲全程没有看得很投入，尤其当电影放到最可怕的地方时，突然身后有人激动地大叫了一声。

邵轻宴半边外套被可乐沾湿，黎粲回头去看罪魁祸首。

坐在他们身后的是两个胆子很小的女生，电影放到最可怕的地方时，她们一时没有稳住，手里的可乐就倒了。

"对不起对不起，我们不是故意的……"她们小声又杂乱地解释，愧疚得不行。

黎粲皱着眉，看了眼邵轻宴。

可乐粘在身上，湿漉漉的，肯定不好受，但他只是瞥了眼肩膀，一边脱下外套，一边回头和后面的女生说："没事。"

他的语气轻描淡写。

莫名地，黎粲又想起"没脾气"这几个字。

邵轻宴对于这种事情并不在意。

看电影的情绪骤然被打断，黎粲原本就不是很喜欢电影院的氛围，接下来更没什么心情继续看下去了。

又坐了几分钟之后，她拉着邵轻宴走出了电影院。

"要去买个新的外套吗？"她问。

邵轻宴把外套搭在手臂上，一手握着奶茶，一手还握着爆米花。

他这才明白黎粲为什么突然拉着他离开，解释道："没有必要，洗洗就好了。"

就知道是这样。

黎粲无奈地看着他："我不想看电影了。"

"好。那接下来你想去哪里？"

邵轻宴是真的很认真地询问她。

黎粲几乎没见过这么木讷的人，明明是他请她出来约会，现在却反问她想做些什么。

"你晚上还有事情吗？"

"嗯，晚上七点半有个学生需要补课。"

果然，她就知道，不然第一次约会怎么也不能只看一场电影。

黎粲又想了下，只能说道："算了，那你载我去兜风吧。"

电影才开场半个小时不到，现在去兜风，他们还能过很久的时间。

或许黎粲也没想到，兜兜转转，她对于邵轻宴最大的期望，还是他那辆老旧到不能再老旧的自行车。

邵轻宴无声笑了下，黎粲也跟着轻扯了扯嘴角。

两个人转了一圈下楼，邵轻宴走到专门停放自行车和电动车的地方，把自己的车拖了出来。

黎粲熟练地坐了上去，看着邵轻宴。

"想去哪儿？"他问她。

"去衡山路吧，然后沿着梧桐大道走，一直到尽头。"

夏天的梧桐大道，经常是看不见尽头的，满眼葱郁的风光让人应接不暇，容易看晕眼。

邵轻宴的家在梧桐大道附近的老巷子里，离得很近，黎粲的家在和衡山路隔了几个街角的转弯处，其实也差得不远，但他们在今年之前，从未碰面过。

邵轻宴载着黎粲回去。

初夏下午的阳光倒也没有想象中的那么毒辣，黎粲也不知道自己今天是被快乐冲昏了头脑，还是被眼前骑车载着她的人冲昏了头脑。以前就算是再微弱的阳光，她也不可能任自己轻易暴露在它的底下，但是今天，她真的无所谓。

甚至还穿着短袖。

坐在邵轻宴的后座上挥舞起手臂的每一个瞬间，她都只觉得自己嗅到了轻快的气息。

越过减速带时，黎粲还是抓紧了邵轻宴座椅下的支撑。

热风拂过她的脸颊，她再度抬头，仰看着身前人的背影的时候，突然，一个从未有过的念头浮现出来。

她悄无声息地伸出手，抓住了邵轻宴的衣摆。

是的，是他那边沾到了可乐的白色短袖衣摆。

这是一条下坡路，四处都是被精心设计好的减速带。黎粲紧紧抓住他的衣摆，感受到有风灌进他的衣服。

她一一将它们抖落，抚平，最后，任那片原本随风飘扬的衣摆只成为她一个人的专属物。

黎粲最近心情很好，亲近她的人都看出来了。

具体表现在朋友圈发得比以前勤快了，自拍的技术含量增加了。约她出来玩的时候，她总是动不动就看手机，而且基本每次看完手机之后，嘴角就容易浮现出笑意。

孙微女士不过从北城回来几日，也发现了自家女儿的异样。

"黎粲。"这一天的清晨，她坐在家里的餐桌边，喊住黎粲。

"嗯？"黎粲抬起头来。

"听说你最近跟一个男生走得很近？"孙微做事情向来不喜欢拖泥带水，不管什么话题，都是直接又明了。

黎粲应了声，没否认。

她虽然已经成年好几个月了，但还没有去学开车，平时出门或回家基本都是联系自家的司机。她和邵轻宴接触，也少不了是在司机的眼皮子底下，所以孙微会知道这些事，她一点也不奇怪。

"你现在也是高中毕业了，想要和什么人玩玩，我不管你。"孙微说，"但是只有一件事情，你给我听好了，不许找外面那些穷小子。"

孙微神情很严肃。

"刚刚你陈阿姨又给我打电话,说正在和她老公打离婚官司。他们家什么情况你也知道,你陈阿姨是我从小就认识的好姐妹,而她那个老公呢?草根出身,完全就是靠着她才有了今天的一切。现在好了,年纪到了,他钱也有了,名声地位也都得到了,就想着要出轨,要离婚,出轨和离婚的理由还是你陈阿姨生不出孩子,简直荒唐,可笑!"

黎粲捧着玻璃碗,没有出声。

孙微看着她,又继续说:"总之,你现在虽然还年轻,跟谁交往都行,但我有一个条件,就是对方的家境不能比我们家差。"

"不能比我们家差?"前面那些话,黎粲觉得听了也就听了,听到这里的时候,却是真的觉得妈妈疯了,"那我还有得选吗?"

这不是她在高看自己,而是现在她爸妈的财产的的确确是国内名列前茅的水平。

她皱起了眉,还想再说些什么,但是孙微下一秒又说:"实在太苛刻,放宽一点条件也不是不行,就像你平时总在一起玩的那几个,岑岭、何明朗他们……"

"那都是我朋友。"黎粲强调道。

"哪个男女朋友不是最初从朋友做起的?"孙微很不以为意,"总之,我的话你最好给我听进去,别等到时候被我发现你偷偷摸摸跟学费都交不起的穷小子谈恋爱,就算他能力再强也不行。"

黎粲真的怀疑妈妈是背着她偷偷调查过邵轻宴了。

她心烦意乱,早餐也没吃几口,直接起身。

"黎粲,你听到了没有?"

孙微女士在她的身后喊她的名字,她也没有再回答,只是沉默地朝着自己的房间走去。

今天下午,其实黎粲还和邵轻宴约了一起去图书馆。

黎粲也不知道,别人约会都是电影院、咖啡厅、游乐场,到了自己这里怎么就成了去图书馆。

但是要她说有多不乐意,好像也没有。

她长到这么大,只去过两次云城的市图书馆,而且是在很小的时候。

本来邵轻宴说今天要去图书馆,没有要她陪的意思,是她说想再去图书馆看看,所以邵轻宴就说下午来接她。

黎粲知道，邵轻宴今天上午还在便利店打工，然后从便利店骑车到她家，再载她一起去市中心的图书馆，其实是有点距离的。

但她并不想自己去便利店找他。

整整一个上午，黎粲都在想孙微女士的话。

"不许再和穷小子来往"这句话，几乎就剩指名道姓地告诉她到底该怎么做了。

黎粲的脸上，难得地在最近这段时间里多了几分抑郁。

她在自己的房间里一直待到中午，午饭时分，她走下楼，得知孙微女士用过早餐后就直接又去北城了。

黎粲不知道自己该用什么样的心态去面对这一切。

下午一点多钟，邵轻宴到了她家门口。

黎粲站在庄园门前，看见他一路骑车过来的身影。自行车停下，他从前面的车篮里掏出一杯奶茶，递了过来。

黎粲看了眼，是她熟悉的那家店，还有她最为熟悉的奶茶。

海盐芝士红茶，三分糖，加珍珠。

她张了张口，有些话想说，但是到底又没能说出口。

她只是抬头看了看邵轻宴的额头，盯着他一脑门的汗水，然后默默从口袋里掏出了一张纸巾，朝他递了出去。

邵轻宴伸手，想要接过纸巾。

突然，黎粲又十分恶劣地把自己的手腕向上抬了抬……

纸巾直接被摁在了邵轻宴的头顶。

黎粲从小到大从来没有给哪个男生擦过汗，除了徐黎和。她把纸巾摁在邵轻宴的脑袋上后，定定地看着他。

在窥见他眼底那一抹诧异和不自然的时候，黎粲承认，戏耍人的恶作剧心理又悄悄地冒出了头，占据了上风。

她帮邵轻宴擦了一遍额头上的汗水，然后把半湿透的纸巾扔到了他的手里，有点嫌弃地说道："你自己的汗，你自己扔了吧。"

邵轻宴沉默着接过纸巾后，转身找到小区门外的垃圾桶，把垃圾扔了进去。

黎粲撑着遮阳伞等他回来。

接下来，自然是邵轻宴载她去了市里的图书馆。

燥热的初夏，黎粲收了伞，她戴了帽子，脸上还涂了一层防晒，做足了准备。等她下车的时候才意识到，邵轻宴好像一点点遮阳的措施也没有。

黎粲和他一起往台阶上走,问道:"你之前夏天也是这样每天骑车吗?再这么骑下去,等到夏天过去,你就该晒成黑炭了。"

黎粲记得,她冬天时见到的邵轻宴,还是能和她媲美的白皙肤色,但是最近他已经明显比冬天黑了不止一个度。

邵轻宴不置可否,外貌这种东西,他倒不是很在意。

黎粲又自顾自地点头:"黑成炭了也好,到时候站在我旁边,就能衬得我更白一点。"

她老神在在的,好像真不在意他变不变黑。

邵轻宴终于忍不住轻笑了下,告诉她:"以前每年都这样,等到冬天就会白回来了。"

云城的市图书馆每天下午五点半闭馆,邵轻宴虽然已保送了Q大,但一直都没有停止过学习。市图书馆里有很多关于高等数学和物理方面的资料书,他每隔一段时间就要来借书还书。

黎粲跟着邵轻宴一起,转了一圈后,找了个位子坐了下来。

市级的图书馆很大,但是工作日的缘故,人不算多。黎粲和邵轻宴坐的这片地方暂时没几个人,两个人可以独占一整张四人座的大桌。

他们面对面坐着。

刚刚邵轻宴去拿书的时候,黎粲在各个书架间绕了一圈,随手拿了两本。但她不喜欢看数学书,更加看不懂物理,坐下之后就开始玩手机,等着邵轻宴忙完,和他一起去吃晚饭。

舞蹈社的大群里,大家正在讨论下个月毕业典礼的事。

毕业典礼的那天晚上有一场专属于毕业生们的舞会,需要几个人跳开场舞。

黎粲从小是学芭蕾舞的,大家正在讨论让她用芭蕾跳一段惊艳众人的别样开场,其他人则是为她做配。

黎粲看着不断滚上去的聊天页面,没有急着答应,而是先轻敲了敲邵轻宴的书。

对面的人抬起头来。

黎粲示意他把笔给自己,在他的草稿本上写下几句话。

——6月30号晚上有时间吗?徐黎和想看我的毕业舞会,你有空的话,到时候陪他一起来我们学校吧。

邵轻宴看见她的字,打开手机翻了下自己早就定好的未来两个月的时间计划表。

——暂时没空,到时候看看能不能调一下时间。

黎粲意料之中地点点头,又自顾自玩起了手机。

只是和邵轻宴待在一起的时间里,黎粲怎么舍得不去捉弄他一点什么呢?

图书馆的桌子下面,其实空间很大,黎粲安稳了没多久之后,脚便开始一晃一晃的,须臾就如意料之中地踢到了邵轻宴的腿。

她眼睛看着手机,好像无事发生。

只是,过了两分钟之后,她又故意晃着新买的高跟鞋,把脚甩了出去,但是这回没能踢到邵轻宴。

黎粲不禁撇了撇嘴,知道他大概是退了位置。

她得寸进尺,又故意把腿朝前面伸了伸。

终于在又一次踢中邵轻宴裤脚的时候,她听见对面传来有点无奈,又不得不克制的声音:"黎粲……"

"嗯?"黎粲一脸迷茫地抬起头,仿佛自己什么都不知道。

"别闹。"邵轻宴抬起头,定定地看着她。

黎粲恶作剧得逞,稍稍舒展了下眉心,支着脑袋,终于再也没有捉弄他了。

第十章 · 真相

为了排练六月的毕业舞会，后面一个月，黎粲都没有太多时间和邵轻宴出去玩。

两个人更多的是抱着手机发消息，偶尔煲一煲电话粥。

这天晚上从舞蹈社回来，黎粲又累得不行，洗完澡之后才和邵轻宴开了语音通话。

她抱着玩偶趴在床上，和他说着自己今天的经历，唠叨完之后又问道："你呢，你今天在做什么？"

邵轻宴还在准备明天早上给一位家教学生上课的内容，听罢，回答道："早上睡得比较晚，去了一趟图书馆还书，然后下午在便利店上班，上到晚上九点下班，现在在准备明天的家教内容。"

他的日程总是没有什么惊喜可言。

"哦——"黎粲微微拖长了尾音，那边便又传来翻书的声音。

手机里安静了一会儿，突然，黎粲问道："学霸，你觉得我们之间现在算什么关系？"

邵轻宴写字的动作停了下来。

黎粲又说道："今天有人问我有没有男朋友，学霸，你觉得我应该怎么回答啊？"

"应该是没有。"在思索了片刻之后，邵轻宴这样回答道。

"为什么？"黎粲饶有兴致地问。

"因为……我还在追你。"

这回是过了好一会儿，她才终于听见邵轻宴的回答。

黎粲开心得乐不可支。

她抬头，看了眼对面屏幕上正在放的电影。

黎粲卧室的墙壁上嵌了一面巨大的屏幕，屏幕上正在放映的是2005年版本的《傲慢与偏见》，没有字幕的电影，满屏皆是英伦乡村风情。

黎粲还有几个月就要去伦敦，爸妈前几天已经和她打过招呼，说是给她在学校附近买好了房子，她到时候再带一个家里的保姆过去照顾生活起居，什么都不用担心了。

"邵轻宴。"

电影里的画面正好上演到伊丽莎白冒着雨水，一身狼狈地敲开了宾利家的大门。

黎粲抓了一只抱枕压着，又问："你有想过毕业旅行吗？"

这个时代，城市里的孩子高中毕业了没有毕业旅行的，在黎粲看来是少之又少。

黎粲上回和林嘉佳他们去过马尔代夫，但是她有点贪心，还想再多要一次旅行。

邵轻宴回复她："还没有想过。"

"那你想去旅行吗？"黎粲抓住重点又问。

"嗯。"邵轻宴大概听懂了黎粲的意思，"到时候可以商量一下，在云城附近转转。"

"那七月份，怎么样？"黎粲支着脑袋，脚也抬了起来，"等我毕业典礼结束了，七月份，你正好也离开便利店了，我们找个附近的古镇随便逛逛。"

话说完之后，黎粲顿了两秒，突然觉得自己最近好像有点兴奋过头了，趁着对面的邵轻宴还没有回答，赶紧补充："当然，我倒也没有说你毕业旅行非得跟我一起啊，你那么多同学，你跟同学当然也行……"

"嗯。"电话里传来邵轻宴不轻不重的一声回复。

黎粲停住了话，然后，她听见了他更多的回答。

"跟你一起去附近古镇转转，我尽量抽出时间。"

渐渐地，有水滴拍打在夜晚寂静的玻璃窗上。

黎粲捧着电话，转头朝窗外看了一眼，是下雨了。她想起天气预报最近的确在说云城马上将要进入梅雨季节。

"邵轻宴，下雨了。"她对着电话说。

"是，下雨了。"

手机里传来他的回应，然后是一阵起身关窗的声音。

电影里,伊丽莎白已经在和宾利的两个姐妹交锋,雨后的宾利家花园带着无比清新又馥郁的雏菊芳香。

黎粲安静看了一会儿电影,忽而又对着电话说:"邵轻宴,我之前看到过一个帖子……"

"Q大到英国的公费交流项目,有好几个。"

思明国际的毕业典礼安排在六月三十号。

七月份是暑假,学校里的孩子们放假之后,邵轻宴便会正式辞去便利店的工作,再多接几个家教的活。

六月三十号原本是他最后一天的班,但他还是跟人换了班,提前辛苦了两天,带着徐黎和来参加黎粲的毕业舞会。他还顺便给徐黎和带了一份礼物。

黎粲第一眼看见的时候,就知道邵轻宴打的什么算盘。

当初邵轻宴帮忙带了徐黎和几个小时,黎粲给了他两千多块钱,虽然他后来一直都没提过这笔钱,但是黎粲知道,依照他的性格,要么会把这笔钱该有的时效工作满,要么会想办法把钱还回来。

她不知道邵轻宴这回带的礼物价值多少,但是她猜,他肯定是把她不愿意收回去的那笔钱全拿来给徐黎和买礼物了。

徐黎和抱着礼物,当然笑得开心极了。

"谢谢小邵哥哥!"他难得不用人提醒就十分有礼貌。

那既然徐黎和都收下了礼物,黎粲也不好再说什么,只是摸了摸徐黎和的脑袋,旋即又去看邵轻宴。

这是邵轻宴第一次来到距自己学校只有两条街的思明国际。

思明国际是一所完完全全属于私立性质的国际学校,按照思明国际的惯例,毕业典礼一共分为两部分,一个是毕业生们穿着学士服合影,领取毕业证书,另一个则是晚上的舞会。

现在是下午,黎粲把徐黎和交给邵轻宴之后,就找林嘉佳一起换学士服去了。

一年一度的毕业典礼这天,思明国际学校里除学生外,还有各种各样的外来人员,有毕业生的朋友、家长,更有甚者,还有专门请的专业跟拍摄影师,录下高中时代的最后一刻。

整个学校里充斥着既热闹又轻松的氛围。

陶景然身为思明国际的编外人员,当然也是要来凑热闹的。他捧着林嘉佳的相机,一路跟人嘻嘻哈哈地打招呼,看到邵轻宴的时候,着实是小小地惊讶了一下。

"学霸?"陶景然一开始还有点不确信,直至走到了邵轻宴的跟前,才确定真的是他,"你怎么也来了?"

邵轻宴指了指徐黎和:"之前黎粲让我给她家表弟当陪玩,今天他们家里人没空,她表弟又想来看她的毕业典礼,所以就又喊了我陪着。"

"哦。"陶景然理所应当地把这理解成了是拿钱办事的类型。

他低头去看徐黎和:"这就是粲粲家那小表弟?好久不见,怎么感觉又长高了?"

他伸手,想摸摸徐黎和的脑袋,徐黎和却不让他摸。

"让陌生人摸了会长不高的!"徐黎和躲到邵轻宴身后,嘴里还嚼着一块棉花糖。

"我哪里算陌生人了?"陶景然好笑道,"你躺摇篮里的时候我还见过你呢,而且前段时间咱们不是还一起去过游乐园?"

"好吧。"徐黎和总算是愿意和这位大哥哥也亲近亲近了。

陶景然和徐黎和握过手之后,便和邵轻宴感慨道:"学霸你还真是干一行行一行啊,粲粲喊你带过他几次啊?她都没和我说过呢,他就跟你这么亲了。"

"没几次。"邵轻宴简单回道。

陶景然点点头,又看了他们两眼之后,突然举起挂在身前的相机,朝着邵轻宴眉飞色舞了几下。

"学霸,咱们今天难得在这里碰上,我给你照张相吧。今天林嘉佳很忙,都没工夫拍照片了,所以她的相机今天由我做主!"

陶景然话说得得意扬扬,下一秒就被刚好赶来的林嘉佳暴扣住了后脑勺。

"你今天要是敢把我的相机弄坏,你就死定了!"

"我知道我知道。"陶景然宝贝地捧着相机,看到她和黎粲都走了过来,又大手一挥,"刚好,你们俩先到了,我刚刚还跟学霸说要给他拍照,既然你们都到了,那要不就一起吧,好像我们已经很久没有合照过了。"

岂止是很久,是很久很久。

黎粲也想起她和邵轻宴目前为止唯一的合照,就是那天刚和他认识，在衡山路的私房菜包间里，林嘉佳拍的。

"好啊。"对于陶景然的提议，林嘉佳没什么异议。

大家于是又把目光放到黎粲和邵轻宴身上。

"我也没有意见。"

"我随便。"

两个人说完话之后，就被陶景然拉到了一起。

小小的徐黎和被哥哥、姐姐们围着，站在了正中间，他的身后是黎粲，黎粲的左边是邵轻宴，右边则是林嘉佳。

几张照片拍完，陶景然也想与穿着学士服的黎粲和林嘉佳合照，于是就把相机交给了邵轻宴，告诉他怎么使用。

岑岭和何明朗落在最后面，姗姗来迟。

等到几组照片拍完，差不多要去礼堂集合了。

一行人走在一起，有说有笑。黎粲故意落在后面几步，和邵轻宴、徐黎和并排。她走在邵轻宴身边，突然扯了扯他的衣摆。被扯到的人回头，正好撞见被高举起来的手机。

黎粲趁机摁下屏幕，一连拍了好几张和邵轻宴的合照，只有他们俩的合照，边走边拍。不是很好的角度，但两个人颜值都够顶，倒也没有多么难看。

照片里的邵轻宴，眼神从一开始的迷茫到后面的冷静，再到最后带着淡淡的笑意，坚定地看着镜头。

黎粲翻完之后，颇为满意。

这是她和邵轻宴第一次单独的合照。

黎粲没有把照片发给邵轻宴，而是自己保存好。

叮嘱邵轻宴照顾好徐黎和之后，她就先行进入了会场，准备领取毕业证书。

等到第一部分的流程走完，时间已经到了下午三四点钟。

学校准备了晚宴，连着晚上的毕业舞会一起。舞会的开场，是舞蹈社的节目，黎粲身为视觉的最中心，拥有一个十秒钟的个人part（部分）。

不管站在哪里都是人群焦点的黎粲，在高中生涯的最后一晚，依旧是人群中最耀眼的存在。

邵轻宴远远地看着她。

这是他第一次欣赏到黎粲的舞蹈，却不是他第一次意识到黎粲的耀眼。

虽然时常是近在咫尺的距离,但有时候,邵轻宴也清楚地明白自己和黎粲之间的差距。

等到终于跳完了开场舞,黎粲穿着礼服,第一时间就朝他和徐黎和走来。

"是不是饿坏了?"她俯身问徐黎和。

徐黎和点点头。

黎粲便拉着他的小手:"想吃就去吃吧。"

现在全场几乎是进入了群魔乱舞的时刻,黎粲不太想参与这种热闹,只想快点吃完饭和他们离开。

离开的时候,她只和林嘉佳、陶景然打了招呼。

玩了一整个下午的徐黎和,吃完晚饭后便有些犯困了,出校园后,黎粲先让司机把徐黎和送回了家,然后才和邵轻宴一起去了附近的滨江公园。

时间还早,黎粲难得化了精致的妆容,还做了造型穿了礼服,自然不会这么轻易就回家。

她踩着高跟鞋,站在邵轻宴面前。

她今天的礼服是抹胸渐变色的款式,上面星星点点,镶嵌了很多银白色和香槟色的亮片,金银的底调,其实很难让人想象到她晚上跳的会是芭蕾舞的开场。

"好看吗?"她双手背在身后,一如既往高傲尊贵得像个公主,问向邵轻宴。

"好看。"邵轻宴回答。

"有多好看?"黎粲对于今天晚上的舞会其实没有多大兴致,但是站在邵轻宴面前,她却相当有耐心,也相当有逗人的乐趣。

邵轻宴沉吟片刻:"比今晚的月亮好看。"

"真的?"

"嗯。"

"邵轻宴,那给你一次机会。"黎粲背在身后的双手悄然伸出了一只,"今晚,公主可以允许你跳一支舞。"

舞会之前就有很多男生邀请过黎粲,说晚上想要跟她共舞,但是都被她拒绝了。

她对那些男生没兴趣,她只和自己感兴趣的人跳舞,虽然邵轻宴既不是高贵的王子，也没有得体的西服。

"我没学过……"邵轻宴听到她的话，果然顿了一下。

"我教你。"黎粲迫不及待地上手，把他僵硬的四肢摆动起来。

夜晚的滨江公园里，其实人还挺多，只是他们待的这片角落还挺安静的。

从黎粲的角度望去，不远处就是云城标志性的外滩，那边五光十色，华灯璀璨。而这一刻，喧嚣与热闹都跟她没有关系，她只想和自己喜欢的人跳舞，踩着他的脚，打乱所有的节拍。

察觉到她是在故意不想教自己真正跳舞之后，邵轻宴揽紧她腰肢的手紧了紧："黎粲……"

"嗯？"黎粲一只手还攀在他脖子上，在明亮的路灯下抬头看他。

邵轻宴轻叹了口气，到底是对她无话可说。

他看了她很久才说："好好跳舞。"

"哦。"黎粲攀紧他的脖子，虽然应着，但是显然心底里并不是这么想。

"邵轻宴，你再说一次，我好看吗？"她的高跟鞋抵着邵轻宴白色运动鞋的鞋尖，蛊惑般踮起脚——有了高跟鞋还不够，还想要继续到与他视线平齐的位置。

"好看。"邵轻宴不厌其烦地回答她。

黎粲眼角晕开了星星一般璀璨的光华，然后，她决定奖励一下她一直以来都忠诚无比的骑士。

这个夜晚，对于黎粲和邵轻宴来说，都有很多的第一次。

第一次一起跳舞，第一次互相攀上对方的肩膀，第一次互相触碰对方的腰肢，第一次一起数节拍，第一次尝试着亲吻……

公主攀在骑士的肩膀上，出其不意地给了他一个能让全世界都突然安静下来，又能让全世界都突然璀璨起来的……格外的奖励。

毕业典礼结束，正式进入暑假。

黎粲和邵轻宴定好去周边古镇玩的时间是七月十八号，正好可以赶上给邵轻宴过个生日。

虽然只玩两天，但这是平生第一次和邵轻宴出门，还要给他过生日，所以黎粲还是相当重视地提前了好几天收拾行李。

这天她下楼时，孙微女士又恰好坐在客厅里。

黎粲瞧了瞧天光大亮的窗外，觉得稀奇。等她下到客厅，才知道家里来客人了——前段时间还被孙微女士念叨着嫁错人了的陈敏阿姨，现在就坐在他们家的客厅里。

她不得不硬着头皮过去和人打招呼。

"陈阿姨。"她礼貌道。

"粲粲。"陈敏看上去精神不是很好，明明才四十多岁的年纪，却比同龄的孙微女士苍老了十来岁，特别是那双无神的眼睛，看上去不仅是一整晚没睡，而且好像刚哭过。

"好久不见。"可即便如此，她还是强撑起笑意。

黎粲也跟着应了一声："好久不见。"

"最近是毕业了吧？听你妈妈说，你马上就要去伦敦了。"她慢条斯理地问起黎粲的学业。

黎粲点了点头："是。"

"真好，趁年轻多出去走走，别轻易被什么事情束缚住自己的脚步。"陈敏微笑着看她，突然不知道是想到了什么，眼睫轻颤了几下，很快又低下头，满眼落寞。

孙微赶紧给黎粲使了个眼色，示意她先走开，别再在她们跟前碍眼。

黎粲自然照做。她起身，去厨房里拿了瓶酸奶，又从冰箱里掏出几样早就洗好的水果，摆盘给自己做了个水果碗当下午茶。

再次路过客厅的时候，她没有停留，一路朝着自己的房间去了。

黎粲已经有一段时间没见过陈敏了，上回见到她，还是去参加她北城生日会的时候。

黎粲回到自己房间的沙发上，望着面前空白的墙面发呆。

手中端的水果碗不知不觉就吃了个底朝天，嘴里最后一颗嚼动的蓝莓，不知道是不是阿姨挑得不好，不仅没有酸甜的味道，还很涩。

她突然有点烦躁地放下了空碗，打开手机看了下消息页面，半个小时前给邵轻宴发的消息，他还没有回。

她又瘫坐在沙发上，看了眼外面的天气。

夏天的云城很热，就算现在已经是下午四点钟，但是太阳还是肆无忌惮地灼烧着每一个角落。

想要等它落山，起码得到五点钟。

黎粲静静望着落地窗前的白纱帘，也不知道自己在看什么。

窗户外面隐隐好像有蝉鸣，还有家门口三百六十五天没有休息的喷泉流水潺潺，响动在她耳侧。

她隔着纱帘，又听了几分钟的流水声，最后猛地一下从沙发上起身，决定还是要出门。

黎粲站在邵轻宴家的楼下。

这是一条藏匿在梧桐大道附近的老巷子。

在此之前，黎粲从来没有到过邵轻宴的家，也没有进过他家的巷子。刚才一路走来，她见到巷子里白天光线还算充裕，左右两边坐着的，全是手里拿着蒲扇乘凉的老头老太太。

她路过的时候，他们都用好奇的眼神看着她，问她是从哪里来的，要找什么人。

黎粲没有回答，只是笑了笑，便自己摸索着到了邵轻宴的家楼下。

邵轻宴正好结束了讲课，发微信告诉她，他现在就回家。

黎粲站在他家楼下，朝楼上望了两眼，没有告诉他，自己已经到了他家门口。

她安静地站在树荫下等着。

一直等到邵轻宴骑着自行车的身影出现在视线里，黎粲的眼神才终于有了一些神采。

"邵轻宴！"她远远地喊邵轻宴的名字。

邵轻宴握紧了自行车的刹车，看着面前的黎粲。

在刚才回家的时候，他完全不曾想过黎粲会站在自己家楼下。

"怎么样，惊喜吗？"黎粲双手背在身后，问道。

"惊喜。"邵轻宴从车上下来，没有急着先去放车，而是站到了黎粲面前，"你怎么来了？"

"想你晚上陪我吃饭，有空吗？"

"有。"

暑假到了，邵轻宴已经把便利店的工作辞掉了，又多接了一家的家教，不仅比平时在便利店挣得多，而且活也更轻松，每周能留出来的时间也更充裕。

黎粲于是笑开了花："那你快去放东西，地方我已经订好了。"

"好。"

邵轻宴把车停到附近的树荫里，俯身锁好，拎起书包就想跟平时一样上楼。但是，转身看见黎粲站在树荫下，头顶还洒着一些光斑的时候，他突然又顿住了。

"站累了吗？要一起去楼上坐坐吗？"他问。

于是黎粲跟着邵轻宴上了楼。

其实黎粲没想过今天自己还要进邵轻宴的家门，但是他都这么问了，那她当然也不想拒绝。

邵轻宴的家是个很简单的两居室，他的妈妈现在不在家。进门之后，房间里的布局便一览无余。客厅里没有沙发，只有一张很普通的饭桌，饭桌对面摆着电视，电视旁边有一只餐边柜，这几乎就是他们家整个客厅的全部。

邵轻宴的房间紧挨着厨房，里面陈设也很简单，一张床，一张书桌，一把椅子，还有一个老式的衣柜，但是朝向不错。

黎粲站在书桌前眺望窗外，发现也可以看到高楼。她静静地站着，可以想象到邵轻宴晚上坐在这里，一边忙着看书，一边和自己打电话的场景。

邵轻宴进门后放下书包，先给黎粲倒了一杯水。

黎粲端起水杯喝着，坐在他的位置上，老神在在地点评道："你家视野还不错。"

"谢谢夸奖。"邵轻宴坐在床边，看着她喝水。

"邵轻宴。"黎粲喊他。

"嗯？"

"你以后能不能再主动一点？每次都是我约你吃饭、出门，也没见你约过我几次，你真的是在追我吗？"她板起脸，问得好像很认真。

邵轻宴怔了下，愧疚道："对不起，是我没注意。"

"嗯。"黎粲点点头，"然后呢？"

"然后……以后我有空，一定多约你出来。"他态度还算诚恳，说得认真。

黎粲渐渐有点想笑，他这副样子，应该每回被老师喊上台去给全校学生做演讲时都没有这么严肃。

她又端起水杯，挡住了微微有点上扬的嘴角。

"那你得快点约我，我八月份就打算去伦敦了。"

"嗯，我知道了。"

温热的茶水入胃，黎粲看着他，原本在家里不算开朗的心情，总算好了不少。

"那你赶紧再收拾收拾，我们出门吃饭吧。"她催促道。

"好。"邵轻宴又起身，去卫生间里洗了把脸。

黎粲坐在他桌前无所事事，一边继续喝着水，一边又开始细细观察起他桌上的布局。

邵轻宴的桌子上，当然大部分都是书和笔记。尤其毕业了，他已经不用再学习其他的科目，所以桌子上全是与数学相关的资料。

黎粲知道，邵轻宴大学保送的专业是与数学相关的，她一眼掠过，对这些没什么兴趣。目光扫过窗台上摆的那袋茉莉花干时，她有点好奇，拿了起来。

黎粲记得，当初她和邵轻宴一起去给徐黎和挑生日礼物的时候，她喊他买过两串茉莉花手环，一串给了她，一串他自己留着。

黎粲的那串，早就不知道扔到哪里去了。

她看着手里这袋小小的茉莉花干，有点不太确定这是不是从他们当初一起买的那串茉莉花手环上摘下来的。她仔细数了数网袋里茉莉花的朵数，觉得还真有可能。

在邵轻宴从卫生间里出来之前，黎粲悄无声息地把那袋茉莉花先放了回去。

"走吧。"

邵轻宴洗完脸，清俊的脸庞的确比刚才要有神采许多。

黎粲应了声，把茶杯留在了他的桌子上，起身径直朝着他走去。

等到快走到他身边的时候，黎粲突然放慢了脚步，站在原地，朝他伸出了手。

"邵轻宴，你敢牵我下楼吗？"她问。

自从那晚黎粲主动亲过了邵轻宴之后，他们之间的牵手，好像就成了顺理成章的事情。之后的每次见面，两个人虽然谁都没有开口，但双手总是不自觉地会紧紧交握在一起。

但是今天不同。

今天，楼下都是看着邵轻宴长大的老头老太太，牵着她下去，相当于就是告诉周围的所有人，她是他的女朋友了。

黎粲看着邵轻宴。

他眼里却没有半点犹豫，在她说完话之后，直接微微探身抓起了她的手，问："这样下楼？"

"嗯。"黎粲矜持地点点头。

"那就这样下楼吧。"

他好像不论做什么，都是坦坦荡荡，没有一点心虚和卑微的。

黎粲看着他，突然觉得自己对邵轻宴的了解还是太少了。她默默弯起了嘴角，任凭邵轻宴把她牵着，往大门处走去。

但是她没动，邵轻宴再度回头，望着她的目光有些不解。

黎粲慢慢勾起指尖，反握住了他的手。少女的唇瓣总是带有一丝茉莉花香的味道，即便黎粲今天出门根本没有刻意地去喷过什么带着茉莉花味道的香水。

看见近在咫尺的脸颊的一瞬间，邵轻宴还有点震惊。

然而下一瞬，他就好像习以为常了一般，双手圈紧黎粲的腰身，将她抱住倚靠在自家的墙壁上。

对于生涩的少男少女来说，接吻和牵手其实都一样，永远只有零次和无数次。

黎粲满意地仰着脑袋，一点一点地接受来自她的少年还不能很好控制的爱意。

和以往分明并没有什么不同的吻，但因为是在他的家里，所以格外多了一层禁忌的味道。

夏日的傍晚半是暑气，半是凉风。

过了不知道多久，黎粲才笑着贴在邵轻宴的耳边问："邵轻宴，还吃晚饭吗？"

"吃。"邵轻宴偏了偏脑袋，又轻咬住她脆弱的耳骨。

黎粲任由他将自己抱紧，感受着来自少年炽热的心跳。

又过了几分钟，两个人才牵紧了手走出家门。

邵轻宴的妈妈不知道去了哪里，他们出门的时候还没有回来，于是邵轻宴还得再一次把大门锁上。

一旁的楼梯间里，有高跟鞋走动的声音。

黎粲没有当回事，只等着邵轻宴把门锁好之后，就又继续和他牵着手，一起往楼下走去。

这原本该是很寻常的一天，就和他们以往任何一天的约会都没有差别，但黎粲没有想到，就是这样一栋老旧房子的楼梯上，她会碰见孙微女士，更没有想到的是，孙微女士的身边还站着今天才刚刚见过面的陈敏阿姨。

和孙微女士四目相对的那一刻，黎粲浑身的血液好像突然都冰冻住了一样。

后来，黎粲回想起那一天，记忆里只有无尽连绵的雨声，还有那通怎么也打不通的电话。

"黎粲，你怎么会在这里？"

孙微女士站在楼梯上，仰头看着自家的女儿，虽然见惯了大风大浪，但是眼里还是难免有震惊和诧异。

黎粲站在台阶上，因为孙微的这一声质问，和邵轻宴刚牵上没几分钟的手，突然就产生了退意。

邵轻宴察觉到了，他回头，看了眼黎粲。

"这是谁？你认识？"他主动松开了黎粲的手，稍有不解地问道。

"是，是我的……妈妈……"

黎粲浑身僵硬地站在原地，头一次从头到脚产生了窒息感，知道自己大祸临头。

她回答邵轻宴问题的时候，甚至都没有看他一眼。

孙微女士的眼睛像是巨大的牢笼，将她狠狠地钉在原地，无法动弹，亦无法挣脱，更何况孙微女士的身边还站着陈敏。

邵轻宴怔了一瞬，明白了。

"阿姨……"他想和孙微女士打招呼。

但是孙微女士直接冷声制止了他："谁是你阿姨？"她凌厉的眼神如锋刃一般扫过面前的两个人，"不知廉耻的私生子！黎粲，你这些天就是跟他在交往是吗？"

"妈！"黎粲僵硬了许久的身体突然剧烈颤动了一下。

她最害怕的事情还是发生了，孙微女士知道了……她知道，知道邵轻宴是……

"妈！你在胡说些什么！"

她没有诧异，只是慌张地看了眼邵轻宴，赶紧走下楼，想拉着孙微和陈敏先行离开。

但是她们既然都找到了这里，怎么可能就这么轻易地离开？

孙微眼神直勾勾地瞪着邵轻宴："黎粲，是谁教你的，跟一个穷光蛋在一起也就算了，还跟一个什么都不是的私生子在一起？"

如果有人要问黎粲，她从小到大的冷脸是跟谁学的，那她几乎可以肯定地告诉每一个人，是跟孙微女士学的。

孙微冷下脸来羞辱人的样子，比之黎粲，只会有过之而无不及。

127

"妈！你都在说些什么！"黎粲着急地抓住孙微的胳膊，想要拉着她赶紧下楼。

但是孙微这个时候哪里还会顾及谁的面子，她一把甩开黎粲，不仅不打算下楼，还直接打开手机，打通了等在楼下的保镖的电话。

黎粲没能拉走孙微，反倒被她喊上楼来的保镖直接扛起来，一路带着往楼下走。

"不是，你们放开我！我不走，你们放开我！你们赶紧放我回去，我还没有跟他说清楚，你们放我回去啊！"

黎粲从来没有这么崩溃过，所有的一切都发生在一瞬间。

她看着面前不断旋转倒退的楼梯，看着楼梯上不断围上来看热闹的人群，看着眼前的地面，看着楼梯逐渐变成了水泥街道……

保镖扛着她，直接把她扔进了等在巷子口的车里，她终于挣脱了束缚，整个人挣扎起来，想要冲出车厢。

然而没有用。

她不断拍打着车窗玻璃，一阵阵嘶吼出来的声音连她自己听了都觉得可怕。

可是没有用，她的嘶吼在孙微女士的命令面前根本不值一提，家里的保镖和司机没有一个人会听她的话。

她只能颤抖着去摸自己包里的手机。

她想打电话给邵轻宴。她想告诉他，她妈妈一定会说很多难听的话羞辱他，让他一定不要听，不要信……

可是也没有用，邵轻宴突然就不接她的电话了。

她徒劳地坐在车里，一遍又一遍地拨打着那个根本不会被接通的电话，眼睁睁看着外面的世界从白天变成黑夜。

最后，只有孙微女士一个人先从巷子里走了出来，把她带回了家。

"你们都跟他说了什么？"回到家里，黎粲站在孙微面前，像只炸了毛的猫。

孙微瞥她一眼："这就是你跟妈妈说话的态度吗？"

"黎粲，我还能跟他说什么？无非叫他别再跟你来往。你马上就要去英国了，学业繁忙，根本没有工夫谈什么跨国恋爱，我只是叫他以后都别再打扰你了而已。"

"你骗人！"

"黎粲！"孙微语气严肃了起来，"家里好吃好喝地把你养到这么大，就是为了让你在这种时候顶撞父母的吗？"

"我没有要顶撞你！"黎粲大声说，"我只是想知道你们和他说了什么！"

"你知不知道他是谁？"孙微坐在沙发上，看着回到家里却自始至终都不肯坐下去的女儿，"黎粲，他是一个私生子，他是你陈敏阿姨……"

"我知道！"

从邵轻宴门口的楼梯上相逢直到现在，孙微自认在这件事情上是占着上风的。一个穷小子，还是一个私生子，黎粲背地里和这种人约会简直不占一分钱的道理，但是黎粲亲口在她面前脱口而出"我知道"这三个字的时候，她愣住了。

"你说什么？"她有些不可思议，"黎粲，你再说一遍，你知道什么？

"你知道他是私生子？什么时候的事情？

"你知道他是个私生子，却还要跟他待在一起，跟他交往到现在？"

孙微越说越不敢相信，此刻站在面前的，会是自己从来都引以为傲的女儿。

"黎粲，你回答我的话！你什么时候知道他的？"

孙微最后破口而出的质问，已经是极致到无以复加的愤怒。

黎粲抿着嘴角，不肯说话。

她从小到大，真的没有怎么哭过。

半年前的网暴已经超乎她的意料，那时的她没有想到，半年后的自己会为一个男生站在母亲面前仓皇落泪。

是，邵轻宴是私生了这件事情，她早就知道。

陶景然带着她和邵轻宴第一次吃饭见面的那天晚上，她就知道了。

故事到底要从哪里说起，才算是真正的开始呢？

大概是元旦前一个星期吧，她真正第一次见到邵轻宴的照片的时候。

那是一场很突然的暴风雪，十七岁的黎粲因为航班延误，被困在了北城母亲的闺蜜陈敏的家里。

陈敏因为和丈夫陈泓有点事情要商量，所以让黎粲独自在家里各个房间玩。无聊至极的黎粲，就那样误打误撞走进了陈泓的书房。

当时陈泓的书桌上有一张照片——照片上的男孩穿着洗到发白的校

服，瘦到手背上青筋都有点隐隐暴露，下颌绷紧，侧脸线条分明，比黎粲见过的不少男明星都好看。

那是黎粲第一次见到邵轻宴，也是她第一次因为邵轻宴的脸而觉得惊艳。

虽然后面因为陈泓的突然出现，她太过紧张，很快把邵轻宴的脸给忘记了，但是他没有忘记当时写在照片背面的那串数字。

照片的背面没有写那个男生的姓名，只用黑色的签字笔潦草地写着一个日期——"07月18日"。

后来在实验中学荣誉墙上再度见到邵轻宴的那一天，黎粲没有想起来这回事。

是第二次，在陶景然带着她和邵轻宴见面的那一天，她看见林嘉佳发过来的照片时才想起来。

她把记忆中那张模糊的照片和林嘉佳发过来的合照重叠，又找陶景然去打听了邵轻宴的生日——真的是7月18日，而且和他们同年。

她再没有什么不明白的了。

尤其陶景然还告诉她，邵轻宴没有爸爸，从小就是跟着妈妈一起长大的。

说他不论做什么都很努力，在学校里风评很好。

说他早早地争取保送Q大，就是为了能够早一点减轻妈妈的负担，早一点挣够大学的费用。

说他这样的人，自己从来都很佩服，也知道他早晚会成功，会有出人头地的那一天……

可是出人头地，那又怎么样？

邵轻宴出生的时候，陈泓已经和陈敏结婚一年多了，他再怎么样也摘不掉私生子的帽子。

"你一直都知道这些，你不告诉我，也不告诉你陈敏阿姨？"

孙微不敢相信，这么多年含辛茹苦教育出来的女儿，她事事引以为傲的好女儿居然会做出这种事情。

"你，黎粲，如果我们一直都没有发现，你打算把这件事情瞒到什么时候？你是不是打算瞒我们一辈子？是不是打算等到他Q大毕业了，你觉得他有出息了，有能耐了，你就把他带到我们面前，让他和我们坐在一张桌子上吃饭？"

"我没有想过那么远，我只是……"

"你没有想过那么远，你就没有想过要救救你陈敏阿姨？"孙微不可遏制地咆哮道。

黎粲哪里见过这样的妈妈，再一次被孙微的愤怒震惊，说不出一句话来了。

她想说，不是这样的，她不是没有想过要帮陈敏阿姨，所以她一开始对邵轻宴一点也不好，她瞧不起他，捉弄他，羞辱他，戏耍他……她以为自己这样对他就会开心，也能帮到陈敏阿姨。

可是没有，她这么做一点也不开心。

她只有坐在邵轻宴自行车后座上的时候，才能真正开心。

面对怒火冲天的孙微，黎粲无声哽咽着，真的一句辩解也说不出来。

"你居然还想着跟他出去约会，黎粲，我真的是疯了才给你这么多的自由，给你这么多的钱，让你出去潇洒，结果你给了我这样的报应！"孙微咬牙切齿地说。

"可是私生子也不是他可以选的！"

如果不是被逼到极点，黎粲从不敢相信自己会当着孙微的面说出这种话来，这种她自己听了都觉得荒唐的话。

"妈妈，我知道你在想什么，你觉得私生子不可饶恕，他的存在就是个错误。是，我一开始也是这么觉得，可是慢慢地，我越靠近他，就越发现他很好，他真的除了出身，什么都没做错。

"他和他的妈妈一直都很穷，我敢保证，他们没有从陈叔叔那里得到过一分钱的接济。邵轻宴很有骨气，他真的过得很苦，他有今天的一切，全部靠他自己……"

孙微依旧面色冷厉："那都是他们应得的！上不得台面的东西，还想要过什么好日子！"

"可是这都不是他能选的！"黎粲彻底在孙微面前崩溃大哭，"妈妈！他真的真的很好，他出身这么差，可还是能靠着自己保送Q大……"

"保送Q大有什么用？别说只是Q大，他今天就算是保送了哈佛，保送了麻省理工，他也还是个见不得光的私生子，还是个一贫如洗的穷光蛋！你永远别指望我会看得起他！"

砸在地面上的茶盏，碎在黎粲的脚边。

少女的眼泪在这一刻汹涌而出，终于再也不受控制了。

"妈……"

"你今晚就给我收拾行李,我喊人给你订机票,把你送去英国,你给我待在伦敦好好反省反省!"

"妈!"

黎粲从来都争不过孙微女士。从小到大,她知道,只要是孙微女士替她决定好的事情,她从来都争不过。她想跑走,但是之前把她困在车上的保镖又一次突然出现,把她团团围住了。

她被困在了自己的房间里,任凭她怎么对着房门摔砸敲打都没有用。没有人会来给她开门,没有人会来带她去见她想见的人。

从小到大也没有哭过几次的黎粲,在这一天晚上,几乎要把她一辈子的泪水都哭干了。

她只能浑浑噩噩地坐在沙发上,抱着手机,希望邵轻宴能接电话。

但还是打不通。

他的电话,突然变成了永远都打不通的。

玻璃窗户上突兀地响起雨水敲打的声音,黎粲抬头去看,窗外除了路灯,早就已经什么都看不到了。

本来今晚她和邵轻宴订的晚餐在外滩的江边,按照她的计划,吃完晚饭后,他们会一起在江边散步,邵轻宴会牵着她的手,一起聊天、谈心,最后,也许还会跟上次在江边公园里一样,接一个静谧无声的吻……

但是什么都没有了。

她突然之间什么都没有了。

泪水又一次从黎粲的脸颊滑落,早就哭花了的妆容映在沾着雨水的模糊玻璃上,渐渐变得模糊,不成样子。

夏天总是这样。

夏天的阵雨,总是这样。

孙微坐在自家别墅的客厅里,自从黎粲被扛上楼之后,就一直没有动过。

直到晚上十点,陈敏终于从外面回来,狼狈得像只落汤鸡一样站在孙微面前。

孙微起身去接她。

陈敏趴在孙微的肩上,突然毫无征兆地放声大哭。

发生这样的事情,孙微也不知道怎么安慰她,只能紧紧地抱住她,不住拍打着她的后背。

孙微想过千万种陈敏可能要对自己说的话,但是没想过她一开口会是说:"微微,我们错了,他不是私生子……那个女人,也没有插足过我的婚姻……"

陈敏眼神空洞,仿佛直到这一刻,才知道自己这么多年一直坚守的信仰原来早就坍塌了。

"微微,是我,是我从一开始就错了……"她哽咽道,"那个男孩子,已经20岁了,不是18岁,已经20岁了,20岁了……"

不是18岁,而是20岁,不是婚后生的,而是婚前生的。

就好像是一场闹剧落幕之后,其中的每个人物都像小丑。

孙微红着眼眶:"这件事是我错怪他了,我认,你也有知道的权利,所以我特地上来告诉你一声。"

虽然知道错怪了人,但是高傲如孙微女士,依旧一点想要低头的样子都没有,她仍旧告诉黎粲:"但是黎粲,你去英国的事情,没得商量,你必须跟他断了联系,然后立马就走,这是没有选择的事情。"

"为什么?"黎粲哑着嗓子问。

"为什么你很清楚,我不止一次提醒过你,不要和外面的穷小子打交道,你知道他们一旦攀上你,就相当于是提前得到了巨额财富,尤其是你和他……"

孙微欲言又止,一时间,她竟然也不知道该怎么称呼邵轻宴才好。

"虽然他算不上私生子,但是他骨子里始终带着姓陈的基因,谁能保证他以后不会跟姓陈的一样利用完你了转头就走,留下你一个人像个疯子一样地待在原地?

"黎粲,这件事情,我不想和你再吵,今晚收拾好东西,明天我亲自送你去英国,我和你爸爸会为你安排好一切。"

"我不要!"平静地听完孙微女士所有话的黎粲,终于在她转身的刹那爆发出了自己的反抗。

她站在一片狼藉的卧室里,强撑着猩红的眼眶:"我不要明天就走,我要和他再见一面才能走。"

孙微回身,面带不满:"你还想做什么?真的想跟他玩什么跨国恋吗?黎粲,是不是我这些年真的对你太纵容了?"

"你对我纵容了吗?"

这么多年，面对忙到脚不沾地的爸妈，黎粲从来都是一脸的漠然和习以为常。

这是她第一次对着孙微女士发出了这样的质问。

她用哭了一整个夜晚的嗓子，一声一声地指责站在她面前的母亲："你所谓的纵容，就是每次在我想要见到你们的时候都出差不在家，把我无限期地扔给保姆，扔给司机，扔给香港的外公、外婆；你所谓的纵容，就是这么多年，连我的家长会都没有工夫去参加几次，连我老师的面也没有见过几次，等到我被同学欺负了，你还要我考虑大局去原谅她，去和她吃饭、见面；你所谓的纵容，就是从来都对我不管不顾，等到我现在好不容易成年了，有我自己天天都想见到的人了，又突然要开始管我了，想要我这辈子都按照你铺好的路走！"

"黎粲！"

孙微已经分不清楚今天是第几次发火。她深深地看着黎粲，没想到黎粲会为了一个认识不到几个月的男生这样指责自己。

她愣愣地站在原地，仿佛是第一次知道，自己在黎粲的心里居然是这样的存在。

她的大脑开始飞速地思考，自己这么多年，真的对黎粲不管不顾了吗？她这么多年，真的只是每天都把黎粲扔给保姆和司机吗？

不是，她没有，她只是集团的事情太忙了，做不到兼顾家庭和事业，所以有时候才会忽略了孩子。

黎谈是那样长大的，黎粲也是那样长大的。

孙微深吸了一口气，认为不管黎粲怎么看自己，她都得替黎粲做好决定，帮黎粲把面前的事情处理好。

陈敏已经是一个很好的例子，她绝不会叫自己的女儿重蹈覆辙。

可是黎粲到底是她亲生的，倔强的性子跟她一模一样。

"我要见他！"黎粲一字一顿地说。

孙微彻底冷下脸来，只能把话说得最直白、最难听。

"黎粲，你以为，经过这一回的事情，那个姓邵的男生还会愿意搭理你吗？

"如果真的照你所说，他是个有责任心、有担当，且有自尊心的男生，那他今天过后就不会愿意再搭理你。

"因为你从一开始就知道他是私生子，你也认定了他是私生子，你一开始是抱着怎样的心态去看他的，只有你自己知道。

"不管怎么样,我都是你妈,我对你的了解从来不会比别人少,我猜,你一定没少羞辱过他吧……"

"妈!"

虽然孙微女士在黎粲从小到大的生活中扮演的母亲角色到底称不称职没有人能说得清,但是她了解黎粲,就如同了解她自己一样。

她不顾黎粲的阻挠,继续说道:"你一开始又是怎么看待他妈妈的,黎粲,如果被他知道……"

"妈!我就想见他一面,你非要逼我吗?"

"我只是在告诉你,果断地结束一场没有结果的恋爱,比一而再、再而三地拖着要好。他要是真的想见你,他是个男人,是他应该想办法,而不是你。"

他要是真的想见你,他是个男人,是他应该想办法,而不是你。

这整整一个晚上,孙微女士的话,黎粲一句也没有听进去,唯独除了这一句。

世界再次安静下来。

黎粲落寞地看着房间门再次被锁上。

小客厅的沙发上,孙微女士刚刚亲手送上来的饭菜还摆在那里。她说,今晚的果汁是她亲手鲜榨的。

黎粲刻意地控制住不哭,越过一片狼藉走向沙发上的手机,打开时间看了眼,已经是晚上十一点了。

可是邵轻宴还是没有给她回电话。

她今天给他拨出去的电话已经不下几十通了。

外面的雨还在持续地下着,黎粲对着手机,从来没有像此刻这么迟疑过。

她脑海中浮现过千万种可能,眼神麻木地盯着手机,一直到将近半夜十二点。

过了十二点,午夜的钟声会敲响,公主应该过她自己该过的生活,住在城堡里,远离平民。

黎粲死死地盯着手机,盯着时间一分一秒地流逝。

终于,好像是上天听到了她的祈求,在十二点还差三分钟的时候,她接到了她梦寐以求的电话。

"喂,邵轻宴!"她几乎是立刻捧起了手机。

"嗯,黎粲。"

电话那头的人听起来很疲惫,声音也远没有她激动。

不知道他是不是坐在桌前,也能听到他那边淅淅沥沥的雨声。

"邵轻宴,我妈妈回来告诉我了,她说,是她们误会你们了……"黎粲的声音带着哭腔,一个小时前还能控制住的泪水,在听到他声音的刹那直接决堤,一点一点掉落在她的掌心。

"嗯。"然而电话那头的声音依旧没有什么情绪起伏,好像一切都是意料之中的事情。

黎粲的心莫名其妙揪了起来。

"邵轻宴,你晚上去哪里了?为什么这么晚才给我打电话?"

"刚从医院回来,我妈妈晚上心脏病犯了,我陪她去看了医生。"

闻言,黎粲的心跳似乎骤停了一下。

是因为她们吗?是因为她妈妈和陈阿姨吗?

"那她没事吧?你现在还在医院吗?"她紧张地问。

"已经回家了,没什么大事。"

突然悬起来的心总算可以放下了,黎粲捧着手机,听着电话那头逐渐安静的呼吸声,一时竟不知道该再和他说点什么。

明明昨天他们还可以什么都不说,就这样通着电话,自在地做自己的事。

可是好像突然就回不去了。

"黎粲,我的事,你是什么时候知道的?"

没过多久,黎粲终于听到邵轻宴这样问她。她的眼睫轻颤了下,知道这件事情他迟早会知道。

"很早,在第一次和你吃完饭的那天晚上。"

"这么早啊。"邵轻宴的声音终于带了点不同的情绪,却是苦笑。

黎粲今天在楼梯上遇到孙微时的反应太不寻常了,他当时就已经猜到,她或许早就知道了这件事情。

只是他没想过会这么早。

"所以,那时候才要那样羞辱我,把我的自尊往泥里踩,是吗?"

黎粲不禁回想起自己当初和邵轻宴第一次私下见面的情景。

在衡山路光秃秃的梧桐树下,她叫住了他,让他载着她去兜风,末了说要给他钱。

是啊,那个时候就是因为知道他是私生子,所以既想赢过他,又想狠狠地羞辱他,把他打压到抬不起头来。

而他被蒙在鼓里，什么都不知情，还以为她当时只是单纯的性格恶劣，只是单纯地讨厌他。

"邵轻宴，对不起……"

黎粲什么时候跟人这样道过歉？可是对着电话里无尽的沉默，她知道，她再不道歉，她和邵轻宴之间就再也没有以后可言了。

"邵轻宴……"

"可是黎粲，我也该有点自尊吧？"

她听到了邵轻宴话里轻微的颤音，好像带着哭泣，又好像只是他窗外的雨声。

黎粲刹那间又陷入沉寂。

电话那头的邵轻宴好似呢喃，又低声问了一遍："黎粲，我也该有点自尊吧？"

从来都可以接受她无止境的恶作剧的人，现在在她面前一遍又一遍地问她。

黎粲的心里突然是前所未有的慌张，就连被孙微女士发现她和邵轻宴牵手的时候，她都没有这样慌张。

"不是，邵轻宴，当时是我，是我误会你了，我后面，再也没有想过要羞辱你，我没有，我真的没有……"

"黎粲，我们暂时，不要再见面了吧。"

黎粲捧着手机的手彻底顿住："邵轻宴，你说什么？"

"我们暂时不要再见面了吧。"邵轻宴重复了一遍，如湿水的海绵般沉重又低哑的声音响在黎粲耳侧，"正好你妈妈现在也不会同意我们交往，黎粲，我们都先冷静冷静，等你去了英国，等我去了北城，等到我们以后……"

"邵轻宴，你今天要是敢跟我说分手，我们就再也没有以后了，我不会再见你，也不会再理你，不管你以后怎么求我，我都不会再搭理你！"黎粲控制不住自己，冲着手机咆哮道。

"嗯……我知道。"可是，相比起情绪变化剧烈得像坐过山车的她，电话那头的人始终平静，"但是黎粲，我还是想先朝前走……

"我们都先朝前走，好吗？"

没有回声。

黎粲直接挂断了电话，把手机狠狠地砸向对面的墙角，不想再听邵轻宴说一个字。

这晚云城的雨下得很大，漫天的雨水像是把江里的水全部抽到了天上，然后倾盆而下。

黎粲靠坐在落地窗前，觉得现在就算是光着脚冲进雨里，都比不上刚才挂断电话那一刻狼狈。

人总要为自己做过的事情买单。

孙微女士说得没有错。

和妈妈相依为命长大的人，不会容忍被别人那样羞辱。

十八岁的黎粲，在这年盛夏到来之际，为她曾在冬天伤害过的无辜的人，付出了代价。

那晚到底是怎么睡着的，她不记得了。

她只记得自己醒来的时候，面前摆着已经收拾好的行李箱，说一不二的孙微女士站在她的身边，手里还攥着两张当天下午飞往英国伦敦的机票。

暴雨之后的黎明，混着泥土的芳香，馥郁清新。

第十一章 · 重逢

五年后。

衡山路最后一片梧桐叶掉落的时候,恰好有一班飞机自香港落地云城,踩着元旦节前最后的节拍。

黎粲从睡梦中苏醒,听着空姐温柔的呼唤声,面无表情地将毛毯交还给人家,起身走下飞机。

司机已经在机场的出口处等她,她把行李箱交给前来接应的司机,看了眼面前熟悉的城市,喊司机先送自己到何明朗家。

今天是元旦跨年,上个月的时候,她和林嘉佳几个人就约定好了,晚上一起去何明朗的家里聚会。二百七十度视角的滨江江景房,不用出门就可以直接俯瞰到整个外滩最繁华的景象,是烟花秀的最佳观景位置。

黎粲到的时候,陶景然他们一群人已经到了很久了。

"粲粲!"林嘉佳吹着玩具喇叭凑到她的身边,"赶紧来赶紧来!最后一块比萨,要不是我给你留着,全被他们抢光了!"

岑岭靠坐在沙发上,晃起刚连接好的游戏手柄:"怎么样,有没有人要跟我先干一局?"

"我刚吃完,休息休息。"陶景然举起双手双脚,"喊何博士吧,何博士新的一年能不能毕业啊?不会还要继续念吧?"

"可能还真不能。"何明朗笑着在他俩身边坐下,接过岑岭递来的游戏手柄,"带我的那几个老师还想要我继续念下去,说都读到这儿了,也不差博士这几年。"

"真要当博士啊?"

五人小分队里,何明朗现在已是最高学历拥有者——哥伦比亚大学的建筑学在读硕士。

虽然只是硕士,而且还没毕业,但是大家习惯地调侃他为何博士。

而陶景然身为家里的长子,早在一年前毕业的时候就被他爸安排进了自家的公司,从底层干起,现在是个隐姓埋名的小员工。

林嘉佳趴在黎粲肩膀上,问道:"粲粲,你那工作室弄得怎么样了?新的一年能开张吗?"

"定好了,明年三月份正式开张,到时候有广告策划需要找我啊。"黎粲吃完比萨,拿湿纸巾擦了擦手,然后在林嘉佳的肩膀上拍了两下。

林嘉佳目前是个自由摄影师,每天需要干的活就是一觉睡到自然醒,然后从各式各样的相机里挑选一个最喜欢的,背着出门,找人约拍或者去拍各种各样感兴趣的东西。

黎粲大学念的是广告学,大学毕业之后就准备回国开广告工作室。她不缺钱,家里也不需要她挣钱,她的工作室就慢慢悠悠的,一直筹备了两年多,到现在才敲定所有东西,准备开业。

那边几个男生已经沉浸在游戏里,林嘉佳和黎粲边聊边走到了外面的阳台上,坐在阳台的藤椅沙发里,吹着百米高空上的冷风,俯瞰光怪陆离的云城CBD。

不知不觉,他们都已经大学毕业,兜兜转转又聚集回了这个地方。

自从上了大学之后,大家天南海北的,虽然经常在手机上有联系,但是像这样的聚会其实也已经很少了。

黎粲还记得上回来何明朗这个家时的场景。

那时候她还是十八岁,何明朗的爸妈刚把这边的房子买下来,作为他成功申请到大学的奖励。

一群人聊些有的没的。

"哎,粲粲,你爸妈催你相亲没有?"

林嘉佳裹了一条从屋内沙发上带出来的毯子,没多久,手机就响起了新消息提示音。她看了一眼,满脸不耐烦。

显然,手机上的消息不是她喜欢的内容。

黎粲摇了摇头,她家里还有个哥哥黎谈,没结婚,也没对象,孙微和黎兆云自然不会先把主意打到她的头上。

"我爸妈刚刚又给我发了个资料,你猜是谁的?贺勋!"

贺勋?

黎粲笑了下。

虽然接触不多，但是这个人和她在同一所大学，大学期间，他们见过几面，只是交情不深，她现在手机里也还有这个人的微信。

"我妈想我跟他见见。"林嘉佳说。

贺勋家是开药企的。近几年医药行业实在是太吃香，尤其大家兜里有了几个钱之后，纷纷都开始保健品不离手。

林嘉佳的这份职业虽然说是自由摄影师，但要是没有家里托底，她估计还是不能这么自由且随性的。

所谓拿家里手短，她自由的代价就是要不断去见爸妈给她物色的相亲对象。

黎粲的目光不禁往屋子里瞥。

透明的玻璃推拉门后面，几个男生褪去外套大衣，正盘腿靠坐在沙发边的地毯上一起玩着游戏。不管是书已经念到了即将硕士毕业的建筑系高才生，还是在自家公司隐姓埋名摸爬滚打了一年多的职场小透明，还是一上来就直接空降管理层，但其实每天除了上下班打卡就无所事事的混子富二代，总之，许久不见，大家的脸上好像都没有什么被岁月蹉跎过的痕迹，依旧和几年前没什么不同。

当然，除了何明朗鼻子上那副越来越骚包的金丝眼镜。

黎粲把目光收回来，问林嘉佳："真的对他没感觉了？"

林嘉佳知道她说的是谁，也回头看了眼陶景然。

"嗯。"林嘉佳点点头，当年对陶景然的热情，大概持续到去伦敦两个月之后。

在伦敦的第三个月，因为一个金发碧眼的帅哥对她进行猛烈的追求，在那之后再见到陶景然，她就再也没有怦然心动的感觉了。

"可能我就是喜新厌旧吧。"她庆幸道，"幸好当时没有跟他表白，要不然现在见面得多尴尬。"

黎粲不置可否。

八点整，外滩的无人机表演正式开始。

他们一行人也蜂拥到阳台上，拍照的拍照，欢呼的欢呼。等到一切都结束之后，几个人才围坐在客厅的茶几边吃上了晚饭。

许久不见，大家有说不完的话。

尤其陶景然，吃饱喝足之后，靠在沙发上没一会儿又开口了："对了，我过两天还得组个局，你们到时候有空的都来呗。"

"组局干什么？"林嘉佳问道。

"我们毕业那年我给小诚找的那个数学补课老师，你们还记得吗？"陶景然说，"就是实验中学的那个学霸，保送Q大的，姓邵的，叫邵轻宴。"

黎粲握饮料的手顿了下。

林嘉佳"哦"了一声："记得，我记得还是个帅哥来着。"

"人家现在也是个帅哥。"陶景然轻笑着，从手机里找出邵轻宴的照片，递给林嘉佳看，"他去了Q大之后，没两年就公费去美国交流了。我当时说什么来着，就他那样的，迟早得有出息。他在美国的时候，在华人圈里就很有名，后来毕业在华尔街待了一年，半年前，他Q大有个同学和R大的另一个同学一起办了个风投创业公司，想要拉他入伙，他才回的国。"

"所以他现在是风投公司的合伙人了？"

"差不多，他应该算是技术入股。不过他在华尔街也挣得不少，不是我说啊，学数学出来的，脑子就是牛，他去年在华尔街有一个很有名的案例，直接帮他们公司赚了这个数。"

林嘉佳看着陶景然一只手比画出来的数字，小小震惊了一下："怪不得想拉他入伙！"

"那是。"陶景然得意扬扬，"幸好当年我有眼光，跟他留了联系方式，这几年一直有联系。现在他们公司打算彻底落地云城，我现在这公司不也是干风投的嘛，我就想趁别人都还没下手，先拉人家套套近乎，那以后有什么事情好互相联系嘛。"

"这样啊……"林嘉佳说，"那我得去玩玩。说实话，这学霸当年我还看上过呢，但就是他性格不太合我胃口，我就没想继续。"

"你简直是损失了一个亿！"陶景然数落道。

"哎呀，知道了知道了，那你到时候地址发我一个，我来玩啊！"

林嘉佳说完，把陶景然手机上的照片递给黎粲看，怂恿道："怎么样，粲粲，你对这个人有印象吗？到时候一起去玩玩呗？"

"唔……"黎粲听着他们几个人聊天，全程没什么表情，直到林嘉佳把照片递到了面前，才好像勉为其难地看了一眼。

那是一张工作用的两寸照，照片里的人五官明俊，意气风发，一身黑色的西服，安静地占据着版面最大的一片空间，眉眼里与生俱来的沉静仿佛自带一股清冽的气质，叫人见了便如沐春风，能感受到他的清爽和坚毅扑面而来。

正如陶景然所说,邵轻宴是个帅哥,还是个很标准的清爽型帅哥。

但是黎粲定定地看了两秒,而后漠然地收回视线。

"没什么印象了,我最近工作室的事情会比较忙,这种聚会,到时候就不去了。"

跨年夜的聚会玩到凌晨才收场。

第二天,所有人都还在何明朗家里睡着,黎粲的电话最先响起,是孙微女士打来的,提醒她今晚记得回家吃饭。

今晚家里聚餐,姑姑、姑父带着徐黎和也会过来。

黎粲看了眼时间,便起身先从何明朗家里离开了。

她回到自己的新家。

毕业后,黎粲除了忙活工作室,就是捯饬自己一个人的新家。

她的新家买在悦城湾一号,是她毕业的时候,孙微和黎兆云给她挑选的小区。

小区距离何明朗家其实不远,也在云城的滨江岸边,站在阳台上就可以欣赏到滨江两岸最开阔的风景。

黎粲的房子是顶楼,也是整个楼盘最贵的一间。

回到小区的时候,楼下大堂里正好有人在搬家,看样子,是有人要新搬进来。

黎粲瞥了一眼就没再在意,神色困倦地进了电梯,上了楼。

等回到家里,洗漱完,换好衣服,她才觉得清醒过来。

手机里,半年前认识的楼下邻居正好给她发来消息。

薇薇安:Hello,黎粲,元旦快乐!听说你的广告工作室马上就要开张了,到时候记得喊我去参加开业party呀!

薇薇安:对了,我们楼下今天刚搬进来一个帅哥,你知道吗?

黎粲想起刚才在楼下看见的搬家工人,回复了过去。

黎粲:看见了搬家的,没看到人。

薇薇安:我跟你说,我早上出门早,看见了本人,是真的帅!不过他住的楼层有点低,而且好像是租的房子。但他是真的好看,比现在娱乐圈的那些小白脸可要好看多了!

一长串文字,充满了丰沛的感情,但是黎粲依旧面无表情,没什么兴趣。

黎粲：哦。

薇薇安：我现在只希望他不要是什么网红或者想要进娱乐圈的，那样我就一点兴趣也没有了。粲粲，你知道的，我最不喜欢那样的，长了这样的一张脸，就应该干着最叫人意想不到的工作，那样才最有禁忌感！

看着她的描述，黎粲总算是有点被逗笑了。

黎粲：那祝你早日拿下他。

薇薇安：谢谢祝福！

没什么营养的聊天到此结束。

黎粲在家休整好了之后，便出发去西郊庄园。

自从有了自己的新家之后，黎粲便不常在西郊庄园住了，大约一个月会回来一两次。

她回到家后，急着催她回家的爸妈是没见着的，只在客厅的沙发上见到了许久不见的黎谈。

兄妹俩这几年都回了云城定居，但是因为各自有各自的生活，见面并不频繁。

"巧。"她在黎谈身旁的单人沙发上坐下。

黎谈抬头看了她一眼。

"这是家宴。"他提醒黎粲。

"是啊，那以前家宴也没见你出席过几次。"黎粲朝他做了个简单的鬼脸。

在外人面前向来喜欢冷脸的大小姐，好像只有在自家哥哥面前才能有点小孩子气。

黎谈被她逗得笑了下，摘下鼻梁上的银制细框眼镜："那是我之前都在国外。"

"搞得谁没出过国似的。"

黎谈出国的时候，黎粲还小，轮到黎粲出国的时候，黎谈刚好又从华尔街回了国。

"明天下午有个聚会，要去玩玩吗？"黎谈问道。

"什么聚会？"

"校友会，不过可能也会有其他学校的人。"

黎粲想了下，依照黎谈的性格，要她去参加他的校友会，就只有一种可能——

"你要给我介绍生意？"她问，"我这才刚开张，你那些同学能放心我吗？"

"伦敦政治经济学院出来的，回来连接几个哈佛的生意都不敢？"

黎粲什么时候被人这么看扁过，马上说："去就去。"

"嗯。"黎谈低头，继续回复手机里的邮件，顺便漫不经心又跟她说，"待会儿上楼再签个字。"

"你又把你的股份分给我了？"黎粲惊讶道。

黎谈这些年除了家里的生意，没少在外面投资，每次完成什么项目，总习惯性给黎粲分点肉汤喝。

托他的福，黎粲这些年越来越有本事跟孙微女士抬杠了。

"怕你创业之后会饿死。"他云淡风轻地说。

毕竟圈内一直有个笑谈，富二代最可怕的不是挥霍无度，而是突然创业。

黎粲哑口无言，只能翻了个白眼，窝进沙发里。

徐黎和叽叽喳喳跑过来的时候，兄妹俩都正安静地做着自己的事情。

今年已经十一岁的徐黎和马上就要进入思明国际，成为黎粲的小学弟了。

黎粲给他发了个红包，就懒得再搭理这狗都嫌的年纪的小学生。奈何徐黎和和黎谈不亲，只跟黎粲亲，就算黎粲再烦他，他也只喜欢姐姐长姐姐短地坐在黎粲身边。

等到晚上大人们都到场了，家宴才算正式开始。

对于这种借着节日由头全家人聚在一起吃顿饭的行为，黎粲没什么好说的。

他们黎家人丁不太兴旺，每年坐在一张桌子上吃饭的人从来没有超过十个，每年吃饭的总时间加起来也不会超过十个小时，所以一般这个时候，她总是可以很有耐心地听自家的姑姑唠叨，并且端着一张假模假样的笑脸。

而饭桌上的话题无非老三样，催婚、学习，以及公司近来的运营情况。

这三件事情的对象分别是黎谈、黎粲、徐黎和，还有已经年过四五十的大人们。

黎粲从家里出来的时候，已经是晚上十点多了。

黎谈开车送她回去。

在副驾驶座位上坐了好一会儿，黎粲才听见黎谈问起："需要我给你介绍对象吗？"

他这是还想要延续刚才饭桌上的话题了？

黎粲想说目前并不需要，她没那个心思，但是仔细想了又想，鬼使神差地，她居然说："也行，可以试试。"

"什么标准？"

"个子高，长得好，头脑聪明，不拈花惹草，过得不能比我差，公司规模不能比我小，性格好，会疼人，还有……没谈过恋爱。"

"没有。"黎谈果断告诉她。

"那还是算了。"

在谈恋爱这种事情上，黎粲讲究的向来是宁缺毋滥。

从成年到现在，黎粲其实约会过不少男生。

英国的留学圈子就那么大，她在伦敦的那几年，名气很足，前仆后继上赶着要给她献殷勤的男生从来不少，只不过每次约会都是兴致缺缺，没什么感觉。

那些人，不是这里差一点，就是那里差一点，她总能找出不满来。

在伦敦的前一两年，她还偶尔会跟那些男生出去约会尝试一下，但到了后面，就索性懒得再看了。

黎谈不置可否，毕竟在恋爱这种事情上，他自己也没什么建树，所以他既不可能要求黎粲强行改变标准，也不可能为她多做些什么出谋划策的事情。

迈巴赫停在悦城湾一号门前。

黎谈在车门开启的前一刻，对黎粲说："晚点我把校友会的时间和地址发给你，到时候记得过来。"

"知道了。"

黎粲关上车门，突然扑面而来的冰冷空气叫她忍不住把脸往围巾里缩了缩。

她踩着高跟鞋，独自往小区里去了。

这些年，她已经习惯了这样的生活，偶尔在节日里和朋友、家人聚一聚，更多的时间里都是独自一个人，在寂寥的深夜回到独属于自己的家，然后安安静静地待着。

黎粲往公寓楼底下的大堂里走。

正值元旦新年，晚上的悦城湾一号比白天多了一丝炫彩和浪漫的氛围，路两侧的树上挂满了会旋转的红色小灯笼，仔细听，好像还在唱歌。

黎粲听着那些歌声，一路走到了公寓的电梯前。

她摁下电梯上行的按钮。

在那一刻之前，黎粲发誓，自己这些年从未在清醒的时候抱过什么会在街角突然碰见许久不见的老熟人的心思，但这回命运好像的的确确跟她开了个玩笑。

在电梯门打开的一瞬间，林嘉佳的电话打了进来，黎粲一边接起电话，一边去看缓缓打开的电梯。

而后，世界仿佛都安静了下来……

邵轻宴。

黎粲不知道已经有多久没有再亲口喊出过这个名字了，这个在十八岁那年的上半年，她几乎每一天都在呼喊的名字。

在他们分开的这些年里，黎粲曾经无数次幻想过她和邵轻宴可能重逢的场景，大学里、街道上……虽然每一次她都很没出息地告诉自己不要再去想，他压根没有像你喜欢他那样喜欢你，他不值得，但是每一次，她都还是很不争气地想他。

她还梦到过邵轻宴，不止一次。

她梦见他骑着自行车，载着她穿过衡山路那条栽满法国梧桐的大道，路两旁的梧桐树从稀疏干枯变到肆意疯长，好像永远看不见尽头。

她梦见他站在便利店的门口，梦见他从图书馆里走出来，甚至梦见他牵着徐黎和的手，另一只手里拿着的，还是她最喜欢喝的海盐芝士红茶……

太多了。

关于十八岁那年朦朦胧胧的回忆，一直都在她的脑海里挥之不去，以至于刚刚黎谈问她找对象的标准的时候，下意识地，她脑海之中浮现出来的，还是邵轻宴的模样。

可是她说的到底不是他。

昨天刚在照片上见过的人，今天就出现在她面前，变成了真人。

黎粲愣了两秒，但也只有两秒。

在昨晚陶景然说出邵轻宴的名字的时候,她其实就隐隐意识到,或许在将来的某一天,她和邵轻宴就会在云城的某一条街道上不期而遇。

也许是去参加同一场聚会,也许只是很简单的擦肩而过。

所以今晚这样猝不及防的相逢,她虽然意外,但其实并没有感受到太多的惊讶。

她冷戾的眸光和电梯里那道温润冷静的视线相逢。

站在电梯里的人先一步走出来,和她说话。

"好久不见,黎粲。"

依旧是平静无比的语气,依旧是那副处变不惊的面容,好像在这里遇见她,他心里一点起伏、一点意外也没有。

黎粲面不改色。

好久不见……

可是当初说好再也不见的人,难道不是他吗?

她捏紧了手中的手机。

面前电梯的轿厢因为太久没有人进出,所以又要自动合上。

她伸手,又摁了遍上行的按钮,然后和邵轻宴擦肩而过,仿佛没有看见这个人一样。

邵轻宴和同事加班开完会,已经到了晚上十一点。

"怎么样,要不要一起去喝一杯,放松一下?"合伙人陆敬文热情邀请道。

"不去了,准备回家。"

陆敬文"啧"了一声:"不是我说你,我本来还以为你是云城人,所以咱们公司落到云城,你能带着我们潇洒呢,结果倒好,敢情你还不如我混得开。"

"我早说过了,我在云城没什么人脉。"

"这不是人脉不人脉的问题,这是你得主动去潇洒,潇洒,懂吗?"陆敬文恨铁不成钢。

"不如回家多睡会儿觉,明天还能起早一点分析数据。"邵轻宴把笔记本合上,放进旁边一板一眼的公文包里。

"行,你真行,不知道的还以为你家里有只母老虎,把你看得严,叫你每天都必须准时回家呢。"

和邵轻宴合伙开公司到现在，陆敬文算是摸透了邵轻宴的脾性。

数学天才，对数字尤为敏感，但是对其他东西一点兴趣都没有，生活过得极其乏味且无聊。如果不是必要的应酬，他估计懒得再迈出门一步。

看着邵轻宴已经拎起公文包，打算起身离开，陆敬文又提醒他："明天还是法定节假日，你今天忙到这么晚，明天就放过自己，不要早起了吧。"

"明天再说吧，明天估计不会来公司了，下午有个校友聚会。"

"你总算有点私人活动了？"陆敬文大喜过望，"高中校友会还是什么校友会？"

"哥伦比亚大学的。"

邵轻宴大二的时候获得了去往美国哥伦比亚大学的公费交流机会，他其实只在美国待了一年，后来大四回国，没多久就收到了华尔街那边的 offer，毕业后他又去华尔街待了一年。

直到半年前，陆敬文和另一个 R 大的同学一起找他合伙干风投，他才回的国。

陆敬文和邵轻宴一起往楼下走。

"说实话，我当年也想去哥伦比亚大学交流，奈何没有争过你。你小子是真拼啊，两年学完所有的东西，还刷满了绩点，全院也就那么几个名额，全被你们卷没了。

"你知道我和老白当年为什么会想要拉你入伙吗？因为你除了聪明，还有一种挣起钱来不顾死活的美。"

陆敬文笑着拍拍他的肩膀。

"现在看来，我眼光的确没有错。"

邵轻宴轻笑了声，不置可否。

一直走到地下车库，陆敬文又突然探头，问邵轻宴："真不打算换辆车啊？"

邵轻宴的车很低调，只是一辆十万块钱出头的大众，在陆敬文看来，和公司合伙人的身份实在差得很远。

虽然他们公司刚起步，也不算有多少财力，但至少门脸不能输嘛。

邵轻宴摇了摇头，车对他来说就是个代步工具，就算给他一辆五菱宏光，他也没什么意见。

住的地方也一样……

"你车就挑这个样子的,那怎么就非得住悦城湾,付五万块钱一个月的房租?"

陆敬文适时提出了自己的疑惑。

邵轻宴拉开车门,仔细想了想,说:"风景好。"

两人的聊天就此打住。

快到午夜的云城街头依旧灯红酒绿,但总算没有了拥堵的迹象。

邵轻宴和陆敬文分道扬镳,回到悦城湾,时间已经过了十一点半。

把车停到地下停车场之后,他就进了电梯,摁下了自己的楼层。

代表着每个楼层的数字在他面前跳动。

邵轻宴盯着那个只属于三十三层的按钮,蓦地想起刚才出门的时候和黎粲的那场不期而遇。

为什么不在乎几万块钱的车子,但是必须住一个月五万房租的滨江大平层?

确定要把公司落户云城之后,邵轻宴其实主动找过一次陶景然。

他把公司将要落户云城的消息透露给了陶景然,然后顺势问起,如果他要在云城租房,哪里最合适。

陶景然实在没什么心眼,没跟他说几句话,就透露了黎粲一年前刚搬进悦城湾的消息。

第三十三层,是悦城湾的顶层。

站在冰冷的电梯轿厢里,邵轻宴缓缓呼出一口雾气。

云城的冬日实在湿冷,比之北方,是另外一种无迹可寻、无法可解的彻骨严寒。

他早就知道。

第十二章 · 聚会

黎粲前一天晚上没有睡好,第二天早上醒来的时候,整个人是前所未有的颓废。

她想起了昨晚的事情。

昨晚走出电梯之后,她便心烦意乱地脱下了大衣,甩开包包,像只仓鼠似的蜷进了沙发里。

面对落地窗外一览无遗的景色,她没有任何欣赏的心情,仿佛只是在一瞬间,浑身的力气都好像被抽干,四肢酸涩又瘫软。

直到很久很久之后,黎粲才确定刚刚发生了什么。

她见到邵轻宴了。

她真的再一次见到邵轻宴了。

自从十八岁之后就仿佛在她的生命中消失的人,她刚刚在自家的楼底下真的再一次碰见了。

晚上九点多,悦城湾顶楼能看见的景色很美,落地窗前随便一眼,就是往来如织的游轮,光影五彩斑斓,天空触手可及。

可是黎粲在沙发里一坐就是两个小时,全程只在发愣,别的什么也没有想。

林嘉佳给她打电话说了什么,她不知道,只知道到最后,自己又很不争气地开始回想起那年夏天,她抱紧邵轻宴的腰身,和他穿梭在一片又一片斑驳翠绿的树荫里。

如果那年暑假能够来得再迟一点,黎粲想,那会是她过得最开心的一个夏天。

站在洗手间的镜子前面发呆结束后,黎粲疯狂甩了甩自己的脑袋,要自己不再去想这个不该想的人。

今天校友会的地点在衡山路上。

近些年,衡山路的变化其实不算太大,一到冬天,依旧是苍白遒劲的梧桐,灰扑扑的,却又充满生机。

只是随着互联网的发展,街道两边的店铺开始涌现出越来越多的网红打卡点。今天的云城校友会,就是在衡山路一家三层楼的著名网红餐厅举办的。

黎粲到的时候,恰好迎面碰上黎谈的迈巴赫。

"走吧。"

黎粲今天穿得不算正式,只是一件很简单的黑色丝绒长裙,外面套了雪白的羊绒大衣。

她站在黎谈面前,神色冰冷,其实看起来和平时并没有什么不同,但是黎谈一眼就瞧出了她的不对劲。

"心情不好?"他问。

"谁说的?"黎粲矢口否认。

黎谈当然知道自家妹妹要强的性格,听罢,便也随她去了。

这家常被网红们聚会打卡的餐厅其实是一栋很大的独栋花园洋房,今天的校友会把整栋洋房都包了下来。

但是黎粲走到二楼的时候,看到一块通往大厅的指路牌,上面画有哥伦比亚大学的校徽。

"哥伦比亚大学今天也在这儿聚餐?"她随口问了一句。

"是。"黎谈告诉她,"他们几个负责人约好的,到时候会有联谊,你也可以到下面来玩玩。"

"哦。"黎粲神色依旧寡淡,瞧起来不是那么有兴致。

两人继续往上走,走到通向三楼的楼梯拐角时,黎粲瞥见刚才他们过来的花园停车场上又开进来两辆车。

为了迎合花园洋房的设计,这栋别墅后面的停车场上全是草坪和鲜花。

绿意盎然间,黎粲原本没有太在意,直到她眼角余光瞥见停在左边那辆平平无奇的大众车。

车门打开,从车上下来的,是一个身高和背影都很熟悉的人。

她突然又顿住了脚步。

"怎么了?"黎谈问道。

黎粲默默攥紧了拳头,没有说话,站在楼梯上,俯瞰着那个身影。

她总不能告诉黎谈,她现在有一股冲动,有一股很想找一块石头,把人的车子砸了的冲动。

黎粲被黎谈带着见了几个人之后,就被黎谈"放生",让她自己去随便转转。

黎粲兴致缺缺,象征性转了一圈之后,就站到了窗边,又看了一眼下面那辆暴晒在冬日阳光下的大众。

她给何明朗发了个消息,问他来参加哥伦比亚大学的聚会没有。

何明朗回复她,说他本来想来的,奈何这两天北城有个他感兴趣的学术研讨会,就去北城了。

黎粲只得作罢。

"Hello!"没多久,有个穿格纹西装的男人走到了她的身边,手里还拿着一只酒杯。

黎粲瞥了他一眼,没什么心情。

"Hello。"她淡淡回道。

"你是 Stephen 的妹妹?"格纹男问道。

Stephen 是黎谈的英文名。

"嗯。"黎粲刚刚跟着黎谈在会场里走了一小圈,大家基本上都知道她是黎谈的妹妹了。

拜黎谈的鼎鼎大名所赐,格纹男看向黎粲的眼里又多了几分温和的笑意。

"听说你是伦敦政经毕业的,很巧,我家有个表弟也是伦敦政经毕业的,说不定你们还认识。"

"是吗?"明明是问话,从黎粲的嘴里说出来,却是一点疑问的语气都没有。

很显然,她对这个话题没有兴趣。

格纹男稍微尴尬了一下,却并没有因此受挫,反倒继续自说自话:"他叫贺勋,今天跟另外几个同学一起,在楼下哥伦比亚大学那边玩。"

黎粲没想到世界真的这么小,面前这人居然就是贺勋的表哥。

她点头:"哦,那我们的确认识。"

终于找到一点可以聊的话题,格纹男很高兴,打算开始给自己做一个简单的自我介绍。

奈何还没等他开口，黎粲古井无波的眼神突然又焕发出了一丝神采，问道："你刚刚说贺勋在楼下？"

"是啊。"格纹男顿了下，"你现在要去找他玩吗？"

"你愿意为我带路吗？"

男人当然愿意。

两人遂结伴一起往楼下哥伦比亚大学的聚会厅走去。

下楼的路上，男人终于有机会给自己做个介绍。

他叫冯荣，比黎粲大几岁，是比黎谈小两届的哈佛学弟。

"嘿，小勋！"

冯荣带着黎粲走到贺勋身边的时候，贺勋正在和人聊天，听到有人喊自己，他回头去看，结果发现是自家表哥和黎粲。

贺勋搞不明白这两人是怎么认识的。

"黎粲，好巧啊。"

"不巧，我特地喊你哥带我下来玩玩的。"黎粲回道。

"哦。"贺勋恍然大悟。

贺勋在和人聊家里药企的事情，正好表哥来了，他便拉着表哥一起讨论。

其间，他怕黎粲无聊，还给黎粲递了一只纸杯蛋糕。

"早知你在楼上，我就去楼上找你了。"等到事情终于结束后，贺勋对黎粲说道，"你是跟着你哥来玩的？"

恒康集团的长子是哈佛毕业的，圈里很少有人不知道。

"嗯，他现在还在楼上，反正时间还早，待会儿一起上去玩玩吧。"

"好啊。"贺勋欣然接受了黎粲的邀请，然后出乎意料地，居然在黎粲脸上看到了一丝甜美的笑意。

贺勋诧异，和黎粲认识这么久以来，记忆中，他好像从未见过她这般微笑——没有一丝丝嘲讽和轻视人的意味，是真的很轻盈且甜美的笑容。

不得不说，如果黎粲不是一贯喜欢冷脸的话，追求她的人估计会比现在还要多几倍。

其实一开始在英国的时候，贺勋也有试着追求过黎粲，奈何约会了两次之后效果不佳，所以自然而然就没有后续了。

有太多人因为黎大小姐的那张脸心动，却又因为她的脸退缩。

贺勋后知后觉，黎粲今天来找自己，应该没有表面看上去那么简单。

但他不知道她具体的目的是什么，只能先带着她和自家表哥在自己刚刚混熟的哥伦比亚大学校友堆里介绍了一圈。

直到玩得差不多了，三个人才又一起朝着楼上走去。

走到大门边的时候，恰好有两个西装革履的人好似刚谈完事情，从门外走进来。

"看到刚刚那个男人了吗？高一点的那个。"贺勋走出门外，立马和冯荣说。

冯荣点点头："看到了。"

"通胜资本的合伙人之一，虽然股份占比少，但是他们公司的数据分析几乎都是他做的，大三的时候在哥伦比亚大学交流过。"

冯荣又点点头："我知道，陆敬文那个公司是吧？"

"是。"

陆敬文虽然是北城人，但因为性格开朗，玩得开，最近已经在云城的小范围圈子里声名鹊起。

"真想把人挖过来。你不知道他做数据分析有多牛，他去哥伦比亚大学交流走的都是公费。"贺勋感叹道。

在Q大那种人均学霸的地方，还能争到公费出国的机会，可想而知那人的能力有多恐怖。

冯荣隐隐约约知道有这么个人，可惜邵轻宴去美国交流的时候，他早已回国，于是贺勋又和他说了不少关于邵轻宴的事情。

黎粲走在边上，脸色原本还是不错的，但是越到后面，每多走一步，她的面色就多沉下来一分。

本来就足够干净白皙的脸庞彻底冷下来的时候，着实有点瘆人。

终于，贺勋和冯荣发现了她的不对劲，互相对了一个眼神，就听见黎粲说："三楼到了，我先进去找我哥了，你们慢聊。"

很冷酷，很无情，再也没有一丝丝的笑意，完全和在楼下时判若两人。

冯荣愣在原地，贺勋也愣在原地。

看着那抹逐渐消失在人群中的窈窕倩影，贺勋终于问出了自己的疑惑："你跟黎粲很熟吗？"

"没呀，"冯荣说，"刚认识。"

贺勋丈二和尚摸不着头脑，于是心底里越发坚信黎粲今天来找自己别有目的。

但到底是什么目的,他实在想不明白。

这天两个学校校友会的活动持续到夜晚。

黎粲回到三楼之后,又被黎谈拉去认识了几个人,几乎再没有空闲。

直到傍晚时分,外面的楼梯上传来一阵杂乱又雀跃的脚步声,黎粲循声望去,听到黎谈告诉她,这应该是楼下哥伦比亚大学的打算上来联谊了。

黎粲想起自己刚刚下楼走了一趟的事情。

黎粲对哥伦比亚大学没什么意见,对哥伦比亚大学的学生也没什么意见,听完黎谈的话之后,便噙着她万年不变的冰冷神情去浏览每一个进门来的人。

她的神情专注,却又冷漠。

直到最后一个人也进门之后,楼梯上又重归平静,黎粲的眼神才终于克制不住地发生了一丝松动。

这一场联谊,好像有人没有上来。

她的手里还握着杯喝到只剩一点的红酒,目光不确定地在全场巡视了一圈后,突然快步走到一侧可以看见楼下停车场的窗边望了一眼。

回头的瞬间,黎粲把酒杯递给黎谈,和他说了声告辞,便一个人拎着外套率先跑下了楼。

傍晚五点多钟的衡山路花园洋房停车场,彩灯已经亮了起来。

黎粲踩着七厘米的高跟鞋,一路飞速下楼,气喘吁吁。看见那个站在草坪上的身影后,她没有多想,随手捡起一侧花坛里的一颗碎石子扔了过去。

邵轻宴正在拉开车门,不知哪里来的细碎石子正好砸中他的车尾,把他的车子刮出了一道浅浅的划痕。

他回头,便看见来人一身黑色丝绒长裙,连外套都没有穿,一手拎着包包,一手拎着外套,站在不远处的草地上。

她看着他的神情很冷很冷,比云城冬日的细雪还要多结一层冰霜。

"我家司机堵在路上了,我急着回家,载我一程。"

黎粲没有跟邵轻宴道歉,只是站在那里,用她惯常居高临下的语气命令他。

话说得理直气壮。

邵轻宴的神情从疑惑转变为平静，只在一瞬之间。

他没有生气，也不想生气。

一直到后来很久很久，邵轻宴都记得，那是他们再度见面之后，黎粲跟他说的第一句话。

虽然是充满敌意的，虽然一丁点好的态度都没有，但那的的确确是黎粲跟他说过的第一句话。

他站在原地，安静地看了黎粲片刻。

想起几分钟前陆敬文给他打了电话，要他回公司讨论事情，他几乎根本没做考虑就应了声："好。"

他想绕去副驾驶座位一侧先给黎粲开门，可是黎粲在他答应之后，直接就踩着高跟鞋掠过了他，径自去打开了他车后座的门……

嗯，他只是司机。

车上一路都很沉默。

黎粲坐在车后座，全程沉着脸，专注地看着一侧的风景。

邵轻宴偶尔从后视镜里看一眼她，也暂时找不到什么话说。

当车行到一半的时候，邵轻宴的电话响了。

手机自从上车后就自动连上了蓝牙，所以黎粲自然而然地听到了他和别人聊天的内容。

"喂，轻宴，我航班取消了，改了时间，现在才刚刚落地，你们聚会是不是已经结束了？"

邵轻宴一边开车，一边回道："嗯。"

"真的是老天都不帮我，那你见到顾传铭没有？有跟他聊上天吗？有他的联系方式吗？我真的好不容易可以碰上和他一起参加聚会，结果航班还取消了！"

电话那头的人的语气非常遗憾，又非常暴躁。

黎粲静静地听着。

邵轻宴回答："我见到他了，但是没聊多久，就要了一张名片，到时候把他的联系方式发给你？"

"好好好！"对方忙不迭答应。

他们口中的顾传铭是福兴集团目前的执行总裁，也参加了这次哥伦比亚大学的校友会，黎粲知道。

但是那样的人物，想也知道，出席这种聚会就是被人围着的命，所以看来今天邵轻宴并没有讨到任何好处。

黎粲没有偷听别人谈话的癖好,所以听完他们的对话之后并没有发表任何建议。

那通短暂的电话挂断之后,车里立马又恢复了死寂。

或许也是觉得这样安静下去有点诡异,邵轻宴问黎粲:"听歌吗?"

"嗯。"黎粲浅浅应了一声,而后说,"但是你把蓝牙关了,我要连。"

邵轻宴没什么意见。

黎粲很快把自己的手机连上了邵轻宴的车载蓝牙,放的第一首歌是梁静茹的。

邵轻宴没听过,一开始还以为只是首普通的抒情歌,直到唱到:"分手快乐,祝你快乐,你可以找到更好的……"

邵轻宴知道,终究是他低估黎粲了,她这么睚眦必报的人,怎么会就简简单单地放首歌。

"美国好玩吗?"

歌唱了一半,邵轻宴听到黎粲突然这么问了一句。

他双手握紧方向盘,不知道该怎么回答她。

他想,他大概可以猜到黎粲现在对他的看法——一个很讨厌的前任,见到就很不爽,很想羞辱他,很想叫他低头认错。

"黎粲……"

"一定很好玩吧?"

当他沉默过后,终于打算开口的时候,黎粲又自顾自替他做出了回答。

她双手抱臂,目露冷色:"那么多哥伦比亚大学的校友,玩得多开心啊,肯定比英国好,天空总是灰蒙蒙的,水质又硬又差,走在路上到处都是……"

"粲粲……"邵轻宴拧起眉头,好像是平生第一次这么称呼黎粲。

黎粲顿住,然后轻微上挑的眉眼瞪着后视镜,恶狠狠地看着他。

邵轻宴一时不知道她是厌恶自己打断了她的话,还是厌恶自己喊她这个称呼。

他微不可察地叹了一口气。

"黎粲。"他重新喊道,"美国一点也不好玩。"

他在美国的时候,大部分时间不是忙着泡图书馆,就是在外面实习,就算后来去了华尔街,也是成天拼了命地和一堆数据为伴,没什么业余活动。

或许对于别人来说,美国的确是天堂,但对于他来说,那只是一个方便学习和挣钱的地方。

如果在北城,或者是在云城,就能有这样的机会,邵轻宴根本不会想要出国。

车载音箱里,梁静茹的歌曲终于结束,变成了正常的英文曲目。

黎粲的目光却自从凝视后视镜后就再也没有移开。

一直等到车子停在悦城湾一号门口,她的脸色才稍微有了点变化。

邵轻宴转头对她说:"我还要去公司办点事,你先回家吧。"

还要去公司?

黎粲稍微怔了一下,随着他话音落下,瞳孔轻微转动,看到了车载屏幕上的时间显示已经晚上六点多了。

她不知道在想些什么,静静地在车里又坐了几秒钟,然后面无表情地说:"加班愉快,车要补漆记得找我报销。"

接着下车甩门离去,没有再多任何一个动作。

邵轻宴缄默地望着她的背影。

车里的蓝牙还连着黎粲的手机,在放着美国不知名的小众乡村音乐,一直等她快要走到他看不见的地方,蓝牙才彻底断开,变成了车上自带的广播电台。

主持人的声音兴奋又激昂,播报着最近国内的元旦盛况。

邵轻宴收回目光,又握紧了方向盘。

两分钟后,黑色大众再度驶入川流不息的街道,云城正是灯火辉煌的时候。

第十三章 · 风雪

黎粲回到家之后，刚好接到了黎谈的电话。

他问她刚刚在聚会上是怎么回事，现在有没有到家，是不是哪里不舒服。

黎粲当然没有告诉黎谈实话，只是说自己的工作室临时发生了一些状况，所以需要赶去处理。

黎谈也就没有再多问什么，只是在他即将挂断电话的时候，黎粲突然问道："哥，你最近能帮我约一下顾传铭吗？"

"嗯？刚刚聚会上他不是在吗？你去楼下的时候没见到？"

"今天聚会人太多了，我想单独和他见见。"

黎谈沉吟片刻，不知道黎粲目的为何。

黎谈和顾传铭是高中同学，现在私底下也经常聚会。刚刚哥伦比亚大学那群人上来的时候，他其实想喊黎粲和人家见见，但没想到黎粲转头就跑了，现在又来喊他组局……

"可以是可以，但你得告诉我由头吧？"黎谈难得和黎粲这么刨根问底地问道。

黎粲抿紧了唇瓣，没有出声。

显然，这个由头她不太好说。

黎谈等了一会儿，等不到回答，只能说道："好了，我今晚散场的时候问问他吧，确定了再和你说。"

"嗯，谢谢哥。"

也只有在这种时候才能听到她的一声谢谢。

"不客气。"

挂断电话后，屋子里便再度陷入了沉寂。

黎粲呆呆地望着手机，突然不知道自己到底在想些什么。

为什么要喊黎谈给邵轻宴帮忙？他那么讨厌的一个人，她到底为什么还要给他帮忙？

可是她似乎就是有点控制不住，看到他的车子的时候，她忍不住想要把他的车子砸了，想要看见他的窘态，看他过得不好。可是真的看见他过得不好了，她又有点看不过去。

黎粲倔强地握着手机，在客厅里站了很久，才去休息。

邵轻宴再从公司回到悦城湾，已经是晚上十一点多了。

这个时间下班对于他来说似乎是常态。

白天参加聚会，晚上还要加班，一整天的忙碌下来，他浑身上下也没有透露出过多的疲惫。回到家里后，掏出架子上的泡面，给自己泡了一桶，顺便把公文包里的笔记本打开，打算一会儿再浏览一下明天要考察的公司的资料。

就在他一边吃着泡面，一边目不转睛地浏览着一堆数据的时候，突然，后门被人敲响了。

这个点……

他警惕地朝那边看了一眼。

似乎是不满意他的迟钝，在他张望的时候，敲门声又响了几下。

终于，邵轻宴走了过去，缓缓地打开自家的后门，然后看见了楼梯间里的黎粲。

"黎粲？"邵轻宴敞开门，眼中警惕的光影散去，只剩下满目疑惑。

黎粲静静地站在他面前。

"想见顾传铭吗？"她单刀直入地问道。

邵轻宴看了看黎粲的身后，确认这是自家的后门没有错。

悦城湾每层楼只住两户人家，每户人家都是电梯密码直通，除了物业可以用卡刷开所有楼层，其他人想要去别人的楼层，只能走连接后门的楼梯。

她这是从三十三楼走了下来，还是从一楼爬了上来？

邵轻宴没有回答自己的问题，黎粲深吸了一口气，面色不悦，又说道："他和我哥是朋友，如果你想要见他，我可以帮忙想办法。"

邵轻宴听懂了。

可他不明白的是，黎粲这么晚下来，只是为了问自己这个问题吗？

"我是想要见顾传铭。"他坦诚道,"但是,你先进来坐一会儿吧。"

他看着她身上就穿着一件单薄的毛衣,还有看起来同样宽松又单薄的睡裤。

再高级的房子,楼道里也不会开暖气。

黎粲抿紧了唇。

她没有想过要进邵轻宴的家门。

和黎谈聊完天之后,黎粲原本想要睡一觉,有什么事情明天再说,可是躺在床上的时候,她怎么也睡不着,最后只能打开手机估摸着邵轻宴回家的点,下了楼,一步一步来到了他的门外。

她只是想要告诉邵轻宴,如果他想要的话,自己可以为他和顾传铭之间创造联系,别的,什么也没想。

她定定地看着邵轻宴,没有答应要进门去,似乎是要先等到他的回答才肯纡尊降贵抬一下脚。

终于,邵轻宴问道:"如果我用你的关系的话,你需要什么条件?"

聪明如邵轻宴,是这个世界上为数不多对黎粲有七八分了解的人。

他这话一说出口,黎粲立马便说:"做我一个月的司机。"

这个条件不算过分,然而邵轻宴思索片刻,回道:"可是我很忙,白天大部分时间都需要待在公司里,或者是出去见人,晚上有时候也是,而且经常需要出差……"

"我也没叫你做我全天的司机,只是在我有需要,并且你刚好又有空的时候。"

黎粲表现得很冷静,好像也早预料到了这个情况。

"所以……"

"所以只要你答应,我就帮你联系顾传铭。"

她说得很坦然,好像就算邵轻宴不答应,她也不会怎么样。但是只有她自己知道,他要是不答应,她不仅会发疯,还会很生气。

就如同当年一样。

被家里保护得很好的黎粲,永远都是那个有任何脾气都可以直接发泄的公主。

邵轻宴站在自家的后门口,陷入了沉思。

在黎粲的视角里,他这当然是在计算,计算这样一场交易对于自己的风险和好处各是多少。

毕竟他现在是做风投的。

可是邵轻宴其实只是在想，黎粲这么晚下来，难道就真的只是为了说这个，没有其他的事情吗？

"行。"

终于，没过多久，黎粲听见了邵轻宴肯定的回答，然后还看到他点了点头。

黎粲站在门外，最后看了他一眼，转身打算回楼上，但是邵轻宴抓住了她的手腕。

重逢后的第二天，他在他的家门口，抓住了黎粲的手腕。

黎粲顿住了，邵轻宴自己也有点顿住了。

好像是有点担心黎粲会厌恶这样的接触，他在黎粲回过头之前就松开了她的手，温柔地问道："难道要这样走回去吗？从我家过去刷电梯吧。"

"谁说我要走回去？"

被戳穿了心事的小公主听到这句话，终于后知后觉，脸上出现了点恼羞成怒的意味。

她回过身来，忍不住瞪了眼邵轻宴。

从三十三楼下来到八楼，已经显得她很蠢了，再从八楼走回到三十三楼，她是真的要疯了吧？

她仰着脑袋，虽然个子比邵轻宴要矮一点，但气势上是真的从来没有输过，随便一个眼神，就是要他带路的意思。

邵轻宴终于带黎粲进了自己的家。

昨天刚搬进来的新家，一切还都是干净整洁的样子，黑白灰色调的屋子，相比起黎粲打通了两间房的顶楼大平层来说，有点小，但是他一个人住也已经是绰绰有余了。

黎粲目不斜视，全程没有想要关注他个人生活的想法，一路穿过他家的横厅，只是在最后快出门的时候瞥见桌子上放的一桶泡面。

泡面没吃完，放在电脑旁边，还冒着丝丝热气。

"邵轻宴，"黎粲突然站在原地，"我也想吃夜宵。"

邵轻宴循着黎粲的目光望去。

因为他刚搬过来，除了泡面，家里什么都没有。

"要出去吃吗？"他直觉请黎粲吃泡面肯定不好。

"不想。"

"可是我家只有泡面。"

"我家有食材。"黎粲看着他。

邵轻宴明白了。

"我数据时间还有半个小时截止。"

"那你就半个小时之后再自己爬上来吧。"

黎粲半点没有心软，打开他家的大门，示意他给自己刷电梯，她要回家。

邵轻宴照做了。

他眼看着电梯门打开，又在他面前缓缓合上，而后转身去思索刚才印在脑海里的那组数据，打算早点做完，早点爬到三十三楼去给黎粲做夜宵。

黎粲在家里等了邵轻宴半个小时。

半个小时后，她听到自家的后门准时被人敲响。

宛如是又给自己出了一口恶气，黎粲重重地呼出一口气后，才走过去给人开门。

门外的邵轻宴还是刚才在楼下的装扮，一身毛衣搭配西装裤，只是不知道是不是赶得急，工作时戴的眼镜没有摘，在楼梯间冷色调的灯光下，隐隐反着一点光。

"来了。"黎粲只是看了他一眼，便把门敞开，喊他进来。

"嗯。"

因为有保姆阿姨每天补充，黎粲家的冰箱储物还算丰富，但是邵轻宴找了一圈，最后只是从冰箱里拿了一个鸡蛋，还有一个番茄。

他打算给黎粲做一碗西红柿鸡蛋挂面。

黎粲坐在自家的沙发上，看着在厨房里忙活的人。

她没有管邵轻宴打算做什么菜，只是在想他是什么时候近视的。

高中时的邵轻宴没有戴眼镜，那时候黎粲就觉得，那样每天高强度地对着书本，他居然还能不近视，也是一种本事。

现在到底还是近视了。

从她目前的这个角度，可以看见厨房里男人清晰完美的下颌，隔着玻璃，整个五官都好像被人精心雕琢过一样，与五年前相比，一点差别也没有。眼镜反射出来的银光带着些微锋芒，在黎粲眼里，又为他的学霸人设多加了一重斯文败类的滤镜。

或许是她的目光太过赤裸，所以邵轻宴在厨房里侧对着黎粲切了两个番茄之后，便忍不住回头看了一眼。

黎粲猝不及防地和他对视上。

下一秒，她才终于把目光移走。

等到面条端上饭桌之后，邵轻宴提醒道："可以吃了。"

黎粲这才又去看他。

"为什么没有肉？"她走到餐桌边，朝碗里看了一眼，刁钻地问道。

"太晚了，现在吃肉消化不好。"

"邵轻宴，你就是自己在牛肉面里吃不到肉，所以也不给我吃肉。"黎粲直接反驳。

邵轻宴顿了下，知道她在说刚才那碗红烧牛肉面。

"你吃泡面怎么不怕消化不好？"她仰着脸问。

邵轻宴沉吟片刻，回答："习惯了。"

然后他又说："你要是不想吃，我去再给你加点肉。"

"算了。"黎粲听到这里才总算撇撇嘴，然后好似勉为其难地接受，把碗往自己面前拉了拉。

她拿起筷子拨弄了两下面条，很快又说道："这一碗太多了，你跟我一起吃吧。"

"我吃过了，不饿了……"

"那就只能倒掉了。"黎粲很无所谓地说。

她自顾自拿了一只小碗，开始从大的面碗里一点一点地夹东西，放到小碗里，然后就着小碗吃了起来。

这画面很熟悉。

邵轻宴想起他和黎粲第一次吃夜宵，也是这样的画面。

他站在饭桌前，没有想多久，坐了下来。

一顿夜宵，两个人吃得都很安静。

时隔多年再见，在这样密闭的空间里，他们好像没什么话说。

其实一开始也是这样。

黎粲想，不管是过去还是现在，每一次她和邵轻宴之间的往来，如果不是她主动开口，他们根本不可能有故事。

"我后天要去趟香港。"

等到面条快要吃完的时候，黎粲终于听见邵轻宴难得主动地开了口。

她抬头看他。

"你要是有什么想买的东西,可以告诉我。"这好像是他酝酿了很久的话,所以说出口的时候,带着一股释然又饱含希望的感觉。

黎粲面不改色地看着他,开始有点捉摸不透他说这句话的意思。

是为了感谢她可以帮他联系顾传铭,还是别的?

"是吗?"她没有很快地答应邵轻宴,只是假意平常地把这话略过去,仿佛并不想跟他有过多的交集。

"谢谢你啊,但是我看情况吧,最近没有什么很想买的东西。"

邵轻宴轻轻"嗯"了一声,语气跟之前没什么不同。

"那我们先加个微信吧。"他又拿起一直放在桌边的手机,"以后顾传铭的事情,可以方便联系。"

"我为什么要跟你方便联系?"

果然是因为顾传铭。

黎粲神色说不上来有多坦然,更多的像是终于又找到一个对邵轻宴发泄愤怒的途径。

邵轻宴的微信,五年前两人分手那天,黎粲就删了。

她很清楚自己的性格,和前任分手之后就不可能做寻常朋友了,所以她就把邵轻宴的微信和所有的联系方式都删除了,删除得很干脆,毫无心理负担。

说出分手的人是他,难不成她还要觍着脸留着他的联系方式,等着他再度来抛弃她吗?

黎粲这辈子都不会再受这样的委屈。

她看着邵轻宴,这一次没有答应他的要求,甚至再度对他露出了凶狠的獠牙,眼里的漠然与鄙夷、嫌弃与讨伐,清晰可见。

她说:"我虽然可能不是每天都回家,但是我家阿姨每天都会来给我做饭和打扫卫生。你有事情,爬到三十三楼把字条送到后门处就好了,我会喊阿姨每天离开之前都去看一眼,不会超过二十四小时让你收不到回复,至于微信……"

"还是算了吧。"

她云淡风轻地说完,放下碗筷起身就走,留下邵轻宴一个人坐在原地,对着已经冷掉的残余面汤无话可说。

那晚之后,黎粲有一段时间没有再见到邵轻宴。

元旦假期过后,她开始前所未有地忙碌。工作室要在三月底开张,各种人脉关系都需要黎谈带着她去一一周旋。

她和邵轻宴没有互相加微信，所以对彼此的动态也一无所知。

这天，黎粲难得有了片刻放松的时间，和林嘉佳聚在一起看最近各大品牌新出的春夏时装。和林嘉佳聚会结束之后，她早早地回了悦城湾，打算好好地泡个澡放松一下。

高跟鞋走进一楼大厅的刹那，她才终于见到了久违的人。

不远不近的地方，邵轻宴坐在一楼大厅的休息室里，面前摆着一台笔记本电脑。察觉到有熟悉的目光落在自己身上，他全程专心看着笔记本的眼神终于也抬了起来，双眸沉静。

他与黎粲隔着一段距离，又刚好对视上。

几天不见，他去香港出差了一趟，眼神看上去疲惫了许多。

黎粲就这么站定在原地，面无表情地看了他两眼，然后毫无征兆地转身，专心致志地等起了属于自己的电梯。

邵轻宴坐在沙发上，愣了大概有两秒钟，而后很快起身，拎起放在脚边的东西，主动走到了黎粲身边。

"黎粲。"他喊她。

黎粲这才回头，勉为其难地看了他一眼。

"顾传铭的事，我已经跟我哥说过了，最迟过年前，他会帮你们安排一场私人聚会，到时候你只管过去就好了。"

黎粲以为邵轻宴找自己又只是为了顾传铭的事，所以跟他说完进度之后就把脸别了回去，显然并不愿意跟他再多说一句话。

闻言，邵轻宴轻轻"嗯"了一声，说了句"谢谢"，然后把手里的东西递到黎粲面前。

"这是我前几天在香港逛街的时候看到的，觉得你应该会喜欢。"

黎粲差点以为是自己听错了，不敢置信地再度回头去看邵轻宴，同时也看清了他手里的东西。

是个她也最近才刚发现的新加坡小众设计师品牌。

在国内，只有香港开设了这个品牌的正式门店，其他地区都暂时还没有。

他去一趟香港，居然还记得给她挑礼物？

黎粲看着邵轻宴拎着礼盒的纤长手指，过了不知道多久才刻意又礼貌地接过了这份礼物。

"谢谢。"

"嗯。"

电梯迟迟没有下来，送出礼物后，邵轻宴跟在黎粲身边站了片刻。

终于，半分钟过去，他又问道："吃晚饭了吗？"

"还没。"

"我也还没。"

黎粲第三次扭头看他。

夜幕垂落，灯光升起，她的脸颊就这样暴露在大厅金灿灿的灯光下，好像爬满故事，又好像欲言又止。

邵轻宴接收到黎粲的目光，继续极为自然地问道："那要一起吃晚饭吗？"

其实黎粲家里的保姆阿姨一定已经做好了饭，但是她看着邵轻宴，想要拒绝的话滚到嘴边，始终说不出口。

"我要吃鱼。"她说。

"好，附近好像有一家评价不错的酸菜鱼。"邵轻宴拿出手机，立马低头翻找起餐厅。

这是两人重逢之后，第一次一起吃晚饭。

邵轻宴挑选的餐厅在附近一家商场的顶楼。

落座点菜的时候，黎粲难得多看了两眼这边的环境。她以为，在商场里吃酸菜鱼会是那种吵吵嚷嚷的大厅，没想到邵轻宴还挺会挑选的。

餐厅很安静，不管外面怎么吵，里面的包间都不会听到。

而且这里的鱼很新鲜，都是从鱼缸里现选现杀的，从挑选好到上桌，不会超过一个小时，能够最大程度地保证肉质的鲜美。

黎粲挺满意。

她和邵轻宴坐在一个靠窗的位置上，点完菜之后，她望着窗外一望无际的金融中心，突然问道："你在华尔街的时候，挣得多吗？"

邵轻宴看了她一眼："不多，没多少。"

黎粲不信。

陶景然前几天可是把邵轻宴大吹特吹了一顿，而且黎谈当年也在华尔街当过一年金融民工，一个案例完成之后的收益比例，她大概还是知道一点的。

不过她也知道邵轻宴谦虚的特性，所以没有打算就这个问题和他继续讨论下去。

在上菜之前,她只是和邵轻宴有一搭没一搭地聊着天,想起什么就说什么。

等话聊得差不多了,淋了热油,滋滋冒着热气的酸菜鱼也正好被人端了上来。

这是他们重逢之后的第一顿晚饭。

黎粲沉默地掏出手机,给这道鱼拍了张照片,然后把手机递给邵轻宴,说:"帮我拍一张夜景。"

邵轻宴迟疑地接过手机。

浑身散发着精英气场的男人,明显对于如何给女孩子拍照不是特别擅长。

"我可能还是不太会。"他说。

其实从前黎粲就喊过不少次邵轻宴给自己拍照,但是不知道怎么回事,在其他方面总是学得很快的男人,在拍照这方面木讷得就像是个怎么也教不会的笨蛋。

"你不会拍?"黎粲直白地反问道,"你大学时候的女朋友难道没有教过你吗?这年代还有人谈恋爱不给女朋友拍照的吗?"

邵轻宴握紧手机,看着她,眼里神色清明,却不知道在想些什么。

"黎粲,我大学没有谈过恋爱。"他认真地说。

黎粲坐在对面,终于又深深地回望他。

是啊,他没有谈过恋爱,她早就知道。

陶景然那天把邵轻宴的事情全给他们抖了一遍,说他是学习、挣钱两不误,就是不会谈恋爱,听说从大学到现在居然没有过一个对象。

黎粲听进去了,并且一直记在心里。

不只这件事情,很多事情,她明明很早就知道,但就是要把事情捅到他面前,就是要听他亲口说出来,她才痛快。

她眨了下眼,跷起腿,没有因为邵轻宴说了一句大学没有谈过恋爱就放过他,而是又继续故意问:"哦,那毕业之后女朋友也没有教吗?"

邵轻宴替她把杯子和餐具洗了一遍,照她从前的吃饭习惯摆好,末了又给自己重复了一遍同样的步骤。

等到面前的鱼片再也没有"吱吱"作响的时候,他才又抬起头来,认认真真地看着黎粲。

"黎粲，我毕业之后也没有过女朋友。"

这晚回到家，黎粲睡了个这些天以来最安稳的觉。

第二天终于到了工作日，积攒了几天的事情没有办，她几乎一整天都泡在工作室里，回到悦城湾的时候，差不多又是晚上十点多钟了。

下午黎谈把和顾传铭约好的时间告诉了黎粲，所以回到悦城湾后，黎粲想做的第一件事情就是请服务台的工作人员帮忙打个电话给八楼的邵轻宴。

然而，黎粲没想到，自己刚走进一楼的大厅，就看到邵轻宴又坐在不远处的休息区沙发上。

她脚步停顿了下。

邵轻宴昨天坐在这里是等她，难不成今天还是？

好像是察觉到她的目光，坐在沙发上的邵轻宴很快又跟昨天一样抬起头来，和黎粲遥遥相望。

黎粲捏紧了手机和包包，朝他走了过去。

她坐在邵轻宴对面的沙发上，很自然地跷起腿，先把顾传铭的事情告诉了他。

"后天早上八点，我哥帮你约好人了，你要是还有其他朋友，到时候也可以一并带上。"

邵轻宴点头。

其实刚刚黎粲进门前，他就注意到了。她穿高跟鞋走路的节奏，好像永远跟别人不太一样，只是轻微的几步，就能引起他的注意。

"谢谢。不过如果是周末和周一的话，我应该暂时没有别的朋友需要带上，等这件事情结束之后，我再请你吃饭。"

他的话实在太过官方，正式得不像话，仿佛他们并不是朋友，而是马上就会签上合同的甲方和乙方。

黎粲直接翻了个白眼。

"我缺你这一顿饭吗？"

邵轻宴顿了下，想起黎粲之前说过的，要他给她当司机的事情。

于是，他很快改口："我忙完这一阵子可以有两天假期，你要是需要，我给你开车。"

总算是黎粲想听的了。

她回道："那就到时候再说吧。"

170

今天她忙工作室的事情实在是有点累了，并不想再花太多的脑筋去和人弯弯绕。

邵轻宴不走，她也干脆就在沙发上安静地坐了下来。

等她意识到自己已经开始产生困意，这才打算起身回去。

只是黎粲发现，自从她进门到现在，这么久了，邵轻宴坐在她的对面，一点要走的打算也没有。

"你还不上楼？"她好奇地问。

"这就上去了。"邵轻宴抬头看了她一眼，立马开始收拾自己的电脑，和黎粲一起进了电梯。

去往云山的这天，恰好是周日，并且碰上元旦之后第一次下雪。

黎粲和邵轻宴从悦城湾出发，去往云山度假区，开车需要将近三个小时。

黎粲一如既往，坐到邵轻宴的后车座里。

只是不同的是，以往邵轻宴的后车座是冷冷清清的，这回不知道是什么缘故，居然摆上了抱枕和毛毯。

黎粲透过后视镜悄悄瞄了眼坐在驾驶位上的邵轻宴，等到车子启动之后便抖开毯子，抓起靠枕倚靠着。

一路上，车载蓝牙照旧连的是黎粲的音乐。不过这回她倒是没有再放什么梁静茹的苦情歌，而是随便开了一个自己平时听的歌单。

是现在年轻人都在听的再正常不过的说唱。

有些无厘头，又有些精神抖擞。

从悦城湾开车到云山度假区的总时长是两小时四十分钟，黎粲的歌，也就放了两小时四十分钟。

到了目的地，黎粲才停播自己的音乐，问邵轻宴："你之前来过云山这边吗？"

邵轻宴摇头："没有。"

"哦。那你在美国的时候，有去什么地方玩过吗？"

以前在云城的时候，邵轻宴没有钱，所以不出门旅游，黎粲可以理解，但是去了美国之后，如果还不到处走走，那实在是有点亏的吧？

邵轻宴透过后视镜看了黎粲一眼，摇了摇头："基本就是在纽约。"

哥伦比亚大学在纽约，华尔街也在纽约，他基本上就在那几个需要去的地方打转。

黎粲抿起嘴角，一时也没什么好再说的。

她在大学里也不是没有见过那种省吃俭用才能到英国来留学的学生，国外的消费水平完全不是国内能比的。他们下了课就去打工，每天坐着脏兮兮的地铁到处跑，来回奔波，那种日子，如果换成她来过，她完全不能想象自己会过成什么样子。

她没有再和邵轻宴交流，只是又低头玩起了手机，心不在焉。

她和黎谈打电话，告诉他，他们到了。

帮忙牵线搭桥的黎谈这回定的地方是黎家在云山开发的度假山庄，他叮嘱黎粲照着从前的路线走，说他和顾传铭正在院子里钓鱼，没有工夫去接他们。

黎粲于是示意邵轻宴直接把车子停在山庄门前，待门童接过车钥匙，她便带着他朝山脚下的别墅走去。

今天云山上的雪下得要比市区大，满目的云雾缭绕，几乎叫人分不清方向。

黎粲在进门前喊住了邵轻宴。

她理好帽子，衣服和围巾也全部整理好，然后打开手机的摄像机，交给了他。

邵轻宴了然。

"就跟上次我教你的方法差不多就行了。"黎粲指挥他，"用九宫格，参数我都已经调好了。"

"嗯。"邵轻宴蹲下身去，也不顾自己的大衣全部堆到了雪地上，照着黎粲教的方法，先给她拍了几张全身照，然后又拍了不少特写。

黎粲的脸颊本就白净，现在又是下雪的时节，稍微注意点光线就能把她面部的清透感完全呈现出来。

只不过因为已经在外面站得有点久了，拍到最后，黎粲的脸颊不禁有点红扑扑的。

她看了看邵轻宴拍的照片，大致还算满意。

"以后你女朋友应该会很感谢我的。"她把手机收好，扫了眼邵轻宴，眼里带着戏谑。

"嗯。"邵轻宴没说什么，只是盯着黎粲冻红的脸颊，忍了忍，最后终于没有忍住，默默伸手帮她把围巾往上拉了拉。

进到山庄内部，黎粲和邵轻宴绕了一圈才找到正在后花园的廊下钓鱼的黎谈和顾传铭。

顾传铭笑着看两个人走过来，绅士地先和黎粲打招呼："粲粲，好久不见啊。"

"顾大哥，我们前两天校友会应该刚刚见过好吧？"虽然没聊什么话，但是黎粲想，那天她其实还是见到了顾传铭的。

顾传铭失笑地摇摇头，又看向她身边的邵轻宴。

"我也记得你，那天校友会，我们也见过。"他顺着黎粲的话说。

"是，前辈，我叫邵轻宴。"邵轻宴又对顾传铭做了一遍自我介绍。

"邵轻宴。"顾传铭点了点头，显然是记得邵轻宴的。

每年能去哥伦比亚大学留学的中国人很多，但是能在 Q 大争取到公费交流的不多，所以他对邵轻宴有印象。

只是他的目光在黎粲和邵轻宴之间流转片刻，不知道邵轻宴是给这位大小姐灌了什么迷魂汤，能叫她出面帮他组局。

有关黎谈这个妹妹的脾性，顾传铭身为黎谈的朋友，当然也是略知一二的。大小姐出面想组局不容易，他没有拒绝的理由。

眼见着话题到这里好像就结束了，黎粲站在原地，突然扯了扯黎谈的人衣。

"哥，我来之前回家了一趟，妈有话让我转达给你，你跟我过去一下吧。"

听到黎粲这话，黎谈眉头皱了一下。

知道她这是在给邵轻宴找谈话的空间，他深深地看了她一眼，只能不情不愿地起身，和她走向了开满暖气的里间。

"男朋友？"刚把通向屋外的玻璃门关上，黎谈就问道。

"不是。"黎粲矢口否认。

"不是男朋友，这样帮他牵线搭桥，还帮他介绍别人梦寐以求的人脉，黎粲，是谁教你这样倒贴追男人的？"

"我没有在追他！"黎粲再度否认道。

"那是什么？"黎谈干脆直接地问。

"我……"

黎粲说不上来，她也不知道自己现在和邵轻宴这样算什么。

"我之前不懂事，羞辱过他……还有他的妈妈，现在就当还他们的。"过了好久，她才坐在里间的沙发上，对黎谈闷闷地说道。

"不懂事，羞辱人？怎么羞辱他们的？"

黎粲十八岁最疯狂的那年,黎谈还没回国,她所有青春年少时期喜欢过的人、犯过的错,黎谈都不知道。

她看了眼黎谈,没有说话。

黎谈于是就着明亮的光线又去打量坐在屋外的两个人。

当然,最主要是邵轻宴。

不得不说,邵轻宴的气质看上去的确不错。

听说他是穷人家出身。黎谈身边穷人家的孩子不多,大多都是他的下属,但是再穷,一般家里也还是有基本保障的,或者称得上是中产。

但是他知道,邵轻宴不是。

从小到大,黎粲开口求他的时候很少,要他帮忙给一个男人牵线搭桥更是从来没有过的事情。

在来这里之前,黎谈就调查过邵轻宴。他知道,邵轻宴是正儿八经的穷,出人头地之前,家里没有房子,没有车子,没有足够的存款,也没有足够的保障。

听说邵轻宴公费去美国之后的生活费,全部都是自己挣的。

黎谈突然又看了眼黎粲。

即便坐得很远,黎粲的目光也总是时不时往那边瞥,好像生怕他们会聊得不好,生怕这次的见面会谈崩。

但万幸,顾传铭其实是个只要对方有真才华,就能跟人十分聊得来的角色,所以两个人全程不仅没有聊崩,甚至偶尔还能听到他们几分爽朗的笑声。

黎谈藏在金丝眼镜后的目光闪了闪,不知道在想些什么,站了没多久,就也跟着坐在了黎粲的身边。

"你除了介绍我和顾传铭,还打算再给他介绍点什么人?"他状似不经意地问。

黎粲诚实回道:"暂时没有了。"

"暂时没有了?"黎谈扶了扶眼镜,"黎粲,你现在还年轻,想要跟谁谈恋爱,我不反对,但你要是一直只知道倒贴男人……"

"哥!"闻言,黎粲瞪着眼睛,直接打断了黎谈。

"我说了,我这回只是想要把之前的事情给还了,我跟你保证,以后,我都不可能,也绝对不会再去主动倒贴他的!"她信誓旦旦,"何况,我真的一点也不想跟他谈恋爱,你别再多想了。"

她目光坚定地望着黎谈,咬牙切齿发誓的样子,实在像极了一只

蝉鸣声噪的夏天里，梧桐叶底，是她十八岁时，弄丢了的少年。

梧桐大道

被戳到痛处而着急跳脚的刺猬。

黎谈把玩着手机，目光深深地回望着她。

"你最好是。"须臾，他说。

在山庄里的计划是待两天一夜。

见邵轻宴和顾传铭聊得还算不错，中午吃完饭，黎粲便直接回了房间休息。

醒来之后，天色已经黯淡。

黎粲起身后，没有急着去找黎谈他们用晚饭，而是下楼，泡了一壶茶，安静地坐在一楼的庭院里赏雪。

她刚刚睡醒，脸上还带着一丝起床气。

邵轻宴抱着笔记本，不知何时坐到了她的身边。

黎粲看了他一眼，没说话。

这次倒是邵轻宴先开口："谢谢你，黎粲。"

"嗯。"黎粲玩着手机，脸上没什么表情。

过了好一会儿，她才问道："谢我什么？"

"顾传铭和你哥今天都答应年前去我们公司考察一趟。"

看来他们几个人今天下午不仅仅是聊得还行。

黎粲有些意料之中地应了一声，依旧没什么特别的回应。

邵轻宴习以为常，于是抱着笔记本独自忙活了一会儿。

忙完之后，他才抬起头，看着眼前纷纷扬扬的大雪，像是终于下定了决心，问道："你后天有空吗？"

大雪之中，他的声音听上去有点空灵。

黎粲掀了下眼皮："怎么，你还要请我吃饭？"

"最近好像新上了几部电影。"邵轻宴说。

哦，原来是想请她看电影。

黎粲终于舍得把目光再转到邵轻宴的身上。

雪夜之中，邵轻宴的脸颊好像比白天看到的要更加清晰和精致一点。他抱着笔记本，鼻梁上架着一副白天没有的银制细框眼镜，相比起金色的跳脱和骚包，这种银色的细节，衬得他活脱脱是一副精英败类的嘴脸。

"月色与雪色之间，你是第三种绝色。"

黎粲没来由地想起余光中的这句诗。

她今天不知道是第多少次又静静地打量起邵轻宴的脸。

然后，她终于想起白天和黎谈的那番对话——

以后，我都不可能，也绝对不会再去主动倒贴他的……

她神色顿了一下，而后，嘴唇不受控制地上下碰了碰，说："最近都没空。"

这一年的第一场雪，一直下到第二天中午才停。

雪停之后，黎粲便想去外面转转。

难得来这边一趟，她没有喊任何人陪自己，一个人说走就走，换了双雪地靴便往山庄后面的茶山上走去。

山庄附近有一片茶山，也是黎家的产业。每到春天，这边就会招很多闲散的女工来采茶，制作茶叶。每年黎家拿出去送人的茶叶，都是几百斤几百斤地算。

茶山上的风景比在山庄里看到的要开阔许多，厚厚的积雪压在还完全没有一点抽芽苗头的绿叶上。

黎粲站在山野间，忍不住深吸了一口空气，是山间再清新不过的冰雪气息。

她独自站在高处，环顾四周，白茫茫一片的茶园，太适合拍照了，可惜她现在身边一个人也没有。

她只能打消这个念头，拍了几张茶园的风景照，给林嘉佳发了过去。她昨晚看到林嘉佳在朋友圈寻找可以拍摄雪景的地方，云山的位置，可以说是得天独厚。

她一边走，一边给林嘉佳发着消息。

只是不知道是不是茶山上信号不太好，她的信息和照片都有点卡，过了很久也没有发出去几张。

她于是紧锁眉头，暂时把注意力都放到了手机信号的问题上，滑倒的一瞬间，整个人都还是蒙的。

直到整个人都仰躺进雪地里，眼前突然一片黑暗，黎粲才意识到发生了什么。

她以一个极其狼狈的姿势摔倒在自家茶山的雪地里，浑身的疼痛开始后知后觉地冒出来。

黎粲再能撑，坐起身的一瞬间，眼角也不禁挤出了泪花。

"嘶……疼……"

她这一摔,好像摔到了尾椎骨。

她痛苦地坐在雪地里的台阶上,从屁股疼到腰背,想要站起来走一步,却发现左脚好像也不能动了。

而且黑暗过后,她的眼前居然开始不断出现各种花纹,出现各种奇奇怪怪的图案。

眼冒金星……

黎粲总算是知道这四个字的写实了。

她意识到大事不妙,摸索手机,奋力睁开眼睛,想先打个电话出去。

然而她忘记了,茶山上信号太差,根本打不通黎谈的电话。

她只能凭借着片刻清醒,先摁下了110……

"黎粲?"在电话就要拨出去的前一瞬,黎粲听见了人声。

她的双手突然之间颤抖得厉害,抬起头来,不敢相信这个时候山上居然会恰好出现人声!

"邵轻宴?"

她听出了来人的声音。虽然根本无法辨别他在哪个方向,但她尽量用自己能发出的最大声音去呼唤他。

"邵轻宴!"

"邵轻宴!"

她忍着疼痛,一遍又一遍地喊着他的名字。

"黎粲!"

邵轻宴赶过来不过十几秒钟,但是黎粲感觉自己喊他的名字喊得嗓子都要哑了。天知道,她有多害怕这是自己的错觉,又有多害怕邵轻宴不会朝着她跑过来。

"邵轻宴!"

等到邵轻宴真正出现在她面前的时候,她坐在满地积雪冰凉的台阶上,居然忍不住哭出了声。

"黎粲!"

她眼前还是又花又糊的一大片,根本看不清邵轻宴的样子,只能凭借着本能去摸索面前人的脸。

邵轻宴呼出一口热气,抓住黎粲毫无章法的手,握在掌心。

"你怎么样了?是不是摔倒了?"

他不问这个问题还好,一问这个问题,黎粲突然只觉得浑身的痛楚又钻了出来。

她眼角忍不住涌出更多的泪花，点了点头。

邵轻宴没有等黎粲再多说话，直接蹲到她面前。知道她眼睛看不见，他就拉着她的手，把她的双手锁在自己身前，将她整个人往自己的背上带……

趴到邵轻宴背上的那一刻，黎粲才总算觉得有点心安。

她紧紧扣着他的脖子，小心翼翼地提醒他："你记得小心看路，这里很滑……"

不然他要是摔倒，可就是完蛋了。

"好。"

邵轻宴一边回答着她，一边专心致志地看着自己脚下。

一直到很多很多年后，邵轻宴回忆起自己的从前，还是会认为这个雪天从茶山回到庄园的一路，是他这辈子走过最用心的一段路。

他背上背着黎粲，每一步都走得慎之又慎、万分小心。

等走回到山庄通往茶山的后门口，他才敢稍微松一口气，心里紧绷的弦松了下来。

他把黎粲背回房间，放在沙发上，然后打电话通知黎谈，还拜托山庄的服务人员去请医生。

黎粲痛苦地倒在沙发上，不仅浑身都疼，脑袋也开始隐隐作痛。

"应该是脑震荡。"邵轻宴忙完之后，回来摸摸她已经散乱不堪的头发，说道。

"脑震荡？"黎粲听到的一瞬间，大脑又陷入了一片空白。

邵轻宴安慰她："没事，轻微脑震荡，有时候就算骑个自行车摔倒都可能会有的，不用太担心。"

黎粲听完他的解释，这才安心下来。

黎谈他们匆匆赶过来的时候，医生还没有到。

黎谈眉头紧锁，不可置信地问："只是走路摔的？"

"嗯。"黎粲的眼睛总算是能看清楚一点东西了，慢吞吞从沙发上坐起来，虽然没怎么哭，但是眼尾殷红，看起来还是相当可怜。

黎谈无可奈何地叹了口气，又问邵轻宴："医生叫了？"

邵轻宴点头："叫人去请了，应该快到了。"

"辛苦你了。"黎谈说。

"没事，我应该做的。"邵轻宴就站在黎粲的边上。

黎粲一边忍着疼痛坐起来，一边在他和黎谈说话的时候，终于忍不住抬眼去看他。

现在她终于可以看到了，也终于可以慢慢回想起自己刚才被邵轻宴一路背回来的过程。

他在担心她，很担心很担心她。

而且，黎粲后知后觉，发现自己居然到现在都忘了问，他怎么会那么刚好地出现在茶山上的？

难道也是因为想出去透口气吗？还是因为别的？譬如，她太久没有回去，所以去找她的？

她不清楚，邵轻宴也没有跟她多加解释。

几个男人全部陪在她的屋子里，一直等到医生过来。

医生检查了一些重要的部位，又给她看了眼睛，问了她的症状，最后确诊，除了摔伤，的确还有些轻微的脑震荡。

但万幸，不论是摔伤还是脑震荡，都不严重，最后还是建议她再去市区里的医院做个全身检查。

黎谈听了之后，直接告诉黎粲："待会儿你就跟我的车走吧，我们一起回家，悦城湾那边只有蓉姨一个人，又要做饭又要料理家务，不方便照顾你，家里人多，你也方便。"

"我不要！"岂料黎粲直接喊道。

"为什么？"黎谈再度蹙眉。

"我就想住在悦城湾，我不想在家住那么长时间。"

自从毕业之后，她已经很久没有在家里住超过三天的时间了。

从前是黎粲每天在家里等着孙微和黎兆云回来，现在倒是好像开始逐渐变成他们夫妻俩每天盼着一对儿女回家。

奈何黎粲越长大，越不愿意在家里多住。

黎谈耐着性子，已经很久没有用这么强硬的语气对黎粲说过话了："黎粲，现在不是你可以任性的时候，你摔伤了，爸妈难道不担心你，不会想要你得到最好的照顾吗？何况我说了，悦城湾就只有一个蓉姨在，家里人多……"

"谁说的？悦城湾还有他啊！"

黎粲指着邵轻宴，突然打断了黎谈的话。

黎谈一时之间居然愣住了。

他第一反应是黎粲和邵轻宴住在了一起，但很快，这个荒谬的想法就被他自己否决掉了。

他锋利的眼神转向邵轻宴:"这么巧,你也住在悦城湾?"
"嗯,的确巧。"
"那你能帮忙照顾她吗?"
黎谈问得一板一眼,自然是不希望邵轻宴能说可以的。
然而,邵轻宴看了一眼黎粲,回道:"可以。"

第十四章 · 养伤

黎粲最终还是如愿回了悦城湾养伤。

黎谈临走前，对她千叮咛万嘱咐，同时还把邵轻宴单独拎出去，耳提面命了一番。

可是黎粲其实并不是特别指望邵轻宴照顾自己。

等黎谈一走，她就立马和邵轻宴说道："没事了，你去做你自己的事情吧。我就是不想回西郊庄园，你不用特地照顾我，我家有个保姆，足够了。"

邵轻宴在黎粲面前坐下，盯着她受伤的那只脚："你哥刚刚警告过我，如果不把你照顾好，我可能就会错失他的投资机会。"

言下之意，就是他一定会帮忙照顾好她。

黎粲挑眉，无所事事地翘着自己的脚丫。这回受伤，不幸之中的万幸，就是她的两只脚至少还有一只可以灵活运动。

她拼命转动着那只尚算健康的脚，说道："那你刚刚说可以照顾我的时候，倒是没有想过会得罪黎谈啊。"

她真是典型的好了伤疤忘了疼的人，就这么几个小时的工夫，好像已经完全不记得之前的痛苦，还有邵轻宴带给她的救赎。

邵轻宴看了她一眼，没有再回答黎粲的话题，只是走去她的厨房，给她削了一个苹果，然后又洗了一些冰箱里的水果，送到她的面前。

他沉默地坐在她的身边，掏出了笔记本，开始办公。

黎粲总是可以被邵轻宴的沉默折服。

他要坚持自己对黎谈的承诺，留在她的身边照顾她，她也懒得再管。

医生建议她最好躺一个星期，她就干脆一天二十四小时除了睡觉，其余时间都赖在自己家客厅的沙发上。

不过接下来，黎粲算是体会到了，在邵轻宴的理解里，什么是对病人无微不至的照顾。

她想喝水，刚抬一下手，水杯就已经送到了她面前；她想吃点心，眼神刚扫了一眼桌上的零食盒子，零食盒子就被推到了她一伸手就能够到的地方，垃圾桶也摆在了她的身边；她想去上洗手间，不过就是抬了一下身体，邵轻宴便会自然地伸出手来扶住她，问她想去做什么。

黎粲无奈地扫了他一眼："我要蓉姨来帮我。"

蓉姨是黎粲家里的保姆。

邵轻宴说："蓉姨在做饭。"

"那你要陪我去上洗手间吗？"黎粲反问道。

邵轻宴这才总算不说话了，帮黎粲去喊了蓉姨过来。

等到黎粲从洗手间里出来的时候，便看见邵轻宴又坐在沙发上，抱起了笔记本。

"你要是实在很忙，真的没必要过来的。"

这已经是他们这几天常谈的话题了。

虽然说是要照顾黎粲，但是邵轻宴总不可能放下自己的工作。在黎粲不需要他的时候，他基本就是一个人抱着笔记本坐在客厅的沙发上，或者是在厨房的餐桌边办公。

邵轻宴专注地看着电脑，依旧是那句熟悉的话："没事，我既然答应了你哥，就会说到做到。"

黎粲就知道。

她于是重新回到沙发上，没再看他。

她找到被自己压在角落里的遥控器，打开电视，想看看昨晚没看完的一部电影。

那是一部很老的香港警匪片。

或许是黎粲从小就喜欢看这种片子，看多了之后觉得都是一个路子。她现在闭着眼睛都能想象到男女主角和各种配角用带着港腔的普通话聊天胡侃的样子。

因为外公家在香港，黎粲从小也会说几句粤语；虽说不上精通，但至少能沟通无障碍。

看完电影，差不多正好是蓉姨做完午饭，要来给她擦药膏的时候。

邵轻宴过来帮忙。

蓉姨给她的脚上完药之后，就问道："刚刚煲好了汤，要不要现在就吃一点?"

或许是还沉浸在香港电影的氛围里,黎粲下意识回了句:"咩啊(什么呀)……"

语气有点港腔自带的嗲音,跟她以往的风格大相径庭。

蓉姨顿了一秒,邵轻宴也顿了一秒。

黎粲旋即反应过来,说:"不了,我现在不饿,先给我倒一杯柠檬水就好。"

"好。"蓉姨显然是被她之前那句话给逗笑了,说话的时候不禁咧开嘴角,很快就起身去忙活了。

邵轻宴帮忙收拾药膏和剩下的东西。

黎粲看见,他蹲在自己面前,嘴角好像微微也有一丝弧度。

他也在笑话她。

她冷眼看着他的侧脸,接下来好长一段时间也没有跟他说过话。

除了看电影,黎粲这几天待在家里玩得最多的就是自己平板上的小游戏。

黎粲平时喜欢玩国际象棋,偶尔还玩玩围棋,这两个 App 她都有,至于那个跟她平板主页面格格不入的五彩斑斓的标志……嗯,是跳棋。

黎粲今天不想玩跳棋和围棋,直接打开了国际象棋的 App,和对面的 AI 开了一局。

她选的困难模式,没过多久就输了。

她面无表情地把页面退出,又开了一局,又输了。

这样反反复复,共_四回。

最长的一局坚持了四十分钟,最后仍旧是输了。

没办法集中心思,跟人玩棋就相当于自寻死路,尤其对面还是算法十分精准的机器人。

终于,黎粲把平板扔了,仰躺在沙发上,对着天花板发起了呆。

悦城湾是她一个人住的地方,这里所有的东西,也全部都是她一手操办的,包括她现在头顶的吊灯。

这个吊灯是她亲自选的,意大利牌子,每一颗水晶都是她想要的样子,雕刻完美又充满梦幻,完全是公主该有的东西。

她就这么躺了两三分钟,欣赏着自己精心挑选的吊灯,而后突然猛地一下坐了起来,喊起了邵轻宴的名字。

她又打开平板,指着上面的游戏朝他左右摇摆。

"帮我玩局棋!"她说。

这是黎粲以前经常会做的事情——每到有过不去的关卡,她就喜欢喊邵轻宴帮忙。

在认识她以前,邵轻宴的手机里很少会有一些与游戏相关的App,在认识她之后,他就经常会有一些小游戏需要下载。

还好黎粲不玩什么大型游戏,每次都是一些单机小游戏,他的手机内存也够用。

他走到黎粲身边坐下,接过她给的平板。

黎粲喜欢玩国际象棋,他知道。

在认识黎粲之前,邵轻宴其实没怎么接触过这种东西,只是会一些基本的玩法,和黎粲熟起来之后,他才被迫开始精通。

黎粲不喜欢和真人玩,只喜欢和机器人玩,Hard模式的第六十六关,她一直过不去。

她抱着靠枕,看着邵轻宴苍白的指尖轻动,开始进入游戏。

这画面其实很熟悉。以前他们约会的时候,没什么事情做,也常常是黎粲看着邵轻宴给自己玩游戏。一般等到他玩通关之后,她都会眉开眼笑地看着他,然后挽上他的胳膊,算是给他奖励。

后来,等到六月份的毕业典礼之后,这种奖励就变了,变成了亲吻。

她只是很简单地在他的脸颊上碰一下,邵轻宴就会耳尖泛红。

黎粲也是那个时候才知道,再厉害的学霸谈起恋爱来,也免不了有心跳加速的瞬间。

一场国际象棋,认真起来需要走很久。

黎粲就这么靠着沙发,近距离地看着邵轻宴。

他每走一步,她的目光都跟随着他的指尖,妄图自己也能跟上他的思路,然后揣摩出他的战术。

棋局过半的时候,她终于看出了一点邵轻宴的想法,然后不自觉地揪紧了他的衣袖,希望他能帮自己过去这困扰了许久的关卡。

这种举动其实太过亲密了,但是两个人都没有发现,也都没有说话。

黎粲一直看着邵轻宴下棋。

一直到五十多分钟后,他终于闯过了这关,帮她拿到了通往下一局游戏的入场券,黎粲脸上才终于露出笑意,是很阳光又明朗的笑意。

她看向邵轻宴,邵轻宴也转回头来看她。

黎粲终于又后知后觉地意识到，自己和邵轻宴挨得实在是太近了。

就这个姿势，就这个距离，她能清晰地看到他脸颊上的绒毛、高挺的鼻梁，还有微微下垂的长睫毛……

她看着他，渐渐地，呼吸放缓了很多。

她的手伸向他，然后摘下了他的眼镜……

"眼镜不错哎，哪里买的？"

黎粲借着把玩眼镜的姿势，终于和他离得远了一点。

银制细框的眼镜，拿在手里没什么分量。

邵轻宴好像也是意识到了这一点，稍微把身体往后靠，和她保持一定的距离。

"就在公司楼下的眼镜店买的。"他说。

"哦。"

因为黎粲从小家里就管得严，连看电视的距离都有家教老师给她严格把控，所以她的视力根本没什么戴眼镜的必要。

她问邵轻宴："你现在多少度了？"

"两百度不到，一只加散光。"

"哦。"黎粲对于散光没什么研究，也不知道这是什么东西。

她玩了会儿邵轻宴的眼镜，就还给了他。看着邵轻宴重新戴上眼镜，把平板递还给自己，她知道他这是又打算去工作了。

黎粲没再打扰他，两人就这么相安无事地又过了一个下午。

第二天，邵轻宴需要去一趟公司，再次回到悦城湾的时候已经是上午十点多。

"你这是打算把我家当你的办公室了吗？"黎粲看到他又是两手拎着公文包进门，真的很想翻白眼。

一天也就算了，两天也就算了，一连这么多天，她一个人在家里无聊，还要看着邵轻宴在自己面前工作，两个人一起无聊，实在有点心烦。

她想，要是陶景然他们在，她一定有很多事情做。

邵轻宴刚把电脑摆好，还没来得及脱外套和戴眼镜，就听到了黎粲的抱怨。

他没想多久，直接从还没放好的公文包里拿出了一盒东西，递给了黎粲。

居然是一副新买的国际象棋,连外面的塑封包装都还没拆。

他说:"等我把今天早上的事情处理一下,再陪你玩。"

黎粲看着他手上的东西,一大早就起来的不爽心情,居然奇迹般消散了一点。

她伸出手,接过了邵轻宴递来的东西。

有时候,黎粲不得不承认,自己真的是一个很好哄的人。

只需要一番很简单的操作,比如这一盒十块钱的塑料棋盘,就足够她对一个人的印象瞬间颠覆,心情由阴转晴。

她拆了邵轻宴递过来的棋盘,研究了一会儿那些塑料玩具。

等到她回头再去看邵轻宴的时候,果不其然,他已经抱着他的笔记本又坐在她家的餐桌边了。

鬼使神差地,黎粲突然掏出自己的手机,对着坐在餐桌边的人拍下了一张照片。

已经二十五岁的邵轻宴,身材似乎和他二十岁那年没有什么区别,仍旧是宽肩窄腰,一双长腿笔直。黎粲对着照片默默欣赏了两眼,便悄无声息地把照片存进了相册里。

其实黎粲以前也和邵轻宴拍过几张照片。

恋爱中的小情侣,哪里有不拍合照的?

毕业典礼那天之后,她就仿佛打开了任督二脉,每次和邵轻宴见面都免不了想拍几张照片纪念,牵手的、只是简单站在一起的、互相拥抱的、依偎亲吻的,更是有……

等到他们快要出发去古镇的时候,她已经特地建好了一个专门的相册,用来存放两个人的照片。

但是后来,照片全部被她删除了,回收站里的也没有放过。

直到目前,黎粲回想起那个日子,仍旧会认为那是自己人生当中最狼狈的一天。

她安静地敛着眉眼,退出了相册的页面,没有打扰邵轻宴工作。

半个小时后,邵轻宴终于处理完所有早上该处理的事情,她这才听到了一丝椅子轻微移动的声音。

她抬起头,看见邵轻宴站在自己面前。

"先只玩一局,行吗?"

其实他完全没有必要迁就黎粲,甚至可以根本就不给黎粲带这盘棋,但黎粲是真的从他的话音里听出了商量和恳求的意思。

"嗯。"她点点头,知道他是真的忙。

一盘棋下得很安静。

很久没有再坐到对弈位置上的两个人,每一步都是绞尽脑汁。

开局之后,黎粲就一直在对邵轻宴说:"你不许让着我。"

邵轻宴嘴上说着好,但每走一步还是可以看出迟疑。

不让的话,这盘棋很快就会下完了。

黎粲仿佛看出了他的意思,半途终于生起气来。

"邵轻宴!"她喊道。

"嗯。"邵轻宴抬起头。

看见他脸颊的一瞬间,黎粲所有的脾气又好像一个漏气的皮球,逐渐瘪了下去。

"你再让我,我就不玩了!"

她还是生气的,但是落到邵轻宴的耳朵里,却像娇嗔。

他又情不自禁地勾唇,说:"好。"

黎粲瞪了他一眼,继续自己的棋局。

就在两个人对弈胶着的时候,忽然,黎粲放在茶几上的手机响了。

熟悉悦耳的铃声响起,叫她不得不分心去看了眼来电显示。

此时是中午十一点整。

手机自动亮起的屏幕上雀跃跳动着来电人的姓名,有四个字。

——孙微女士。

邵轻宴走了,黎粲主动让他走的。

孙微女士的电话犹如当头一棒,直接砸在了她的头顶,叫她很快就从这几天的荒唐和没有边际的快乐中挣扎出来,不得不保持清醒。

她叫邵轻宴走了,并且说今天都不会再需要他,他不需要再上来了。

邵轻宴没有多说什么,好像并没有看到她手机上弹跳出来的"孙微女士"四个大字。

但是黎粲知道,他看见了。

她望着他的背影,再一次感觉到了无边的窒息。

好像一切又回到了原点,回到了那一天,她望着屋外不断坠落的雨水,耳边全是他说分手的声音。

邵轻宴收拾东西的动作很快,干净又利落,没有落下一点他曾在她家里待过的痕迹。

黎粲静静地望着大门的方向。

在他走后不到十分钟，孙微女士就推开了那扇门。

她今天突然过来，是因为昨晚回家的时候，听到黎谈提起了黎粲受伤的事情。

黎粲受伤的事情这么多天了，她竟然昨晚才知道，所以她一进门就数落了黎粲许久，并且环顾了一圈三十三楼五百多平方米冷冷清清的大平层，和黎谈的想法一样，想要带黎粲回家去住。

然而黎粲并不愿意。

那天刚受伤，她就没答应黎谈回家去住，现在都在自家休息这么多天了，怎么可能还愿意？

孙微女士便和她争论起来。

"黎粲，你到底懂不懂爱惜自己的身体？"

"我想在自己家休息，怎么就是不爱惜了？"

黎粲无意和孙微女士争吵，可是孙微女士有时候说话也的确很难不叫她生气。

母女俩的见面并不算愉快，最终，到底是孙微女士妥协了。

黎粲已经二十三岁了，不可能再和十八岁那年一样，对她没有一点点抵抗的能力，什么都由着她做主。

她把带给黎粲的鸽子汤盯着黎粲喝完了，这才不情不愿的一个人回了家。

她很忙，身为一个不折不扣的女强人，孙微女士的每分每秒都是要以万为单位计算的。

黎粲目送孙微女士的身影消失在门口，目睹自家大门又一次被关上之后，突然一下瘫倒在沙发上，盯着头顶的吊灯，一躺就是半个多小时。

接下来的半天里，黎粲没有喊邵轻宴再来自己家，而他也没有主动上来。

倒是何明朗和陶景然他们，听说她受伤了之后，拎着大包小包，过来陪她玩了几个小时。

第二天起床后，黎粲盯着自家空空荡荡的客厅，觉得有些陌生。

她不知道邵轻宴今天会不会过来，昨天这个时候，他没有过来，但是给她发了消息，说是要去趟公司，晚点再来。

今天她的手机里还什么都没有。

她在客厅坐了很久，蓉姨陪她吃完早饭后便出去买菜了，家里安安静静的，只有她一个人。

"叮咚——"

突然，大门口传来了门铃的声音。

黎粲举着手机愣了会儿。

蓉姨出去买菜了，但是她知道密码，是不可能会摁门铃的。

会摁响门铃的……

黎粲一下子想到了邵轻宴。

虽然她已经给了他三十三楼电梯的密码，但他每次过来还是习惯先摁一下门铃。

她睫毛颤了两下，醒来后几个小时也没有清醒的精神，突然间就有了生气。

她从沙发上爬起来，一只脚穿上拖鞋，另一只脚依旧翘起来，一蹦一跳地往大门处赶。

房子太大的坏处，黎粲是头一次体会到。

就算是从沙发上去门口开门，以她现在的速度，居然也要蹦上差不多一分钟。

她的脸上带着焦急和隐隐约约有点雀跃的欣喜，打开了大门。

"当当当当——"

然而，当林嘉佳拎着自己做的提拉米苏惊喜地出现在黎粲眼前的那一刻，黎粲脸上所有的表情突然都停滞了。

林嘉佳今天生日，知道黎粲脚受伤了，不能去参加自己晚上的生日派对，所以昨晚就特地亲手做好了一份提拉米苏，趁现在给她送了过来，想要先和她玩一会儿，就当是一起庆生，顺便陪陪她。

昨天何明朗他们过来的时候就想喊林嘉佳一起来的，可惜她昨天实在没有空。

黎粲看着站在门外满脸兴奋的林嘉佳，在呆滞几秒后，脸上的神情又变得一时雨一时晴。

平心而论，黎粲是希望林嘉佳来陪自己玩的，但又不希望她今天来。或者再精准一点，黎粲不想自己这回开门见到的是她。

黎粲目光落到了林嘉佳身后的电梯口，那里很安静，一点新的动静也没有。

邵轻宴没有再主动来。

黎粲突然觉得自己很可笑。

换作她，自己曾经被别人一家那样找上门来羞辱，为什么还要一而再再而三地去照顾那家人的女儿呢？

明明她曾经也是个瞧不起他的罪人。

她这么多天自欺欺人、胡搅蛮缠，终于好像看到了黑暗世界里的尽头。

她让开门，放林嘉佳进来，但是脸上肉眼可见的消沉叫林嘉佳很是捉摸不透。

"粲粲？"林嘉佳扶着黎粲进门。

"没事。"黎粲摇摇头，尽量想保持冷静。

然而眼角藏不住的泪水，叫她在走了两步之后，突然就转身抱住林嘉佳，趴在林嘉佳的肩上，哭得溃不成军。

她这么多天的伪装，这么多天的若即若离，总算在这一刻全部被碾压粉碎。

林嘉佳一头雾水，什么时候见过这样的黎粲？

"粲粲？"林嘉佳有些震惊，想要回抱她。

奈何自己手上还提着蛋糕，回抱是不可能的，只能尽量空出一只手来，不住轻抚着她的后背。

"你这是怎么了？"林嘉佳任由黎粲把自己紧紧抱住，仿佛自己是她唯一可以依靠的支柱，轻柔地安抚着。

"他不要我了。"黎粲趴在林嘉佳的肩膀上，哭着说一些她听不懂的话，"他不要我了。

"嘉佳，他不会再喜欢我了……"

林嘉佳完全听不懂黎粲在说什么。

从小认识到现在，林嘉佳发现自己好像就没有见过黎粲哭。

这是第一回。

没有多么撕心裂肺，没有多么歇斯底里，好像就是很平常的抽泣，但是一声一声钻进她的心底，叫她也如同蚂蚁蚀心般地难受。

"粲粲……"她试图安抚黎粲。

可是黎粲趴在她还没有来得及脱下的大衣上，落下的眼泪叫她隔着厚重的大衣和毛衣好像也能感觉到。

她一时也说不出更多的话了。

她就这么听着黎粲的抽泣声,在她家的玄关处站了许久。

"叮咚——"

直到有新的门铃声响起,黎粲才终于从林嘉佳的肩膀上抬起头来,满脸彷徨。

林嘉佳先扶着她坐到了沙发上。

"你先坐着吧,我去看看是谁。"

"嗯。"

黎粲没有再对门外的人抱有什么幻想,愣愣地坐在沙发上,哭过的喉咙只感觉到火烧一样的疼和难受。

她也不管自己面前摆的是不是隔夜水,直接捞起水杯灌了一大口。

林嘉佳走到门边,打开可视门铃看了一眼,然后转身朝屋里惊讶地喊道:"粲粲,邵轻宴怎么会在你的门外?需要给他开门吗?"

昨晚邵轻宴公司临时有个会议,需要赶去参加,忙完已经是次日凌晨两点钟了,所以他干脆在公司睡了一觉,早上起来后又在公司开了一个早会,这才回了悦城湾。

他一如既往地拎着两只公文包,站在黎粲面前,看见她泪眼蒙眬的样子,有些不解。

他不知道黎粲这是怎么了。

"你……"黎粲怔怔地看着邵轻宴,刚哭过的眼睛湿漉漉的,仿佛只要再多眨一下,就又能掉落下满满一斛的珍珠。

她就坐在那里,一动不动地望着邵轻宴,似乎有些反应不过来发生的一切。

林嘉佳站在两人边上等了一会儿,见黎粲看到邵轻宴就没了反应,也不知道她是怎么回事,只能伸手到她面前晃了晃,把她的神志暂时拉回来。

黎粲终于回了神。

"我以为你今天不来了呢。"

闻言,邵轻宴恍然大悟,立马把自己今天来晚了的原因和黎粲解释了下,认真得就像是上课迟到的学生在和老师讲话。

黎粲听完却并没有表示什么谅解,只是淡淡说道:"本来也没强求你每天都过来,你要是实在太累了,没必要来的。"

她垂下目光,若无其事的样子。

邵轻宴拎着公文包，娴熟地走到餐桌边上，直到摊开自己的笔记本才说道："不是强求，这几天我也发现了，三十三楼的风景的确比八楼的好一点，我想多欣赏欣赏。"

他倒是会说话。

黎粲眼角还挂着泪珠，忽然轻笑了一下。

林嘉佳的目光在两人之间来回打转。

虽然她真的很不理解自己进门后黎粲的这一连串行为，也不明白到底为什么邵轻宴会突然出现在黎粲的家门口，并且对黎粲家里的布置如此熟悉，但是大家早都不是小孩子了，看着这两人之间的相处，再有更多的不理解，此时此刻也该明白了。

她把提拉米苏留给黎粲和邵轻宴，而后在黎粲耳边叮嘱了几句，便自觉地拍拍屁股走人了。

在大门被关上的那一刻，邵轻宴才抬起头来，远远地又看了眼黎粲。

黎粲哭过，他刚刚站在她面前，很清楚地看见了。

他很想蹲到她面前，问问她是怎么了，但是看她的样子，又好像并不想叫他看出来。

于是他没有问。

直到林嘉佳走了，他才终于觉得自己还是应该问一下黎粲是不是发生了什么事情，是否和他有关。

他走到黎粲的身边蹲下，刚想开口，黎粲却把林嘉佳做的提拉米苏直接递到了他的眼前。

她问："吃吗？"

邵轻宴看着黎粲的双眼。

黎粲浑身上下都生得好看，尤其是一双眼睛，是正宗的狐狸眼。如果她平时愿意多向外人表达一些情绪的话，她的那双眼睛绝对会派上大用场。

邵轻宴想了想，说："吃。"

"早饭吃过了吗？"他听见黎粲又问他。

邵轻宴点点头："公司楼下买了两个包子吃。"

"那……待会儿玩棋吗？"

邵轻宴算是明白了，黎粲是真的不想叫他问出那句"为什么"，所以一直在不断地找话题。

他蹲在沙发前，抬头盯了黎粲两秒才回道："玩。"

黎粲便又绽开笑颜。

两人先一人吃了一块提拉米苏，而后邵轻宴才从黎粲的茶几里找出昨天那副因为孙微女士的突然到来而被藏起来的国际象棋。

"继续下昨天那盘棋。"

他以为是要开一局新的，没想到黎粲直接把棋盘摊开，把棋子都按照自己昨天记忆中的样子复原了回来。

一模一样。

邵轻宴看着黑白棋的位置，不禁哑然失笑。

黎粲在某些时候，对某些场景，总是有一些特殊的执着。

比如他们刚开始约会的时候，她最喜欢做的事情就是给他发一个跳棋的线上比拼链接，要他没事干的时候就陪着她比赛。

他知道，黎粲是因为第一次的时候在陶景然家里输给了他，所以不服气。

邵轻宴记忆里最深刻的一次，是他们一起出门去吃火锅，火锅店需要排队，好在门外面放了可以供人休息的桌子，桌子上还有消遣用的棋盘，有五子棋、跳棋和飞行棋。黎粲果断选择了跳棋，最后轮到他们时还依依不舍，非要把棋盘的布局都记下来，回去之后好继续和他比。

至于这回……

黎粲把棋局摆好，严阵以待地看着邵轻宴。

好像他们重新下完这局没有被孙微女士打断的棋局，昨天的一切就会像没有发生过一样。

邵轻宴没有多说什么，只是任出她安排。

等到一局棋下完，时间又已经到了中午。

黎粲这回养伤，一共在家里宅了七天。

后面几天，她和邵轻宴基本又是和前几天一样的相处模式——邵轻宴早上到她家里来，顺便把工作也带到她的家里。他忙起来的时候，她就不去打扰他；他不忙的时候，她就喊他来帮自己做事，要么是削个苹果，要么是帮忙拿本书，再要么就是玩各种各样的小游戏。

宅在家里的最后一天，黎粲终于也搬出了自己的笔记本，放在腿上看了会儿资料。

工作室正式开业前，黎粲还有两单广告策划需要完成。

工作室里目前除了她，总共有十二个员工，每一个都是她亲自面试后精挑细选才招进来的。

这天，第二个广告视频最后的内容终于敲定，黎粲因为腿还伤着，不能亲自带员工们去办庆功宴，就把钱转给了助理，让助理带他们出去玩。

末了，她才想起邵轻宴。

"你们那个项目完成了没有？跟人家签合同了吗？"

这几天，她已经大概知道邵轻宴在忙什么，那家软件公司她也知道，单就目前的资料来看，的确很有前景。

邵轻宴"嗯"了一声，给黎粲洗好了一碗草莓和车厘子，放在她面前。

"签合同的时候，陆敬文差点跟其他几家打起来，但好在最后人家还是选择了我们。"他的语气总算不再是一成不变的平静，带了点诙谐。

"他们今晚有庆功宴。"他紧接着又说。

"庆功宴？"黎粲吃了颗草莓，"巧了，我们工作室今晚也有庆功宴呢。"

"是吗？这么巧？"

两个人盘腿坐在茶几的两边，互相看了一眼。

黎粲慢吞吞地咽下草莓之后，才问道："最近一直吃蓉姨做的饭，是不是已经有点吃腻了？"

这已经是她崴脚的第七天了，只要熬过这一天，明天她就可以正式出门了。

其实她的脚恢复得差不多了，只是医生叮嘱的是七天，孙微女士和黎谈就每天都打一遍电话过来提醒她，绝对不许提前出门。

这七天，她每天走过最远的路，就是坐在轮椅上，被蓉姨或者邵轻宴推着下楼，在小区里透气转悠。

黎粲也从来没有过连续七天，每天三餐加上夜宵，吃的全都是蓉姨做的饭。

平心而论，蓉姨的手艺绝对不差，但是叫人每天都吃，也是真的快要吃腻了。

黎粲今晚想吃点不一样的。

她说完话之后，也不管邵轻宴想不想吃，就自顾自低头打开了手机软件，想要找点新鲜的东西刺激一下味蕾。

现在已经是下午三点半，蓉姨马上又要开始做晚饭了，他们需要在蓉姨动手前告诉她今晚不必做饭，并且选好晚上想吃的东西。

邵轻宴忙完了那个投资项目，也总算获得了半天的假期，低头跟着黎粲看了眼她的手机，发现她正在看火锅外送。

"吃火锅的话，我去买食材吧。"他说，"对面商场底下就是超市，很方便。"

住在市中心的好处，大概也就是这个了。

黎粲想了想，关掉外卖软件："也行。"

邵轻宴于是快速穿上大衣，戴上围巾，坐电梯下楼，去给黎粲采购食材。

想要买的东西，黎粲列了一张清单给他。

是的，两个人虽然已经算是朝夕相处了一个星期，但还是没有加上微信。每当有什么需要联系的事情，黎粲仍旧喜欢把电话打到楼下大厅的服务台，再叫服务台的人去转告邵轻宴。

而邵轻宴继上回用顾传铭当借口，想要加她的微信被拒绝之后，就真的再也不敢轻举妄动了。

他知道，黎粲肯定现在心底里对他是还有气的，所以他不能动，也不敢动。

他在美国待了那么久，没日没夜地工作，不就是为了能够在回来的时候离她近一点吗？

他不想再走，也不想再见到成天冷着脸的黎粲。

只是推着购物车在超市里走动的时候，邵轻宴放在大衣口袋里的手机突然振动了一下，是有新的短信进来的提示音。

短信的号码，他没有见过，是个135开头的私人本地号码。

短信的内容却很简单，只有短短的一行字。

——家里没有可乐了，记得带两瓶回来。

邵轻宴站在原地，对着那一行字看了许久。

收起手机的时候，他的嘴角终于不再紧绷着，而是不知不觉间泛起了笑意。

第十五章 ·约会

腿伤好得差不多了之后，黎粲总算可以出门了。

出门的第一天，她就需要和一个甲方的儿子去吃饭。

对方和黎粲年纪差不多大，刚从巴厘岛回来，一整顿午饭都在和黎粲说些有的没的。

黎粲对对方没什么兴趣，和他吃饭完全是为了应酬，等到一顿午饭结束，她就迫不及待地想要坐电梯逃走了。

结果刚走到餐厅外面的电梯前，黎粲就在人群中见到了一个熟悉的身影。

刚好，邵轻宴今天也在江边的餐厅吃饭，和陆敬文一起，带着一个来云城考察的合作团队。

"有劳陆总还亲自跑到星城跟我们联系，我们今天好不容易过来云城了，这顿饭，真的本来应该我们请客的。"

"嗐，咱们以后还长远着呢，干什么非得在乎这一顿两顿饭的？我们可还指望孙总带我们挣大钱呢。"

陆敬文满脸笑意，一手拍着刚签下合同的软件开发公司负责人的肩膀，一手插在裤兜里，和人一起进了电梯。

他们身后一群人，也都跟着拥上去。

邵轻宴习惯性落在最后，看了眼差不多已经快要站满的电梯，然后礼貌性地给身边跟自己一样还站在电梯外面的女生递了个眼神，示意她可以先上，他等下一趟。

那是对面软件公司带来的一位女工程师。

整场饭局上，虽然是陆敬文一直在侃侃而谈，但她的目光自始至终都落在邵轻宴的身上。

没办法，女孩子无论到了什么时候都改不了看脸的属性。

而且陆敬文活泼，邵轻宴沉稳内敛，她就喜欢沉稳的。

她早听说通盛资本的这位合伙人虽然最是安静，但履历很了不得，保送Q大，哥伦比亚大学交流，华尔街上班，无论哪一样单拎出来都足够秒杀一片人，但他一个人且年纪轻轻的，就都占了。

她的同事里有人看出了她的想法，站在电梯里直接喊道："这电梯已经有点挤了，要不你俩一起等下一趟吧？"

顺便还挤眉弄眼，是要女工程师抓住机会的意思。

邵轻宴没说什么，只是在电梯门合上的瞬间，站得稍微离那位女工程师远了一点。

黎粲一直站在这群人的后面，见状，总算"扑哧"一声发出了轻笑。

邵轻宴和女工程师闻声回过头来。

见到黎粲的刹那，邵轻宴有些惊讶。

"巧啊。"黎粲和他招呼道。

"巧。"邵轻宴回她。

这个时候见到黎粲，邵轻宴有如见到了自己的救星，话音刚落，便直接朝着黎粲那边迈了一步。

女工程师见状，盯着黎粲看了两秒。

这是个不论身高还是颜值都相当出众的女生，乌发浓颜，光是站在那里什么都不做，就足够吸引人的目光。

大抵是很少见过这种明艳类型的大小姐，所以只一眼，她便惊讶得有些说不出话来。

过了好一会儿，她才问道："你们认识？"

黎粲终于看了她一眼，点头："嗯。"

女工程师便也跟着点了点头。

她的目光在邵轻宴和黎粲之间流转了好几个来回，最后，电梯来了，她才跟着两个人一起进了电梯。

这回下去的电梯很空，只有他们三个人。

邵轻宴主动问黎粲："我送你回去？"

"你不是还有朋友吗？"黎粲饶有兴致地问道。

三个人的电梯一点儿也不拥挤，她刻意站得离邵轻宴远远的，好像只是想看戏。

邵轻宴头疼地顿了下，等到出电梯之后，他意料之中地看到就这么一会儿的工夫,那群人已经把车全开走了,只剩下他和这位女工程师。

他求助地看着黎粲。

终于,看着他这般踌躇的模样,黎粲善心大发,说道:"好吧,我今天的确忘记开车过来了,你送我回家吧。"

邵轻宴舒了一口气,转身看着那位女工程师,似乎是想和她说抱歉。

女工程师已经完全明白了。

虽然她目前还没有谈过恋爱,但属于情侣之间的暧昧,她不会察觉不出来。

她朝邵轻宴点了点头,告诉他自己可以打车回去,然后便主动离开了他们的视线。

盯着她离去的身影,黎粲有些唏嘘:"这女孩子不是不错吗?"

是不错,可他也不是只要不错的女孩子就要试着交往的。

邵轻宴回头,想要和黎粲解释,然而黎粲已经在他转身的刹那,大步流星上了自家的车子。

"你的忙我就帮到这里了,回见!"她在车窗里和邵轻宴打了个招呼,下一秒就吩咐自家司机开车离开了。

徒留邵轻宴一个人站在停车场,感受着劳斯莱斯的尾气。

中午的事情只是一个很小的插曲。

黎粲下午回到工作室之后,就没再想邵轻宴的事。

她歇了七天,工作室里有一堆活等着她回去布置,她忙得脚不沾地,根本没有时间再想其他的。

只是晚上回家的时候,陶景然突然在群里提到他过几天打算请邵轻宴吃饭的事情,还问大家都去不去。

黎粲刚刚看到消息,还没来得及回复呢,林嘉佳就帮她回答了。

林嘉佳:去!粲粲也去!她最近在家里休息了这么多天!最需要出去转转了!

黎粲看到消息才想起来,自从上回被林嘉佳撞见她和邵轻宴的事情后,她到现在都还没有把事情的原委和林嘉佳解释过。

她没急着在群里回消息,而是打开了和林嘉佳的单独聊天框,想要和林嘉佳说说自己和邵轻宴之间的事情。

然而她和邵轻宴……

黎粲一时不知道故事该从哪里开始说起才好。

司机把黎粲送到悦城湾的大门口,她下了车,进了大厅,往电梯的方向走。

她一边走一边盯着手机,完全没有想过这个时候还会在一楼的休息室里碰到邵轻宴。

她远远地站在门口,见到他又如同之前一样坐在大厅的休息室里,面前摆着笔记本电脑,而电脑边上……是一束花。

是一束装得满满当当,快要溢出来的白色玫瑰花。

黎粲顿了下,朝邵轻宴走了过去。

她的脚步声缓慢,神情看上去也是困惑。

他不是已经有她家的电梯密码了吗?

为什么还要坐在这里等她?

邵轻宴听到黎粲的脚步声,默默抬起头,和她对视了一瞬。

见黎粲走到了自己面前,他便起身和她解释道:"黎粲,中午的事情,谢谢你。"

原来是为了中午的事。

黎粲点点头,她其实压根没将那件事情放在心上。

"然后呢?"她问。

"然后……"邵轻宴想了想,终于把桌子上的花束抱起来,递给黎粲,"这是我晚上回家路上看到的白玫瑰和茉莉花,现在时间有点晚了,私自去你家不太好,但如果不早点送出去的话,明天可能就不新鲜了,所以我就坐在这里等你。"

"你……喜欢吗?"

黎粲没有格外喜欢过什么花,硬要说,那大概就是茉莉了。

因为邵轻宴送过她的那串茉莉花手串。

虽然她很早就弄丢了,但后来她每次在街边看到提着篮子卖茉莉花的老奶奶,总是会不自觉停下脚步,然后去买一串。

邵轻宴今天又送了她茉莉,虽然只是夹在白色的玫瑰花中间。

黎粲知道茉莉花的花语——"送君茉莉,请君莫离"。

半夜,她趴在床上想了很久,然后终于给邵轻宴发了一条短信。

黎粲:花挑得还行。

很简单的一句话,意味着她的矜持。

邵轻宴那边很快回过来消息。

邵轻宴：嗯，你喜欢就好。

黎粲看着这一句话，没忍住翻了个白眼。

原本还以为能多聊两句的，就这么被打断，她再也没有了任何和他聊下去的兴致，关掉手机，打算关灯入睡。

然而，下一刻，手机里又冒出了新消息提示音。

她忍了忍，实在没有忍住，还是打开来看了一眼。

果然是邵轻宴又给她发了新的消息。

是一张彩信模式的……

他的本周工作时间计划表？

黎粲稍稍挑了下眉，看着表上密密麻麻的工作安排，周一到周四几乎没有什么空闲，周五虽然内容看上去不多，但下午的那一栏明晃晃写着的两个大字是"出差"。

意味着他的周末又要全部泡汤。

黎粲不知道邵轻宴把这东西发给自己的意义，手指点着屏幕，直接打下一行大字，"钱有的是时间挣，命却只有一条"。

但是她仔细想了想，还是删了，换成了个问号发过去。

那边很快又传过来一句话。

邵轻宴：这是我这周的工作计划表，空闲时间，你都可以喊我来当你的司机。

你这张表上有空闲的时间可言吗？

黎粲是真的被气笑了，很想问他，但好歹是忍住了。

她又仔仔细细地研究了下他这份工作时间计划表，发现他细细密密的安排之下还真的有两个空闲的时间段，那就是明天和后天下班之后的两个夜晚。

但是后天下班之后他要去参加陶景然组的局，那也就意味着他本周其实只剩下明天晚上一个空闲时间。

黎粲想了想，指尖再度轻点屏幕，找到了自己这周的工作计划表，礼尚往来，发给了他。

和邵轻宴的不同，虽然黎粲闲了一周没有上班，但她的计划表上除了正常该上班的时间，还是没有给自己安排任何多余需要加班的项目，所以看上去相当空闲。

邵轻宴收到消息，浏览了一遍表格之后，直接抛来了问题。

邵轻宴：那明天晚上去看电影吗？

他好像一个活在二十世纪的中老年人，能想出来跟女孩子约会的活动除了吃饭，就只剩下看电影。

黎粲捧着手机，再度浅浅翻了个白眼。

但想想自己今晚收到的花，她没过多久还是答应了他。

这是两个人重逢之后第一次正经的约会。

一起去看电影之前，他们还顺便一起吃了个晚饭。

电影快开场的时候，黎粲等在一旁的休息区，看着邵轻宴去给自己买爆米花和饮料。

他走回来的时候，正好有两个穿着校服的女生从他面前跑过。

"快点快点，要迟到了，赶不上电影开场了。"

黎粲听见了其中一个女生甜甜腻腻的声音，然后又看见和她牵着手的另外一个女生一边一路小跑着，一边还不忘伸手在书包里翻找电影票。

普通高中的冬季校服基本都是臃肿又显肥大的款式，但是黎粲不知道是不是自己年纪到了，看着两个女生从自己面前过去，居然没觉得这校服有多丑，相反，她有点羡慕这两个女生。

羡慕她们青春。

还有，就算是一路奔跑，也紧紧握在一起，始终没有松开过的手。

她目睹着她们着急忙慌地找出了电影票，然后过了检票的通道，最终消失在她看不见的拐角。

"那是实验中学冬天的校服。"

邵轻宴不知道是什么时候走到黎粲身边的，手上提着一堆零食和两杯奶茶，目光跟她的方向一致。

闻言，黎粲回过头来看了他一眼，然后口不对心地说："那难怪，这么丑。"

邵轻宴不置可否，先把东西放到她面前的桌子上，然后去取票。

黎粲全程犯懒，坐在原地动也没动。

一直等到邵轻宴取完电影票回来，她才勉为其难地拿了一杯属于自己的奶茶。

海盐芝士红茶，三分糖，加珍珠。

她垂眸看了一眼，没有说什么。

检票进影厅。

还剩一个月到春节，现在这个时间点，其实没有太多的优质电影。

他们选了一部最近评分还不错的青春喜剧片。说是喜剧片，但是电影的开场居然是女主角遭到全世界的抛弃，一个人蹲在天台的角落哭。

黎粲面无表情地看了几分钟，不知道是不是因为女主角演技太差，还是故事梗太老旧的问题，一直没能看进去。

当电影开场五分钟之后，她打起了哈欠，十分钟不到，她的脑袋就渐渐枕到了邵轻宴的肩膀上，进入睡眠模式。

休息了一整个星期，回到工作室后忙碌了两天的疲惫，在这一刻向她全面袭来。

黎粲睡得很安静，无声无息地进入梦乡，就像是传说中的睡美人。

察觉到自己一边的肩膀突然多了点重量，邵轻宴自然而然地别过头看了眼。

看到黎粲紧闭的双眼时，他的心不自觉地牵动了一下。

和黎粲认识这么久，这似乎是她第一次靠在自己的肩膀上睡着。

邵轻宴有些错愕，随后便定定地看着她。

黎粲的脸很白，就算是在电影院昏暗的灯光下，也能一眼看得出。

她睡着了，面容很安静，没有什么大的动作，也没有什么奇怪的梦呓。和平时高高在上、永远冰冷的样子不同，睡着的黎粲看上去真的很乖，像个被呵护和保护到极致的瓷娃娃，脸上的每一寸肌肤都充满了岁月静好的味道。

邵轻宴偏着脑袋，就这么借着屏幕投射过来的光束，静静地打量了她许久。

直到电影里突然爆发的雷鸣声将他拉回到现实，他的目光才堪堪落回到大屏幕上。

他用围巾把黎粲的脸颊遮起来一点，不叫她受到光线的影响。

大屏幕里，女主角不知道因为什么事情，又跑进了大雨里。不过和开头那一幕不同的是，这一幕的她，是高兴的。

邵轻宴怔怔地看着屏幕，不可避免地想起自己曾经和黎粲分手的那个雨夜。

和黎粲提出分手的那一天，邵轻宴记得，雨好像也下得这样大。

他见不到黎粲，不知道当时的黎粲脸色究竟是怎么样的，只记得她在电话里哭得很大声。

她说,他们一旦分手了,她就再也不会原谅他了。

可是不原谅他,总要比跟着他一起和家里人作对来得好吧?

他永远记得孙微女士那天在电话里对自己高高在上的道歉——

"那件事情,是我误会你了,对不起。"

"但是这并不代表我就会接受你和黎粲之间的事情。"

"我们家在伦敦给她买的房子,距离她的学校很近,三千万。"

"她十八岁的生日,我们在香港给她买了两栋楼,记到了她的名下。"

"她这辈子过过最苦的日子,大概就是小时候有一次被我们送去了美国的夏令营,然后回来晒黑了一个度吧。"

"哦,你去过美国吗?你有护照吗?"

"保送Q大,听上去是很了不起,可我儿子是哈佛毕业的,我女儿也会是伦敦政经的高才生。"

"你要是真的喜欢她,起码应该有个几千万的身家之后再来和她谈恋爱吧?不然,难道要她每个周末都从伦敦飞回来看你吗?"

…………

后面的话还有很多,时隔五年之久,邵轻宴依旧能够很清晰地将每一句都背下来。

在此之前,他一直很疑惑,黎粲的脾气究竟是跟别人学的,还是天生就是这样的。

那天之后,他算是彻底明白了,黎粲的脾气其实和孙微女士一模一样,她们母女俩羞辱起人来,都是不会留一丝情面的。

那是七月的一天,盛夏,邵轻宴记得很清楚,他接到孙微女士电话的时候,邵沁芳刚做完全身检查出来,他坐在医院被空调吹得冰凉的椅子上,听着孙微女士一个字一个字地羞辱他。

可是好像也不算羞辱,她只不过是把事实全部摆在他面前,陈述了一遍而已。

电话的最后,其实还是孙微女士在恳求他。

"给她打一通电话,让她死了这条心,明天我就要送她去英国,我不想她到了英国之后还要死要活的,偷偷跑回来找你。"

"你要是真喜欢她,应该知道现在怎么做才是对她最好的。"

到底是一部喜剧电影,放到最后的时候,大家已经完全不记得前期女主角被全世界抛弃的悲惨遭遇了，只嘻嘻哈哈地笑着看她得到了五百万支票，以为是自己也得到了一样。

邵轻宴回过头去看黎粲。

她刚好开始转醒，不知道是听到了屏幕里女主角的欢呼声，还是被现实中大家的笑声给吵到了。

"醒了？"他稍微俯下身去问她。

"嗯……"

黎粲其实醒了有一会儿了，但知道自己是靠在邵轻宴的肩膀上睡着的之后，就有点不想起来。

总算是不能再装睡，她悄悄抬头，瞟了眼邵轻宴，扯下盖到自己脸上的围巾，问："放到哪里了？"

"快结束了。"

"哦。"

黎粲想，她果然不适合到外面的电影院，如果在家里，还能退回去看。

不过这种没什么营养的电影，好像也没必要去特地再看一遍。

她干脆就继续维持着靠在邵轻宴肩膀上的动作，眯眼休息，一直到电影结束。

等到影厅里灯光彻底亮起的那一刻，她才终于直起身体，旁若无人地伸了个懒腰。

"现在回家吗？"邵轻宴问她。

"不回家还能去哪儿？"

云城虽然是个夜生活相当丰富的城市，但黎粲不喜欢夜里在外面玩到太晚。

越晚越会感觉到空虚。

她是这样认为的。

毕竟刚刚睡醒，她起身后忍不住站在原地打了好几个哈欠，眼前变得雾蒙蒙的，看不清。

她动了动僵硬的脖子，然后下意识去抓身边邵轻宴的胳膊，想要他带着自己走出电影院，不想抓住的是他的手。

那么多年里，黎粲在梦里无数次与现实交织的画面，终于再度出现在她面前。

她怔在原地。

这一刻，居然莫名有点想要把手抽回来。

但是邵轻宴没有给她机会，他抓紧了她的手，宽阔的手掌和以前好像也并没有什么区别。

然而黎粲这些年除了在梦里，其实早就已经不记得邵轻宴从前牵着自己的感觉了。

她只知道，现在裹住她五指的这只手，温热、有力。

他一只手牵着她，另一只手上拎的是两个人整场电影下来几乎没怎么吃过的零食和奶茶。

"那我们回家吧。"她听见他对她说。

关于自己又陷入一场无法自拔的暧昧当中这件事，黎粲很清楚地知道。

约会过后的第二天，就是陶景然专程找邵轻宴组的局。

黎粲到底还是没有时间和林嘉佳解释自己同邵轻宴之间的关系，所以这天晚上，便和林嘉佳一起去参加了陶景然的聚会。

在抵达那里之前，黎粲一直以为陶景然组的局，只会叫他们几个熟人，没想到，在进门的一瞬间，她发现自己只认识一个陶景然，外加一个邵轻宴。

环顾一圈之后，黎粲便明白了，是陶景然把自己给耍了，这哪里只是他和邵轻宴的聚会，而是大半个他们实验中学的同学会。

她转身抬脚就想走，却被林嘉佳给拉住。

"哎哎哎，粲粲，你走了不就只剩下我一个了嘛，陪陪我陪陪我，回头我们再找陶景然算账！"林嘉佳趴在她的肩膀上，"何况今天陶景然主要想拉的就是你们家学霸，你不在，那多不好啊？"

闻言，黎粲瞥了林嘉佳一眼，到底是没再说什么，听着她的话，就这么坐了下来。

对于黎粲和邵轻宴之间的关系，林嘉佳一直都好奇极了，这么多天也不见黎粲和自己解释，落座之后便小声问道："怎么样，你俩现在进展到什么程度了？"

什么程度？

黎粲想了想，约会和暧昧，目前都还是没有名分的程度。

"没什么程度。"她回道，"和上回一样。"

"啊？"林嘉佳大为吃惊。上回她见黎粲哭得那么伤心，还以为邵轻宴过来之后，他们会有什么进展呢，这几天黎粲一直也没和她联系，她在家里等得可着急了。

她还想再问黎粲更多一些，但是看这喧闹的场合，又好像的确不是很合适，遂只能暂时作罢。

陶景然办的实验中学小型聚会，黎粲实在没什么兴趣，一整顿饭都是淡淡的表情。

而邵轻宴也没想过，这种聚会，陶景然会把黎粲也给喊来，一顿饭下来，他朝着黎粲看了不下几十次，生怕她玩得不开心。

陶景然今晚订的包间，是自带吃饭、唱歌、搓麻将于一体的。吃完饭，所有人就坐到了唱歌的沙发上，开始玩真心话大冒险。

邵轻宴猜对了，黎粲还真是一点都不开心。

她不想和一群一句话都没说过的人玩这种俗气的游戏，但是碍于陶景然和林嘉佳的面子，她只能坐了下来。她坐在陶景然和林嘉佳的中间，邵轻宴坐在陶景然的左手边。

大家投骰子，从那边沙发第一个人开始数点数，被数到的人就得接受惩罚。

第一局输的人，黎粲不认识。

第二局被点到的人，是林嘉佳。

因为是美女，所以大家习惯性地起哄了一会儿。

然而面前都是不太熟的人，林嘉佳当然选择了真心话，抽到的问题是"一共交往过几个对象"。

"六个。"她丝毫不避讳地说。

不少人又发出轻微哗然的声音。

就算是黎粲，也不禁挑眉看了她一眼。

虽然知道林嘉佳上了大学之后就开始交男朋友，并且那些男朋友经常被淘汰，但是听她说出总数来，黎粲还是有点惊讶。

看完了林嘉佳，黎粲不自觉又隔着陶景然撞上邵轻宴的眼神，和他默默对视了一眼。

他大学倒是没谈过恋爱。

她冷哂，此刻头顶五光十色的彩灯照在她的脸上，看不清是高兴还是不高兴。

骰子玩了一圈，第一轮，黎粲和邵轻宴都没有被点到。

倒是陶景然被点到了两次，问了些无关紧要的问题。

第二轮开始了,邵轻宴总算是被点到。

所有人都正襟危坐,想看看这位学霸会选择真心话还是大冒险。

然而……

"真心话。"邵轻宴没有一点波澜起伏的语气在包间里响起。

没有一点意外,很保险的选择。

众人纷纷感觉没劲,一看他的问题,更加感觉没劲了。

"大学谈过几个女朋友?"

"没有。"

"喊——"大家纷纷摆手,表示快进到下一位。

接下来刚好是邵轻宴投骰子。

他摇着骰子,在众人的注视下,投了一个"二"。

一……

从邵轻宴数起,第二个人正好是黎粲。

这个晚上第一次轮到被惩罚的黎粲,是个超级冷脸美女,在场不少人都看出来了。

她自从进门之后就几乎没有说过什么话,听陶景然说,她是他在思明国际的同学,今天正好一起来玩玩。

其实当年实验中学不少学生是听说过黎粲的,因为那次闹得很大的网暴事件。

虽然当时大家对这件事情各有看法,但这么多年过去,其实该忘的也忘得差不多了。

真心话和大冒险的卡牌,现在全部放在黎粲面前。

黎粲看了眼这两副卡组,今晚肉眼可见,其实玩大冒险的人不多。

一来是大家年纪到了,也没有那么爱刺激了;二来则是虽然是老同学,但其实这些年大家都没怎么见过面,很多人互相之间其实都不太熟了,大冒险也玩不出什么名堂。

但是黎粲还是抽了大冒险。

她亮出自己抽到的牌。

——亲吻位于自己右手边第三个人的脸。

右手边第三个是个男生,且黎粲并不认识。

看到她的卡牌,可以说,今晚全场的气氛在这个时候终于算是沸腾了起来。

黎粲觉得这群人实在是好笑。

她没再多看那个男生一眼,而是直接丢了自己手上的卡牌,气定神闲地抱胸靠在沙发上,说:"我的脚前段时间受伤了,刚好不能喝酒,有人帮我喝酒吗?"

不接受惩罚就得喝酒,这是真心话大冒险的规则。

只沸腾了两秒的气氛一下又降了下来。

男人们渐渐安静如鸡,坐在原地面面相觑。

"我来吧。"

突然,场上有三道声音同时响起,叫大家又迷茫地抬起了头。

众人循着声音望去,发现这三道声音分别来自坐在黎粲右手边第三个的男人、陶景然,还有邵轻宴。

等等……

邵轻宴?

大家不约而同全把目光放在了他的身上。

陶景然和黎粲熟,帮黎粲挡酒可以理解,黎粲右手边第三个男人毕竟是被点到的对象,也可以理解,可是邵轻宴……

他为什么?

因为看上了黎粲?

看够了邵轻宴之后,大家又都把目光落到了黎粲身上,想看看她会选择谁。

黎粲勾着唇看了眼面前这三个人,然后在众目睽睽之下伸出手,没有一点犹豫,把自己面前的酒杯放到了陶景然面前。

"谢了。"她对陶景然说。

"小事。"陶景然自然地帮她喝了酒。

这晚的聚会,大家没玩到多晚,主要是酒桌上的游戏玩多了大家也烦,不到十一点就散了场。

邵轻宴走到停车场,摁下车钥匙,和几个人告别之后就打算自己开车回家。

可是在他车子即将启动的刹那,车窗被人敲响了。

邵轻宴回头,见到是黎粲。

黎粲坐在他副驾驶位上,说:"刚才看你没有喝酒,麻烦顺便载一下我回家吧。"

邵轻宴当然没话说。

他刚刚以要开车为由，整个饭局都没有喝酒，只在黎粲输了的那一刻主动提出想要帮她挡酒，结果被她拒绝了。

邵轻宴看见黎粲坐在自己的副驾驶位上，穿着黑色皮裙，跷着二郎腿，一副慵懒又精致的模样，像只野猫。

他顿了顿，一时没有急着踩油门，而是先朝着黎粲探身过去。

他猝不及防地靠近，黎粲瞥了眼人，微微仰起了头，不知道他想要做什么。

结果下一秒，她就见邵轻宴的手臂越过了她，去帮她扯过了一旁的安全带，插进了扣子里。

黎粲问道："你就不问问我刚才为什么不喊你喝酒吗？"

"因为你想让我开车载你回去。"邵轻宴自顾自回答道。

黎粲笑了。

谁允许他这么回答的？

她没有告诉邵轻宴真实的原因，和他一起回家的一路上，车里都安静得很。

直到车子停在了悦城湾的地下停车场里，邵轻宴从驾驶座上下来，见黎粲还没有动身下车的打算，就走到她的身边，拉开了她的车门。

"回家吗？"他问。

黎粲终于挑起眉，说："邵轻宴，我不想回家。"

她身姿慵懒，靠坐在他的车座椅上一动不动。

"邵轻宴，我想去喝酒。"她眨了下长长的睫毛，又说道。

邵轻宴面色平静："不行，你的脚刚好，不能喝酒。"

"那你喝给我看！"

简直是相当无理的要求。

邵轻宴沉默地看着黎粲。他明天早上还要早起上班，今晚聚餐都没有喝酒，现在这么晚了，当然更不能喝。

然而黎粲也不肯退步。

两个人就开始这么悄无声息地僵持着。

终于，最后还是邵轻宴放低了自己的声音，问道："我给你做夜宵吃，好吗？"

黎粲又一次吃到了邵轻宴煮的面条。

不过这回不是在她家的餐厅里，而是在邵轻宴家的餐厅。

她坐在邵轻宴家的餐厅里，望着面前刚刚出锅的西红柿鸡蛋面，合理怀疑邵轻宴应该只会做这一种东西。

不然怎么每次给她做夜宵都只有这一种花样？

她这么想着，吃了两口他做的面条之后，也就这么问了。

"你是只会做面吗？"

"差不多。"

邵轻宴做饭的手艺，大多是跟邵沁芳女士学的。

只不过从前基本都是邵沁芳女士做饭，他的手艺真正派上用场，是在他去美国当交换生的那一年。

那一年，他刚到美国，并不是很能适应国外的餐饮习惯，外面的那些餐厅又贵又难吃，所以他就经常在宿舍里煮面，既方便，又便宜。

最开始的一个月，他给自己变着花样连续煮了近三十天的面条。

到最后，他自己还没吃吐，倒是他的室友一见到他拿出锅来，就吓得立马要跑。

黎粲听得发笑。

只不过笑过之后，她的脸颊上又露出一股苦涩。

邵轻宴出国的日子并不好过，她当然知道，但是这些事情，她从未听说过。

随意挑了两下面条，黎粲便和邵轻宴说道："我吃不完，你跟我一起吃吧。"

大概也是知道她其实不怎么吃得下，所以邵轻宴这回煮的面并没有多少，不到十口就可以吃完。

可就是这样少的一碗面，黎粲还是说吃不完。

邵轻宴便看着她。

最终，他没说什么，只是转身进去厨房，又去拿了一副碗筷，坐到了她的对面。

很少的一碗面，两个人分着吃，其实一个人吃两三口就结束了，但是邵轻宴也不知道他们到底吃了多久。

等到最后一口面汤也被分食完，黎粲才好像终于满意。

她起身，收拾好自己的大衣和包包，和他说了再见之后就利落地转身，打算回去楼上。

没有打算折磨邵轻宴的时候，黎粲的眼神总是干净又清澈的，她站在玄关处最后看了他一眼，那双眼里明明没有任何的意味，但又仿佛写满了意味。

只不过，在她转身的刹那，她听见身后有一阵急促的脚步声响起。

然后，她的手腕被人攥住。

"黎粲！"

黎粲回过身来，看着这个追赶上来的男人。

从来都表现得游刃有余、一脸平静的人，今晚是第一次在黎粲面前露出了有些不一样的神态。

从前，黎粲从未见过这样的邵轻宴。

她定定地仰视着他，看见他眉眼轻微低垂的同时，又染上了一股不可言说的沉寂与彷徨。

"我们……可以重新交往试试看吗？"

她好似终于听见了他低声的恳求。

第十六章 · 追求

邵轻宴回家的时候，是下班后的黄昏。

老旧的巷子里，邵沁芳女士正在厨房里烧菜，听见门口有响动，她直接从小厨房里探出头来看了一眼。

"轻宴？"

邵轻宴突然回来，没有跟她打过招呼，她脸上惊喜的表情一时无处可藏。

"嗯，妈。"邵轻宴把给她带的补品放在门口的桌子上，走进厨房，想看看有没有什么能够帮到她的。

邵沁芳女士却赶紧把他往外面推："不用你帮忙，是不是刚上完班就过来了？没事，你去那里坐着就好，突然回来也不知道提前跟我说一声，我好多买点菜。"

她一边数落着，一边又自己回到小厨房里，忙着去做饭。

邵轻宴无奈地站在厨房外面："就是下班了突然想着回来看看你，我自己也没做什么准备。"

邵沁芳头也不回："那你先坐会儿，我马上炒完这个青菜，再炒个肉，做个汤，晚上留下一起吃晚饭吧？"

"嗯。"邵轻宴答应下来。

邵沁芳不叫他进厨房，他只能先去把给她带的补品放到她平时吃药的地方，然后又脱下外套，回到自己的房间转了一圈。

自从上了大学之后，邵轻宴就很少回家了。

大部分时间，包括寒暑假，他基本都是住在北城大学的宿舍里，半工半读，只有过年或者很偶然的节假日，他才会抽空回来看看邵沁芳，给她买些补品，陪她去医院。

每次回来,他的房间都是一如既往的干净整洁,好像为了他偶然才回来的一两天,邵沁芳依旧每天都会打扫这间屋子。

站在自己从前的书桌边,邵轻宴习惯性地眺望了一眼窗外,依旧是这条老巷子。

其实在邵轻宴毕业的第一年,他就跟邵沁芳提议过给她换套新的房子住。他那个时候刚在华尔街做完自己的第一个项目,拿到了一笔奖金,再加上那些年他在大学里攒的一些钱,给她在云城买套新的舒适一点的一居室不是问题。

但是邵沁芳不要。

一来是心疼他挣钱不容易,二来是这么多年她都住在这里,真的已经习惯了。

街坊邻里全部都是她熟悉的样子,偶尔有点什么事,还能互相有个照应和帮衬,她觉得真的挺好。

邵轻宴也就没再提过。

邵沁芳做菜的速度很快,因为以前一个人带孩子,既要照顾孩子上下学,又要忙着上班挣钱,所以练出来了。

邵轻宴站在屋子里,没一会儿就闻到了厨房里持续不断飘出来的饭菜香味。

他转头的时候,刚好看见邵沁芳在把饭菜都往桌子上端。

"还做了个紫菜汤,你去端吧。"她终于指挥了邵轻宴。

于是邵轻宴快步走过去,把紫菜蛋汤从厨房里端了出来。

两菜一汤。

原本邵沁芳只打算给自己做个炒青菜,再加个汤就完事了,因为邵轻宴回来,她便又加了个小炒肉。

"将就着吃一点吧,我还赶着跟人去跳广场舞,只能委屈你了。"她笑了笑,同邵轻宴说。

邵轻宴也跟着笑了下,点头:"好。"

自从他上大学开始自己挣钱以来,邵沁芳就没有再去工作过了。

她身体本来就不好,干不了重活,只能跟着人去各种服装厂做流水线,计件收费。服装厂漫天飞舞的粉尘对咽喉和肺都非常不友好,所以家里没有那么缺钱之后,邵轻宴就叫她不要再去做了。

别人家的孩子上大学都是伸手从家里拿生活费,而邵轻宴上大学,不仅自己挣了全部的生活费,而且每年过年的时候还会给邵沁芳留出几万块钱。

那些钱其实足够邵沁芳一个人的生活了。

邵沁芳对于自己的身体也有数。她这些年多少也有些存款，邵轻宴给她的钱，她一分没动。

自从邵轻宴走后，她每天就是早起出门买菜，然后和巷子里的邻居一起坐着聊聊天，下午看会儿电视，睡个午觉，或者继续坐在树荫下跟人乘凉吹风，然后晚上去跳广场舞。

很悠闲，很自在，很惬意，也很舒服。

她自己很喜欢。

邵轻宴上次回来看她，是元旦那天。

那天他刚把从北城带回来的所有东西都搬到悦城湾，上午收拾好东西，下午回来看邵沁芳。

也是那一天，他刚从这边回到悦城湾去拿一份文件，打算晚上再去公司加班，然后就在下楼的路上碰到了黎粲。

邵轻宴垂眸看着母亲做的饭菜，吃了两口之后，好像是终于鼓足了勇气，说：“妈，我今天回来，其实是想跟你说点事情。”

好像也是有预感一样，邵沁芳女士马上抬头，表情还算镇定："什么事情？"

"我最近……在重新追求黎粲。"

"黎粲？"邵沁芳听到这个名字，顿了一下，只觉得有点陌生。

邵轻宴解释："是我高中毕业那一年，很喜欢的一个女孩子，是陈敏的朋友的女儿。"

说到高三和陈敏，邵沁芳的表情总算是有了点变化。

陈敏是陈泓的妻子，哦，不对，听说已经是前妻了。他们在那一年就离婚了，事情闹得还挺大。

这几年，陈泓不止一次来找过邵沁芳，说是想要弥补这么多年对邵沁芳和邵轻宴的亏欠，但是邵沁芳一次也没有搭理过他。

她知道，亏欠、弥补，不过都是他的说辞。

他是到了这个岁数，知道膝下只有这一个儿子，所以想要认回去给自己养老，并且给自己倒插门挣到的巨额家产找个继承人罢了。

"陈敏的朋友？"邵沁芳看着邵轻宴。

邵轻宴点头："是，就是上回陪着她一起来我们家的那个。"

也就是比陈敏还要趾高气扬，对着他们始终咄咄逼人的那一个。

"是她的女儿啊……"

邵沁芳一时不知道自己该做什么样的表情。

她知道邵轻宴高中毕业后有过一个很喜欢的女孩子，她当时还以为邵轻宴会跟人家谈恋爱，然后带回家来给她看看，没想到后来就没有了声息。

这么多年，也一直都没有消息。

"你是真的很喜欢很喜欢她吗？"邵沁芳慢慢地问自己的儿子。

"嗯。"邵轻宴认真地点头，"我跟她其实上大学之后就没有见过了，因为高三那年发生的事情有点多，我自己思想不成熟，她妈妈也不同意，我是最近回到这边之后才重新遇见的她……"

"那她也还喜欢你吗？"

"她……"邵轻宴迟疑了下。

昨晚，他跟黎粲表白了，但是黎粲没有同意。

其实他大概能猜到这个结果。

当初说分手的人是他，现在想要重新交往的人也是他，天底下哪里有这么好的事情，尤其黎粲还是个一点亏也吃不得的小公主。

"我也不知道她最后会不会愿意再和我在一起，但我想先试试。"

好像是从来没见过自家儿子这么犹豫的样子，邵沁芳倒是不自觉地笑了下。

"是吗？"

"嗯。"

"那你去吧，我没什么不同意的。你既然喜欢她，就去追她。"邵沁芳说，"不过，她家里应该也挺有钱的吧？还有她爸妈……这些我都帮不了你，你要是真的想和她在一起，以后都得靠你自己努力让他们家同意才行。"

"这些我都知道。"听到这里，邵轻宴好像才终于如释重负，"我今天过来，主要就是想和您说说这个事情，以后有机会，我也会带她回来看你的。"

"好，我知道了，快吃饭吧，菜都要凉了。"

终于把话说开了的母子俩，在相视一笑过后，又继续吃着一顿难得团圆的晚饭。

吃完饭后，邵沁芳要赶着去跳广场舞，洗碗的事情就自然而然地由邵轻宴接了过来。

邵轻宴站在自己熟悉的水池前，洗完碗，重新穿上大衣的时候才有工夫看一眼手机。

黎粲两分钟前给他发了条新的短信。

黎粲：你今天晚上是不是要加班来着？

她之前看过他的本周工作计划表。

他轻轻勾着嘴角，给她回复。

邵轻宴：今晚不加班了。

然后又加了一条。

邵轻宴：可以来给你当司机。

黎粲没过一会儿就回了过来。

黎粲：但是很可惜，我今晚已经回家了。

黎粲：所以直接回来给我做晚饭吧。

邵轻宴轻笑着看着她的回答，一边关上家门往楼下走，一边直接拨通了短信页面最上方，显示的黎粲的电话。

"喂？"很快，黎粲的声音仿佛罩了一层清凉的薄雾，从电话里传了过来。

"黎粲，我今天回了一趟家。"邵轻宴直接告诉她。

黎粲那边顿了一下，很快就反应过来他说的家是哪个家。

"然后呢？"

他昨天刚跟她表白，今天就回家，黎粲的心不免揪了起来。他不会是又想起了当初她羞辱过他的事情了吧？他后悔了？他想反悔了？

"然后……"

黎粲慢吞吞地从沙发上坐了起来，神情有点情不自禁的严肃，仔细听着电话里那个清冽的声音。

邵轻宴好像在外面走路，偶尔能听见一些嘈杂的人声，间或有寒风的呼啸。

她捧着手机，正襟危坐，只听见电话里那个熟悉的声音再度传来："然后，我跟我妈妈说了我们的事情，我说我想再追你一次，她同意了。"

夜色中悦城湾的第三十三层，灯光不明亮。

在等待邵轻宴回来给自己做饭的间隙，黎粲打开了一部电影，然后无法控制地，还是开了一瓶酒。

果酒，虽然没什么度数可言，但是喝多了也容易上脸。

一瓶，一瓶，接着还是一瓶。

在黎粲自己都没有意识到的时候，她已经连续喝完了三瓶果酒，但是脑海中邵轻宴的话还是挥之不去。

"我说我想再追你一次，她同意了。"

这简直比昨晚的告白还要叫人心悸。

黎粲每每回想起来，都不得不暂停呼吸才能叫自己慢慢冷静下来。

她是真的从来没有过一次，会因为别人的一句话这么彻彻底底地呆愣在原地。

门口终于响起了"叮咚"的铃声，她坐在沙发上，又愣了几秒之后才后知后觉去给人开门。

果不其然，门外站着的是邵轻宴。

他好像还在回来的路上买了菜，大衣裹得严严实实，手上拎着好几只塑料袋。

开门的一瞬间，黎粲便仿佛感到了他带回的满身寒气，不禁打了个哆嗦。

邵轻宴站在门口，看到穿着真丝吊带睡裙就来给自己开门的黎粲，也愣了一下，然后再看到她已经爬满红晕的脸颊，震惊直接放到最大。

"黎粲，你喝酒了？"他问道。

黎粲有点心虚。

因为她之前好像和邵轻宴承诺过，等他过几天出差回来再跟他一起喝酒的，但她今天实在是有点忍不住。

说实话，昨晚那种场景都没有喝酒，她已经很能忍了。

"你磨磨蹭蹭的，到现在还没去出差，那我怎么知道你回来是哪一天？我想喝，当然现在就喝了呗。"

黎粲转身，与邵轻宴的眼神回避得理直气壮，话说得也是莫名的理直气壮。

邵轻宴有些无奈，把手里提的菜先放到一边的玄关柜上，然后脱下大衣，换上拖鞋，才跟在她身后走进客厅。

因为正在放电影，所以客厅里的光线很昏暗，叫人实在看不清什么。

黎粲直接光着脚，回到了沙发上。

邵轻宴走到她身边看了眼电影，几乎铺满整面墙壁的屏幕上，放的正是2005年上映的那版《傲慢与偏见》。

凯拉·奈特莉盘着英伦乡村味道的长发，正行走在一望无际的田野间，画面慢慢地由远及近，特写到她的脸……

这是黎粲最喜欢的一部电影。

邵轻宴知道。

从前他和黎粲每天晚上挂着电话各自做自己的事情的时候，他就经常能从她的电话里听到这部电影的声音。

"Prejudice let you can't accept me, pride let me can't love you（偏见让你无法接受我，傲慢让我无法爱上你）。"

至今仍旧能够不断传颂下去的名句，的确值得反复回顾。

他站在沙发边，不禁也跟着看了一会儿，而后目光慢慢下垂，好像才被面前茶几上的东西吸引。

这是几个空瓶子。

一个，两个，三个……

嗯，很好，原来黎粲不仅喝了酒，还一口气喝了三瓶。

邵轻宴悄无声息地抬脚，把这些空瓶子全部扔到了一边的垃圾桶里，然后又直接把她还没拆的几瓶酒放回到厨房旁边的酒柜上。

他回到客厅的时候，黎粲正好在盯着他瞧。

忽明忽暗的光线下，她的侧脸精致，又莫名写满忧郁。

"还吃晚饭吗？"邵轻宴脚步顿了一下，又去把买来的菜提到厨房里。

"吃。"黎粲把目光转了回去。

蓉姨今天请假了，因为她家的小孙子好像生病了，她儿子和儿媳妇最近都忙得很，只能她去照看。

邵轻宴无声无息，开始给黎粲忙活晚饭的事情。

因为黎粲刚喝了酒，别的东西估计也吃不太下，所以他打算煮点粥。

他把原本买回来准备炒菜用的活虾一只一只剥好，然后又从冰箱里找出了一盒已经剥成粒的玉米，给她做了一锅玉米虾仁粥。

等粥煲好的间隙，他终于坐在沙发上，和黎粲一起看了会儿电影。

"这是我最喜欢的一部电影。"

慢慢地，慢慢地，黎粲不知道怎么回事，就靠到了邵轻宴的肩膀上。

屋子里开足了暖气，所以只穿了一件真丝吊带睡裙的人也根本不会感觉到冷，但邵轻宴低头瞥了她一眼，还是稍稍给她裹了一条毛毯。

黎粲也不反对，就这么一边裹着毛毯，一边继续和他聊自己每回看这部电影的感受。

"……我最开始想去英国,其实也是因为这部电影,那个时候我还不知道伦敦时装周、伊丽莎白塔,我只知道这里面的画面好美,我想去这种地方生活,想去这种地方念书。

"然后那年暑假一到,爸妈就真的带我去了。

"去到英国之后,我才知道,原来根本不是这样的,伦敦也跟云城一样,到处都是讨人厌的高楼,到处都是伪装笑容的精英白领。

"电影里的画面,只在特定的乡下才会有。

"那一年,我大概八岁吧……"

从小没什么烦恼的小公主,除了时常见不到自己的爸妈,人生中遇到的第一件烦心事,就是被电影骗了,误以为英国都是这样的腔调,满地都是这样的风情。

"所以我后来再看到法国庄园电影、美国乡村电影,通通不会再去信了。"她义愤填膺地说。

邵轻宴听完她的描述,不禁发出了一声轻笑。

"你笑什么?"黎粲裹着毯子,突然又正襟危坐起来,一脸严肃地看着邵轻宴。

邵轻宴怔了下,刚刚上扬的嘴角又不得不压下去一点。

"我没笑。"他看着黎粲。

"你笑了!"黎粲却笃定道,"邵轻宴,你笑话我!"

"我没有。"

邵轻宴发誓,他平时真的很能忍得住笑意,但是今天不知道怎么回事,是单单因为黎粲描述的经历,还是因为别的?总之,他在黎粲的质问之下,嘴角居然没有忍住,渐渐又上扬了回去。

甚至,连他的眼底都已经爬上了很明显的笑意。

黎粲抓住了他的错处,也不管三七二十一,直接裹着毯子扑到了他的腿上。

"邵轻宴!"她无理取闹道,"你刚刚才说要追我,现在居然就敢笑话我了,那你以后还有什么是不敢做的?嗯?"

又是相当没有道理的质问。

邵轻宴笑着扶好她的腰,生怕她从自己的腿上掉下去。

"我真的没有笑话你。"他坚持道。

"那你刚刚在笑什么?"黎粲看似天真地逼问道。

"在笑……"

邵轻宴也不知道该怎么跟她解释自己现在的心情。

屏幕上是安静的电影，厨房里是刚刚煲好的热粥，现在是周四的晚上，马上就到周五，而他的腿上坐着的，是他喜欢了很多年的女孩子。

而且，他几个小时前还刚刚得到了他妈妈的同意，可以放心地去追求这个他喜欢的女孩子。

"粲粲。"

又有很久没有提起过这个称呼了。

邵轻宴慢慢搂紧黎粲的腰，逐渐收敛起了笑意，和她宁静地对视着。

现在黎粲的脸上，酒精带来的红晕比刚才更加明显了一点，但她知道自己还没醉。

她也相当清楚地知道自己现在在做什么。

她在和邵轻宴胡搅蛮缠，在和他发泄自己迟来的快意。

她坐在邵轻宴的腿上，上半身还裹着毯子，但是毯子底下，是真丝吊带的睡裙，还有若隐若现的锁骨。

她和邵轻宴安静对视了好一会儿，然后突然动了动自己的四肢，朝他靠得更近了一点。

"黎粲……"

她又听见邵轻宴在喊她。

黎粲歪了歪长长的脖颈，朝邵轻宴继续露出天真又无害的表情，下一秒，她清清楚楚地看见邵轻宴的喉结动了下。

"我去看看粥好了没有。"

他抱紧黎粲的腰肢，想要把黎粲先放到沙发上去，但是黎粲好像就是故意存了坏心思，直接揽着他的脖子不肯放。

"黎粲……"邵轻宴不得不又喊了她一声。

"粥要好了。"他说。

"嗯。"黎粲听到了，却依旧无动于衷，"然后呢？"

"然后……我先去看看粥。"

不知道从什么时候开始，邵轻宴已经不再看向黎粲，目光转移到别的地方，半边耳朵却无可避免地暴露在黎粲的眼皮底下。

黎粲盯着他不断泛红的耳尖看了许久，然后终于满意地笑了。

她总算主动从邵轻宴的腿上滑了下去，裹紧毯子坐到了沙发的另一边。

邵轻宴连衣摆都没有理，直接迈着长腿起身。

他明明是和平时一点差别也没有的走路姿势，但是黎粲望着他的背影，总觉得他今晚的样子像极了落荒而逃。

接下来的电影放到了哪里，黎粲没有心思去关心。

反正是她已经看过上百遍的电影，其中每一句经典台词她都已经能倒背如流。

邵轻宴去厨房里把粥给她端上来，然后叮嘱道："小心烫。"

她点点头，一边看着电影，一边喝粥。

邵轻宴就这么安静地坐在她的旁边，继续陪着她。

这是周四的晚上。

黎粲之前从来没有一次觉得，原来周四也是这么值得期待。

吃完晚饭，她靠坐在沙发上，终于觉得困倦，打了个哈欠。

邵轻宴把她的碗端走，自觉去厨房里收拾干净。

等他再回到客厅的时候，黎粲已经靠坐在沙发上睡着了。

邵轻宴把她的毯子剥下来，伸手把人打横抱回了卧室。

黎粲睡着了很安静，被人抱回到床上的一路不吵不闹，只是在被轻放到床上之后，才好像依依不舍地抱住了邵轻宴的胳膊。

邵轻宴看了她一眼，先替她把脸颊上散乱的长发拨开，然后才小心翼翼地把自己的胳膊抽出来，替她披好被子。

等到一切忙完，他又回到厨房，给她接了一杯温水，放在床头。

临走前，他蹲在黎粲的床边，最后又打量了她一眼。

她双眸紧闭，柔顺的长发如泼墨一般，那截暴露在外的脖颈好像永远都精致到无以复加。她就算睡着了，也依旧像一只美丽到高不可攀的黑天鹅。

他蹲在床边看得出神，忍不住俯身用嘴角碰了碰她的手背。

窗外的月色斜斜地照进来，世界上好像再也没有比这一刻更加能够打动人心的了。

周五，邵轻宴如他计划表上写的一样，飞到了广州出差。

黎粲的脚好了差不多一个星期了，终于可以和林嘉佳、陶景然他们聚一下。

也不知道邵轻宴是和谁学的，到了广州的第一天，就给她发了一张和同事一起吃肠粉的照片。

黎粲收到了消息，没有急着回他。

邵轻宴也不管。

第二天，他照旧给黎粲发自己的三餐照片。

第三天，也是一样。

到了第四天的时候，倒是有些不一样了。

三餐变成了一点也不规律的两餐。

黎粲知道他应该是开始正式忙起来了。

按照计划，邵轻宴需要在广州待上差不多整整一个星期的时间，和陆敬文一起考察三到四个项目。

他们白天考察各家公司，记录各种数据、报表，晚上就在酒店里忙着做风险评估报告，对各家公司进行精准的数据判断，可以说是一点空闲时间也抽不出来。

有几次，他忘记给黎粲发自己吃饭的照片，但那不是因为他忘记了发，而是他压根连自己需要吃饭都不记得。

黎粲这晚在工作室里忙到很晚，打开手机一看，邵轻宴今天果然又没有给她发消息。

工作室里两个最年轻的小姑娘只比黎粲小一岁，正结伴准备下班，说着待会儿要一起去吃夜宵的事情。

黎粲正好肚子也有点饿了，就问道："你们去吃什么夜宵？"

"鱼粉！"两个小姑娘异口同声道。

黎粲愣了下，她这辈子只吃过一次鱼粉，就是邵轻宴曾经带着她去过的那次。

是一家藏在路边小吃街里的店铺。

她站在原地想了一下，好像已经记不起当初那碗鱼粉是什么味道了，只记得那天她和邵轻宴两个人分吃一碗，怎么吃都感觉很好吃。

于是在回家的路上，她特地喊司机绕了路，找了附近最近的一家鱼粉店，去买了一碗鱼粉。

她提着鱼粉回到了三十三楼。

忙碌了一天，晚上还加了班的黎粲坐在桌边，打开鱼粉的一刹那，期待着香气扑鼻，还有迎面而来的色香味俱全。

但是没有，出乎黎粲的意料，她面前的这碗鱼粉，最上层铺满了花生和葱花——都是她不吃的东西。

想起当初和邵轻宴一起吃的那碗，好像明明不是这样的……

黎粲撕开塑料袋包装好的筷子，把面前这碗鱼粉上的葱花和花生一点一点地挑干净。

前前后后忙活了好几分钟,总算大功告成。本来以为应该终于可以吃了,她突然又发现这碗鱼粉并没有鱼片。

好像不信邪,她握着做工粗糙的一次性筷子,仔仔细细地把塑料碗翻了个底朝天,发现是真的没有鱼片。

还以为是老板忘加了,她只能将就地先吃了一口。

才一口,刹那之间,黎粲好像又意识到什么一样,打开了外卖软件。

她随便找了一家鱼粉店,点了进去,看见点单页面明明白白地写着"原味玉米鱼粉,10元,加一份鱼片,8元"。

她望着这个点单页面,顿了很久。

加一份鱼片,8元。

她今晚的鱼粉,显然是没有加鱼片的,那她当初吃的那份……又是加了多少鱼片?

面前的鱼粉依旧在不断地冒着热腾腾的香气,黎粲握紧筷子,怔在桌边,忽然一点胃口也没有了。

一直等到面前的鱼粉彻底凉透了,成了坨,她才把它用塑料盖子重新盖上,丢到了厨房的垃圾桶里。

她慢慢坐到沙发上,握紧手机,给邵轻宴打了个电话。

他好像是真的很忙,就连晚上十点多的电话也接得有点迟。

"喂?"他惯常清冽的声音,这回好像透着浓浓的暗哑和疲倦。

不知道为什么,黎粲抱着手机,没有说话,居然先吸了吸鼻子。

电话那头的人顿了下:"黎粲?"

"嗯。"黎粲蜷缩在沙发上,"邵轻宴,你最近是不是很忙啊?"

邵轻宴把手机放在桌上,双手还在不断敲打着笔记本的键盘。

听到黎粲的问题,他沉默了下,然后告诉她:"是,最近有点忙。"

"很忙很忙吗?"

"嗯,很忙很忙。"

邵轻宴不明白黎粲是怎么了,从她寥寥的几句话里,他好像隐隐可以听出来她今晚不是很开心。

他于是慢慢停下了数据分析的动作,拿起手机认真地问:"黎粲,你怎么了?"

"没怎么……"

黎粲抱着手机,看上去有点难过,但她其实也不知道自己打电话给邵轻宴是想做什么。

想做什么呢?

想告诉他,自己刚刚点了一碗鱼粉,里面居然一片鱼肉也没有?想问问他,为什么不早一点说想吃鱼肉是要额外加钱的?还想问问他,为什么也不告诉她,鱼粉里默认要加葱和花生,那样根本一点也不好吃。

黎粲沉默了一会儿。

她彷徨地坐在客厅的沙发上,捧着手机,心里想过的话万千,到最后却是一句也没能说出口。

"邵轻宴。"

眼角隐隐又有些胀痛了。

黎粲捧着手机,赶紧拿远了一点,说:"我就是想,等你回来的那天,你再跟我表白一次吧。"

再跟我表白一次,说不定,我就答应你了。

邵轻宴听到这里,呼吸忍不住轻微一滞。

"好。"他答应黎粲。

邵轻宴挂断电话,回过头来,正好撞见陆敬文紧盯着他的眼神。

他回敬了陆敬文一个眼神,拉开椅子坐下,继续若无其事地办公。

陆敬文却干脆直接丢了手里的文件,忙碌了一天,脸上难得真实地流露出些许玩味的表情,看着他:"女朋友?"

邵轻宴抬头,瞥他一眼。

"想忙完赶紧回家?"

邵轻宴把键盘重新敲得"噼里啪啦"响,但还是没有说话。

"哎,你这就不讲义气了啊。"陆敬文数落道,"我平时谈恋爱,哪个没有跟你们说过?快说说,你刚刚电话里的声音我怎么听上去有点耳熟呢?到底是谁啊?是不是我认识的女生?"

有时候,男人八卦起来是真的没有女人什么事,尤其是对着文件和客户看了一天的男人。

邵轻宴兀自拧开一边的矿泉水瓶,喝了一口,说:"既然那么想知道,那就赶紧先把这些资料做好,帮我一把,让我尽量能早点回去见到她吧。"

按照他们目前的进度,最快跟对方签合同的时间也得是后天早上。

"啧啧……"陆敬文听邵轻宴总算是承认了,不禁又有点酸掉了牙,

"早点回去见到她……年轻就是好啊，还有想要早点回去见到的人。"

说得他自己年纪有多大似的。

邵轻宴瞥他一眼，没有再说话，只是原本就足够专注的神情又变得更加认真，敲键盘和看文件的速度都比之前快了一倍不止。

而黎粲挂断电话，又坐在客厅里发了好一会儿呆。

第二天早上起床，她实在懒得去上班，干脆打电话给助理，给工作室全体员工都放了假，自己则是收拾东西，回了一趟家。

不是悦城湾一号，而是西郊庄园。

很难得，孙微女士今天居然也在家，看见她回来，还有些惊讶。

母女二人打过招呼之后，黎粲就去了楼上自己的房间里，翻找着什么东西。

孙微上楼来敲响她的房门时，只见地上摆着一只行李箱。

"今天很忙吗？"孙微问道。

"还好。"黎粲只是回家来拿点东西，并没有别的事。

"那待会儿跟我一起参加个聚会吧。"孙微说，"就在陶家。"

必定又是一群富太太的聚会。

黎粲了然于心，点点头："知道了。"

虽然不是很情愿，但她知道，既然孙微女士跟她开这个口了，她要是拒绝，得到的脸色就必定不会太好。

孙微女士听到她的话，果然满意地点了点头："那就半个小时，我在楼下等你。"

精明能干的女强人，每一分每一秒都要精准地计算到位。

黎粲只能加快收拾东西的速度，在半个小时之内换好了一身适合聚会的衣服，提着自己的行李箱出现在楼下。

她喊司机先把行李箱放到了她的车上，然后才跟着孙微女士出门。

去陶家的距离不远，本来两家就是住同一个小区，上车没几分钟就可以下车了。

只是车上的一路，都如意料之中的缄默。

黎粲和孙微女士日常并没有太多的话要讲，从小就没有，现在她长大了，都搬出去住了，当然更加不会有。

黎粲因为许久没有见到过陶景然的妈妈了，所以一进门，就被她拉在身边好一阵嘘寒问暖。

客厅里坐着不少贵妇人，见到孙微和黎粲来了，都忙不迭起身，纷纷挤到了两人周围，你一句我一句恭维攀谈了起来。

直到终于在沙发上坐了下来，黎粲才知道今天大家聚会是为了什么——

相亲。

这里的每个太太膝下都有适龄的未婚子女。

万幸，孙微女士今天是为了黎谈来的，而不是黎粲。

黎粲只是她叫来做参谋的。

在午间阳光下的花园长桌聚餐，太太们你一言我一语，互相讨论起自家孩子是哪所大学毕业的，现在又在做着什么样的工作，或者是在家里公司担任着什么样的职位。

黎粲听得无聊且犯困，眼看着眼睛就要闭上了，坐在她身边的一位太太突然拉住了她的胳膊："粲粲是做什么工作的？刚刚听说你是英国毕业的，可巧，我家孩子也是在伦敦念书回来的，伦敦国王学院。"

"是吗？"

黎粲不得不强撑起精神，又浅笑着回复了一句。

"是啊，他叫韩霖，不知道你有没有听说过？也就比你大了两岁。"

"韩霖啊……"

黎粲听说过，不仅听说过，而且还在伦敦一起约会过，不仅在伦敦一起约会过，而且现在还互相有着微信。

但是当初为什么没有看上他，黎粲忘记了。

她保持着礼节性的微笑，敷衍地应付着自己身边这位韩太太。可是这位韩太太的嘴巴就如同机关枪一样，一旦找到了话题，就根本停不下来了。

黎粲听了一会儿，终于再也听不下去这位韩太太的讲话，直接借口自己想要上洗手间，暂时离开了这场聒噪的聚会。

她站在洗手间里无所事事，干脆玩起了手机。

邵轻宴今天依旧没有给她发消息。

微信五个人的小群里，林嘉佳倒是刚刚好在群里晒了一张机场的照片，还发了一条语音。

"家人们，去延吉取景了！"

黎粲站在镜子前刷着手机，看着林嘉佳发的机场照片，鬼使神差地，居然下意识打开了订票的软件，看起了今天最近一班去往广州的航班。

意识到自己在做什么的时候,黎粲觉得实在是荒唐。

邵轻宴明明昨天电话里就已经说过了,顺利的话,大概明天就能回来,她今天飞过去,岂不是多此一举吗?

但是……

想去吗?

想。

想要现在就见到他吗?

想。

她在镜子前伫立良久,最后好像是终于下定决心,买了一张下午三点飞往广州的机票。

这是黎粲最疯狂的一次。

她从洗手间里出来,没有再回去聚会,而是直接走到大家统一放置包包和衣服的地方,拎起了自己的东西,然后一声不吭离开了。

等到了机场之后,黎粲才先斩后奏,给孙微女士发了一条消息,说自己是工作室临时有事,不得不离开。

孙微女士回复了什么,黎粲没有心情再管。

她在机场商务座的休息室里一等就是两个多小时,等到终于能够上飞机的时候,她最后看了眼航班抵达广州的时间,然后把手机关上了。

她没有告诉邵轻宴,自己要去广州。

下飞机的时候,她站在广州比云城暖和了不知道多少倍的空气里,才终于拨响了邵轻宴的电话,但是没有人接。

黎粲不知道他是不是还在谈合同,或者在忙别的什么事情,等了十几分钟之后才又给他拨了一通电话,但还是没有人接。

激烈跳动了一下午的心脏,好像到了这个时候才终于知道要冷静。

黎粲面无表情地坐在机场的餐厅里,看着被自己一路拖过来的行李箱。

这些东西,原本是她打算带回到悦城湾的,但她当时没有时间,所以就直接带了过来。

她坐在餐厅里,对着面前已经冷掉的食物,又一次不信邪地拨出了邵轻宴的电话。

这一次,铃声在响过十几秒之后,总算是变成了真实的人声。

"喂,黎粲?"

邵轻宴刚下飞机,关闭飞行模式之后就接到了黎粲的电话。

对面黎粲的声音好像很委屈，又很冷，透着一股深深的凉意。
"喂，邵轻宴，你忙完了吗？你现在在哪里呢？"
邵轻宴看了眼自己面前出站口的牌子，云城的天气，就是比广州要冷很多。

他昨晚在接到黎粲的电话之后一宿没睡，把原本应该今天白天做的内容全部提前敲定了。

今天上午，他和陆敬文一起，与最后一个项目的负责人签订了合同后，就直接拉着行李箱赶去了机场。

他站在云城机场人来人往的大道上，呼出一口浓白的雾气，说道："黎粲，我到云城了。"

黎粲握紧手机，直接愣在了原地。

从广州飞回云城的时间是两个半小时，从云城飞回到广州的时间也是两个半小时，从下午三点多到傍晚五点多，从傍晚五点多到晚上十点多。

邵轻宴的人生当中，即便再忙，但好像也从来没有过这么着急的时刻。

当他提着行李箱再度赶回广州时，终于看到了坐在机场角落里等着自己的黎粲。

那一刻，他觉得好像浑身上下所有的疲惫、所有的劳累、所有的风尘仆仆、所有的筋疲力尽，都一扫而空。

他站在原地，远远地看着黎粲。

在机场足足等了五个多小时的人，单从身影看上去，就是肉眼可见的憔悴。

广州没有云城冷，但现在已经是晚上十点多了，就算再暖和，也免不了会挨冻，受到无尽的冷风吹。

黎粲围着围巾，坐在机场冰凉的椅面上。

哦，不对，现在已经不冰了，这椅子早就被她给焐热了。

她抬头，想要看看邵轻宴究竟到没到，然后在抬眸的一瞬间，看见了站在自己面前的身影。

在机场源源不断的冷热交加的空气里，两个人终于四目相对，眼里尽是只有彼此才能读懂的意味。

邵轻宴扔了行李，无奈地朝着黎粲笑了笑。

黎粲坐在椅子上，终于也朝着他笑了笑。

紧紧相拥的一刹那，两个人都用力到好像要把对方揉碎，摁进自己的骨血里。

五年，整整五年都没有再体会过的拥抱，在这一刻终于姗姗来迟。

黎粲靠在邵轻宴的怀里，眼角好像又有眼泪要翻涌出来，不可遏制。

但她真的很讨厌哭泣。

这样显得她很脆弱，显得她一点也不坚强。

她真的一点也不想要哭泣的。

"你为什么回家都不跟我说一声？你敢不敢来得再迟一点？你知道我在机场等了你多久吗？谁叫你提前回去的？你都没跟我说过，你知不知道你这样子真的很讨厌？"

黎粲只能去责备邵轻宴，试图把泪水暂时逼退回去。

然而，她捶着邵轻宴的肩膀，越说到后面越发现自己的委屈已经越来越真情实感，根本控制不住。

她的话音不可遏制地带上了哭腔，然后理所应当地被邵轻宴发现。

从下飞机到现在，还没有说过一句话的男人，总算在这个时候又露出了一点担忧的情绪，松开了黎粲的肩膀。

"对不起，粲粲，是我没有提前跟你说好，对不起。"

他捧着黎粲的脸颊，粗糙的指腹尽量轻柔地去摩挲她的眼角，真心实意地跟她道歉。

然而黎粲难堪地别开了脸，并不想理他。

邵轻宴只能又去牵她的手："这么晚了，在机场等是不是很累了？我们先去酒店休息一下好不好？就先在附近找家酒店。"

黎粲还是没有看他，但点了点头。

邵轻宴于是一手紧紧地牵着她，一手把两个人的行李箱并在了一起，带着她走出了航站楼。

两个人找了一家距离机场最近的五星级酒店。

办理入住的时候，邵轻宴并没有多想，直接开了两间房。

黎粲默默看了他一眼，没有说话。

一直等到了楼上，邵轻宴先帮黎粲把行李箱放到了房间里，黎粲才坐在沙发上问他："你待会儿过来吗？"

邵轻宴手里拿着自己的房卡，看着她。

黎粲又说:"我还没有吃晚饭,待会儿想要吃夜宵,你陪我一起吃一点吧?"

"好。"

这样的理由,邵轻宴当然是没有拒绝的余地。

何况……他的确也不想拒绝。

他回到自己的房间,先把行李箱放好,一路的奔波叫他现在看起来实在有点憔悴,他洗了把脸才又回到了黎粲的房间。

黎粲坐在沙发上一直没动,等邵轻宴敲响了她的房门,才终于穿上拖鞋去给他开了门。

站在门内和门外的两个人对视着,一时竟然又有些不知道该说些什么好了。

黎粲问道:"我晚上想吃烧烤,你有什么想吃的吗?"

"我跟你一样吧。"邵轻宴说。

黎粲于是点了点头,把他先放了进来。

邵轻宴开的是两间最高规格的豪华大床房,卧室和客厅是专门隔开的。

两个人一起坐在客厅的沙发上。

撤去一开始相见时的冲动,现在终于互相安静下来的两个人,感觉有些尴尬。

这种尴尬,不是相对于陌生人的尴尬,而是明明知晓彼此心意,却不知道该怎么宣之于口的尴尬。

"粲粲。"

终于,邵轻宴先开口。

他的双眸还是和惯常一样的冷静,只是在看向黎粲的时候,不免染上了许多说不清道不明的意味。

"你还愿意……跟我在一起吗?"他再一次认认真真地问道。

黎粲没有说话,用从见到他之后就一直湿漉漉的眼睛看着他,像一只纯真的小鹿一样。

"等你回来的时候,再跟我表白一次吧。"

——黎粲当然记得自己曾经说过的话。

她也根本就不用思考就能知道自己的答案。

她看着邵轻宴,好像在回忆先前和他在一起的点点滴滴,又好像在回忆当初雨夜里那通逼着她不得不分手的电话。

从前到现在，没有人比黎粲自己更清楚，她等邵轻宴的这一句话等了有多久。

真的很久很久。

她定定地看着邵轻宴，到最后，想要找出一些他的缺点，找出一些叫自己不要接受他的理由。

但是没有。

只要他站在那里，只要是邵轻宴站在那里，她就永远都会无法自拔地去靠近他，然后爱上他。

黎粲自始至终都无比清晰地知道。

她终于忍不住了，直接扑上去咬住了他的唇，所有的情绪爆发都只在一瞬之间。

邵轻宴揽住黎粲的腰，直接将她抱到了自己的腿上。

很久很久之前，黎粲曾经做过一个梦。

梦里是邵轻宴抱着她，陪她站在衡山路永远也看不见尽头的梧桐树下拥吻。

姿势应该和现在差不多。

也不对，应该差很多。

因为他们现在是面对面坐着的，没有梧桐树，也没有衡山路，甚至连他那辆破旧的自行车都没有。

他们抱着彼此，只有彼此，好像也只剩下彼此。

这么多年没有再见过面的思念，还有五年来念念不忘的执念，疯狂侵袭着两个人的大脑，叫谁都无法彻底冷静下来。

黎粲窝在邵轻宴怀里，不知不觉又落下了眼泪。

邵轻宴发现的时候，她也刚好抬起眼睛，仿佛浑身隔着迷蒙的水雾看着他。

"邵轻宴，为什么要跟我分手？"

每次回想起这些的时候，黎粲总是会忍不住颤抖。

她看着邵轻宴，一见面就想问他的问题一直藏到现在才终于在他面前彻底吐露出来。

"为什么要跟我分手？我当初，真的，真的有这么坏吗？

"我明明都已经跟你道过歉了，我都知道错了，你为什么还要跟我分手？

"还有，分手为什么不能当面跟我说？为什么要在电话里告诉我？

我就这么不重要吗？我就是可以这么轻易被扔掉的吗？"

明明是她对邵轻宴的指责，但她在说完话的那一刻，自己却又无法遏制地再度泪流满面。

伤口之所以为伤口，最痛苦的从来不是受伤的那一刻，而是在伤口结痂之后，又在无人的深夜里反反复复去揭开痂壳。

听到黎粲的问题，邵轻宴的神色黯淡了下去。

他把黎粲抱在怀里，越发地紧了一点。

"黎粲，我从来没有怪过你。"

不只是黎粲会颤抖，提起几年前的那些事情时，就算是相当冷静的邵轻宴，其实也会颤抖。

他的胸膛紧紧贴着黎粲的，心口也是。

孙微女士那晚说过的话，又反反复复在他的耳边萦绕。

从小到大，在一个又一个领奖台上风风光光了十几年的邵轻宴，从来没有想过，有一天，当他遇到自己真正喜欢的女生时，会自卑得这么厉害。

"难道要她每个周末都从伦敦飞回来看你吗？"

孙微女士轻蔑到尘埃里的话，就如同一根巨刺一样，深深地扎在邵轻宴的喉咙里，叫他明明好像可以说很多的话，但又说不出口。

所以最后，他答应了孙微女士的请求，放过了黎粲。

并且他知道，以黎粲的性格，他要是跟她说实话，那她一定不会同意分手。

所以不如干脆把伤口撕得狠一点，再狠一点。

让黎粲知道，他讨厌她就好了。

她那么高傲的人，听到那些话，怎么可能还不同意分手。

他看着黎粲，慢慢地捧起她的脸："对不起啊，粲粲，但我真的，从来没有讨厌过你……"

他只是遗憾，自己的努力还没有到可以真正拥抱住十八岁的公主的时候。

这么多年，只有他自己知道，他的心底里一直憋着一股劲，不是在和别人较劲，而是在和自己较劲，觉得要有点事业了才配回来见黎粲。

"我就应该让你多尝尝等待的滋味。"黎粲红着眼眶，听他说完这几年的心境，眼角的泪水似溪流，源源不断。

酒店里的香氛味道实在是有点熏人，邵轻宴说话的时候，不免也吸了吸鼻子，把脑袋往黎粲肩颈处埋得更深了一点。

"所以谢谢，粲粲，谢谢你还愿意跟我交往。"

他紧贴着黎粲的脖子，和她交颈相依，宛如在汲取整片森林里最后一点能叫人头脑清醒的空气。

黎粲同样趴在他的肩膀上，沉默了下，而后抱紧了他的腰身，说："那邵轻宴，你给我讲讲你妈妈的故事吧。"

这是她最为好奇的故事，也是她这么多年一直都难以忘却、耿耿于怀的另一个心结所在。

黎粲想，如果那天他们没有被孙微女士当面碰到，她还是会抱着很大的侥幸心理，觉得他们可以一直这样走下去，很久很久都不被人知道。

她高中的时候，之所以没有跟任何人透露过自己和邵轻宴之间的关系，就是担心事情早晚有一天会传到孙微女士的耳朵里。

邵轻宴听到她的要求，果然身体又僵硬了一下。

不过很快，他就调整好自己的心情，抚了抚黎粲的脑袋。

"好。但是你饿不饿？我先给你点个外卖，你一边吃晚饭，我一边告诉你，好不好？"

听到邵轻宴的话，在机场里等了五个多小时的黎粲点了点头，细长的睫毛轻眨了两下之后，说："但是我要喝啤酒，啤酒配烧烤，那才好吃。"

邵轻宴轻笑了声，不知道她最近为什么总是这么执着于酒。

但是也拿她没办法。

"好。"他答应道。

关于邵沁芳和陈泓，还有陈敏之间的故事，邵轻宴也不知道该从哪里给黎粲讲起。

从他出生开始讲起吗？那好像已经太迟了。

"我外公，其实以前是在县里给书记开车的，当时他们定居在东北，我妈和陈泓也是在东北认识的。

"本来我外公和外婆家里情况还算好，毕竟当时有份稳定的工作，还是给书记开车，已经算是很体面了，但是后来打贪污反腐败，很快就查到了那位书记的头上，我外公也就跟着受到了牵连。

"当时这件事情在当地闹得挺大,据我妈说,他们走在路上都会被人戳脊梁骨。

"我妈和我外婆清清白白了大半辈子,从来不信外公会做出这种事情,但是面对当时的情况,她们也没有办法。她们不想继续受人白眼,也不想平白无故地被骂贪污贼,所以最终选择一口气把家里的存款全部捐了出去,然后离开了东北。

"陈泓跟我妈是在我外公出事的前一年认识的,事发后,我妈想,他们两个人都还年轻,带着当时也还算康健的外婆一起南下,到哪儿都好,还能从头再来,自力更生。

"但是在我妈和陈泓说完自己打算的第二天,陈泓就不见了,只剩下我妈和我外婆两个人相依为命,离开了东北,到了云城。

"也是到了云城之后,我妈才发现肚子里有了我。

"我有时候经常怀疑我是不是个灾星,因为我妈生了我,身体才逐渐变差,外婆在我六岁那年离开了,外公入狱后没多久也走了,家里一时之间就只剩下了我和我妈两个人……"

因为实在太害怕,因为实在受不了别人异样的眼神,也因为实在接受不了陈泓的抛弃,所以在生下邵轻宴的前两年里,邵沁芳并不敢将他带去派出所登记,也不敢将他带到众人的眼皮底下。

她花了两年的时间才彻底缓过来,花了两年的时间才在母亲的劝说下,愿意给孩子一个名分,所以邵轻宴身份证上的年龄比实际上小了两岁。

所以那一年被人找上门来辱骂是私生子的邵轻宴,其实根本不是十八岁,而是二十岁。

在邵轻宴存在以前,陈泓和陈敏甚至都不认识。

邵轻宴第一次见到陈泓,是他十九岁的那年。

那年,他刚上高二,陈泓没有通过邵沁芳,直接在学校里找到了他,告诉他,自己是他的爸爸。

那是邵轻宴十九年来第一次知道原来自己还有爸爸,原来自己的爸爸还没死。

黎粲怔在原地,突然想起了自己最开始在陈泓书房里看到的那张照片。

她扑进了邵轻宴的怀里,紧紧地抱住他。

"你不是,你不是灾星。你要是灾星的话,那我应该早就被你连累得破产了；你要是灾星的话，那你就不会考上Q大，就不能去美国留学了。"她紧紧地抱着邵轻宴，不知道是不是喝醉了，一遍又一遍地在他耳边说着，"你不是灾星，是姓陈的不对，是他不配做人，你和你妈妈一点错也没有，你们真的一点错也没有……"

"嗯……"

邵轻宴从来没有跟旁人说过这些事情。

黎粲是他愿意开口的第一个人。

他紧紧地回抱住黎粲，看着她义无反顾地扑过来的这一刻，他觉得从小到大都无法言说的缺口，在这一刻总算是被人给填满了。

他贴紧黎粲的脸颊，说："我知道，我一直都知道。"

一直都知道，自己并不是灾星。

一直都知道，人性充满弱点。

他只有越来越强大，越来越坚强，才能保护住自己想保护的人，抓住自己想要抓住的东西。

一整个晚上，两个人都在紧紧相拥。

邵轻宴这天晚上是在黎粲这边睡的。

但是什么都没有做。

只是很安静地睡着。

这天晚上，两个人聊了很多，从邵轻宴在衡山路那条巷子里长大的时候开始，聊到他上了高中之后被保送到Q大，又从他在Q大的生活开始，聊到他在美国半工半读……

黎粲问什么，他答什么，看起来非常坦诚。

但是只有邵轻宴知道，他还有很多事情没有告诉黎粲。

比如，他大三那年去美国的时候，其实也去过一次伦敦。

那是他在美国过的第一个冬天。

那年圣诞节的假期里，他被学长带着去参加一个华人的聚会。聚会上，几个富家公子哥正好在讨论过几天包机去英国玩的事情。

在那之前，邵轻宴其实从未动过想要去伦敦的念头，但是在听到他们的谈话之后，心底里突然滋生出来的想法开始跟藤蔓一样疯长。

他没有参与公子哥们的包机，而是做了几天的攻略之后，买到了假期从纽约飞往伦敦最便宜的一班飞机。

往返的机票钱，是他将近一个月的生活费。

他去了伦敦，去看了黎粲的大学，还走过了泰晤士河，终于见到了伦敦塔桥，但是他没有见到黎粲。

坐在黎粲学校图书馆楼前的那个晚上，他打开手机，看到了陶景然的朋友圈，原来他们几个人又一起约着去了芬兰，去了北极圣诞老人村看极光。

手机里黎粲的笑脸，比前几次他在陶景然朋友圈里见到的好像要更明媚一点，也更张扬一点。

他跟以往一样，盯着那张照片默默看了很久，然后把它保存了下来，放在自己手机的相册里。

泰晤士河的夜晚也就那样，伦敦塔桥不是为他而亮，钟楼上威斯敏斯特的钟声也更不可能是为了他而敲响的。

只是很简单的一个夜晚。

第二天，邵轻宴就回到了纽约，继续自己一成不变的生活，没有任何意外和起伏。

第十七章 ·宣扬

因为黎粲的事情,邵轻宴需要在广州多留一日,所以他在第二天早上就给陆敬文打了电话,说明了情况。

陆敬文在电话里意味不明地哼笑:"你小子,不会是因为美色误国,所以才故意多留了一天的吧?"

要是换作以往,邵轻宴听到这话,大概率是不会理会他的。

但是今天,邵轻宴看了看坐在自己对面安静吃着早餐的黎粲,回道:"嗯,我女朋友来看我了。"

陆敬文头一次对电话那头的人产生了一种这人是不是脑子坏了的错觉。

"这就有女朋友了?"他阴阳怪气地、声音又不失尖锐地问道。

邵轻宴勾着嘴角,不再打算和他多说,只是又简单告知了一遍自己明天早上一定会回到云城的事情,然后就挂断了电话。

黎粲就坐在邵轻宴对面。

宿醉过后带来的头痛和困倦,让她在浅浅地打了个哈欠之后,才把目光再度定定地落在邵轻宴的身上。

不过片刻,黎粲的脸颊竟然有些微微发热。

邵轻宴发现她在盯着自己之后,也有点不自在。

在电话里面对陆敬文时还是游刃有余的人,在发现自己真的确定了关系的心上人的目光之后,实在不是能够很坦然。

"吃完饭打算去做什么?"

邵轻宴稍微收敛起了一点笑意,问黎粲。

黎粲之前其实来过广州不少次了,该玩的地方也都玩得差不多了,但这是她和邵轻宴和好之后的第一次约会……她想了想,掏出手机,在地图和各种攻略之间翻来覆去,势必要找出一个适合约会的绝佳地方,但是最后找了半天也没找到。

邵轻宴实在看不下去,拿过了她的手机。

"我们就在路上随便晒晒太阳吧。"他把黎粲的手机屏幕按灭,"其实只要和你在一起,不管约会项目是什么,我都无所谓。"

并不会刻意学习漂亮情话的人,其实最容易说出朴素的情话。

黎粲终于没有再执着于找什么独一无二的约会场地,默默点了点头之后,朝邵轻宴伸出了手。

广州的冬天和云城很不一样,走在路上,到处还可以见到只穿着一两件单衣的路人。湖岸边的水杉树高耸入云,金灿灿的,在这个时节仍旧没有颓废的迹象。

黎粲和邵轻宴边走边看,不约而同地想起了衡山路那片一到冬天就会掉落到不剩一片绿叶的法国梧桐。

他们手牵着手,在湖岸边走了很久很久,走到后来黎粲实在是走不动了,邵轻宴就陪着她一起坐在公园的长椅上。

"邵轻宴,我老了以后,是不可能去跳广场舞的。"黎粲看着面前成群结队正在跳交谊舞的老头和老太太,"我要去跳最适合老年人的芭蕾,就算他们说我不好看,我也要跳。"

邵轻宴听着她倔强又实在有点叛逆的话,不禁轻笑出了声。

"那我陪着你。"他依旧牵着黎粲的手,"我到时候就坐在台下给你鼓掌。"

"为什么要鼓掌?你不能陪着我一起跳吗?"黎粲问道。

"唔……那我就去学,到时候和你一起跳。"邵轻宴毫不犹豫地回答。

黎粲这才满意了。

他们在公园的长廊里坐了很久,最后不得不离开的时候,黎粲却还是不想动。

和公主约会的代价,就是在公主腿酸的时候,还得充当她的交通工具。

邵轻宴挑着眉,再次没有半点犹豫就背过身去,蹲在了黎粲面前。

一回生二回熟,她慢慢悠悠地趴到了邵轻宴的背上,还圈紧了他的脖子。

邵轻宴背着她走出公园,来到路边打车。

这个时候正好是夕阳洒落满地,世界一片昏黄。黎粲看着地上自己和邵轻宴的身影,忍不住掏出手机,对着地面上的影子拍了一张照片。

嗯,是她和邵轻宴重归于好后的第一张合照。

回到云城是第二天傍晚。

落地之后,黎粲和邵轻宴便开始了各自的忙碌。

越接近年节,就越忙。

两个人虽然住在同一栋楼里,但每天不刻意制造机会见面的话,可能一个星期也见不上几次。

终于,在忙完工作室开业前接的三单广告之后,黎粲给员工和自己狠狠地放了个年假。

此时距离春节只剩下一个星期的时间了。

她给邵轻宴发了条消息,问他今晚有没有空一起吃饭,然而邵轻宴很久都没有回复。

黎粲习以为常。

干他们这一行的,有时候为了分析目标,连夜抢占商机,是一点空闲时间也不能有的。

恰好林嘉佳给她发来了消息,喊她今晚一起出去玩。

她答应了。

林嘉佳在东北待了大半个月,今天才回云城,回到云城的第一件事情,就是忍不住要给大家分享自己见到的雪景。

她把相机递给大家,趁着其他人都在看相机的工夫,单独拉着黎粲小声问:"怎么样?你和邵轻宴,怎么样了?"

自从知道这两人有猫腻之后,林嘉佳每次和黎粲见面便总是免不了好奇。

黎粲刚刚和邵轻宴确定关系,原本想再晚一点公布,而且她暂时还不知道邵轻宴对于公开他们关系这件事情的态度。

但是林嘉佳都问起来了,这里几个人又都是从小玩到大的发小,她干脆轻咳了一声,当着所有人的面说道:"那个,我说个事情。"

所有人都望了过来。

黎粲看着齐刷刷的目光,终于不再卖关子:"我谈恋爱了。"

短短五个字,却引起了轩然大波。

一时间，再没有人关心林嘉佳的相机，而是你一嘴我一嘴地问起黎粲男朋友的事情。

然而黎粲点到为止，只是告诉他们这个事情，并不打算多说什么。

任凭他们怎么催，她都是坐如钟，不动如山。

"等到时候你就知道了。"

"别等到时候啊，那得等到什么时候去？"陶景然不满。

黎粲不回话，只是朝着他碰了下杯。

好吧，看样子她是真不愿再多说，陶景然只能不情不愿地先和她喝起了酒。

酒过三巡，一群人都有些喝大了，把黎粲男朋友的事情抛到一边，叽叽喳喳又把各自最近发生的趣事交流了一遍。

黎粲安静地一边盘腿靠在沙发上，一边听着，直到手机突兀地传来一条消息提示音，她才分神去看了眼。

是邵轻宴给她回的信息。

邵轻宴：刚下班，准备回家了。你在外面吗？需要我来接你吗？

黎粲晃了下神，一想到邵轻宴来接的话，大概会暴露他们的关系，于是干脆地打了两个字回过去。

黎粲：算了。

她关上手机翻转回去的时候，恰好何明朗端着几杯饮料又坐回到她的身边。

他把饮料递给黎粲，黎粲习惯性地说了句谢谢。

"待会儿你男朋友来接你吗？"

玩笑归玩笑，何明朗自从上了大学戴上眼镜之后，除去斯文败类的样子外，其实大多时候给人的印象还是文质彬彬的。

何况还有硕士学历加持。

黎粲摇摇头："叫司机把我载回去就好。"

"他就这么见不得人？"

好像只是一句玩笑话。

黎粲默默看着何明朗的金丝边眼镜，无奈笑了笑，正要说话，何明朗却又笑着打断她。

"好，我知道，以后我就会知道的。"

他言语里透着不少宠溺，其实就和陶景然、岑岭他们平日里对黎粲的语气差不多，但又好像还有点不一样的东西。

黎粲暂时想不出来是什么，挑眉，转头继续加入林嘉佳他们正在七嘴八舌的辩论当中。

晚上回到悦城湾。

黎粲走进一楼的大厅，又看到邵轻宴坐在休息区的沙发上，有些出乎意料。

"你怎么不去我家里等我？"她走到邵轻宴面前。

邵轻宴莞尔一笑："我怕你会先去我家找我。"

两个人交往之后，就互相交换了家里的密码和指纹。

黎粲听着邵轻宴的打趣，忍不住把包包甩在他身上。

邵轻宴把她的包捡起来，直接替她背到了自己的肩上，然后一手拎着公义包，一手牵紧了她。

两个人一起走进电梯，邵轻宴先摁下了三十三楼的按钮密码。

等到电梯门彻底合上了，他才低头问黎粲："今天晚上玩得不开心吗？"

"没有。"

黎粲不觉得自己是个矫情的人，但是她觉得自从和邵轻宴确认了关系之后，她做事情就变得越来越瞻前顾后了。

譬如这回陶景然他们一直催着问她男朋友到底是谁这件事。

要是换作以往的黎粲，不再担心孙微女士之后，一定会直接大大方方地把邵轻宴的照片扔到他们面前，告诉他们这就是她的男朋友。

但是现在的黎粲，已经是会考虑到邵轻宴的想法的人了。

他想公开吗？

如果想，为什么他们都重新交往这么多天了，他还没有为她发过一条朋友圈，也好像没有在外人面前提到过她？

黎粲从不是会否定自己的人。

她正这么想着，在电梯"叮"的一声停在三十三楼的时候，突然叫住了迈步就想牵着她走出去的邵轻宴。

她轻咳了下，用命令般的语气说："我今晚打算发一张照片官宣一下，你自己做好准备。"

官宣。

邵轻宴只是平时不怎么喜欢听一些小众新潮的说唱音乐，也不喜欢动静很大的蹦迪，但又不是真的活在过去的山顶洞人，自然知道这两个字意味着什么。

听到这一句话，他牵着黎粲的手，突然就好像怎么也松不开了。

他直勾勾地看着黎粲。

黎粲不是很满意他的反应："怎么了，你不想跟我官宣？"

"不是……"邵轻宴下意识反驳。

但他记得自己和黎粲从前在一起的时候的样子。

虽然那个时候很开心，但不可否认，那个时候的黎粲其实是有些躲躲藏藏的。

比如，她和他同时出现在陶景然他们面前的时候，她永远都会跟他保持一副不熟的样子。

又比如，他们约会的时候，不是避着她的同学，就是避着她的朋友，她在接到朋友或者家里人的电话时，第一件事情永远都是挑眉看向他，然后他就知道，自己那个时候最应该做的事情就是噤声……

这些事情，邵轻宴从前其实一直都觉得没有什么，毕竟当时两个人年纪也还小，但是现在再回想起来，其实就是他拿不出手。

不管是因为害怕被孙微女士发现，还是因为别的什么，他其实在黎粲的社交圈子里的的确确不太能拿得出手。

从前拿不出手，现在就算他从华尔街回国，有了自己的事业，其实也依旧拿不出手。

风投公司合伙人的名头虽然说出去好听，但懂的自然会懂，相比起云城大大小小不知道多少的富豪，这点东西实在算不得什么。

尤其黎家还是富豪中的富豪。

所以他有点意外，黎粲居然会这么快就想要公开他们的关系。

"你不怕……"

他正想要说话，黎粲的电话恰好响了。

两个人只能先一起进了黎粲家的门。

黎粲进门之后就褪去大衣，直接坐在了客厅的沙发上。

电话是黎谈打来的，她没有犹豫就接了起来。

"喂，哥？"

黎谈今晚打电话过来，是问黎粲过年回家和去香港的事情。

纵然黎粲现在再不愿意在家里待着，但过年还是不得不回去的。

她告诉黎谈，自己大概廿八回西郊庄园，三十那天再飞香港。

黎家人丁稀薄，自从黎兆云和孙微女士结婚后，每次过年都是陪着孙微女士回香港。

和黎谈又聊了几句天之后，黎粲就挂断了电话。

她回头去看邵轻宴。

进门之后，他就一直陪着她坐在沙发上，现在正拿手机开着计算器，不知道在算些什么。

他真的很拼命，就算是有一分一秒的空闲时间，他也不想浪费，一定要花费在工作上。

黎粲见状，直接劈手夺过了他的手机，迈开腿，面对面跨坐在他的腿上。

"刚刚我和我哥说话，你听到了没有？"她质问道。

邵轻宴突然没了手机，自然是抬起头来看着黎粲。

他没有急着去把手机抢回来，而是先去扶住了黎粲柔软的腰肢，怕她倒下去。

"嗯。"他点头，脸色并没有什么异样。

"那你就没有什么想说的吗？"黎粲不甘心一般。

邵轻宴问道："去香港吗？"

"嗯。"黎粲点点头，"我过几天就要去香港了，应该起码待一个星期。"

这是黎家每年过年的惯例，她不可能打破。

邵轻宴大掌附在黎粲的背后，慢慢地将她箍紧在自己身前。

"嗯，我知道。"他说。

这是他放在心尖尖上的人，他怎么会不明白她到底想说什么？

他下巴轻抵在黎粲的发顶，"你先去香港好好休息一段时间，等我放假了就去见你。"

黎粲总算满意地抬头："那你这回见我之前得先和我说一声，不然又弄巧成拙了怎么办？"

譬如广州的那趟旅程，虽然结果叫人开心，但过程是真无语。

邵轻宴自然是和她想起了同一件事情，忍不住又弯起了嘴角，在她眉心碰了一下。

"嗯，我知道。"

他郑重地承诺道。

两个人依偎在一起，就着这样的姿势，安静地待了好一会儿。

不知道过了多久,黎粲才后知后觉地摸起自己的手机。

"对了,我还要官宣来着。"她一边打开手机,一边最后问了邵轻宴一遍,"你有没有意见?没有意见我可就发了?"

"没有意见。"邵轻宴垂眸,"只要你没有意见,我永远都没有意见。"

闻言,黎粲又瞥了他一眼。

眼里的高兴不期而至,如同夜晚的星光一般,尽数落入她的眼底。

她终于挑了张前段时间两个人一起在广州漫步时找路人帮忙拍的合照,发了出去。

没有一个多余的文字。

只有互相靠在一起的肩膀,还有合照时下意识朝彼此挨过去一点的脑袋,但足以说明一切。

发完之后,她又摸出邵轻宴的手机,直接打开他的微信,拿着他的账号也发了这张合照。

"明天会不会有很多人问你?"

所有事情都做完之后,黎粲突然觉得有一股释然又放松的感觉。

就好像是终于走到了这一步,不管会不会被人发现,不管接下来会被哪些人发现,她都无所谓了的释然,还有高兴。

邵轻宴听着这句话,沉思了一会儿。

会。

当然会。

以他和黎粲之间的差距,但凡同时认识他们两个人的,明天应该都会好奇。

毕竟他们之前看起来一点关系也没有,而且他们之间的差距又真是天差地别。

刚刚黎粲在打电话的时候,邵轻宴是在算手头上所有的资产。

邵轻宴心里很清楚,他现在的资本还是太少了。

不管是和黎粲比,还是和黎粲身边那群时常跟她玩在一起的富二代比,太少了。

所以今晚大家见到这些朋友圈之后,估计会有很多人直接认定他就是个吃软饭的。

见他很久不回答自己的问题,黎粲忍不住凑过去,用光洁的额头在他下巴上碰了碰。

"邵轻宴,你在想什么呢?"

"在想今天晚上看的那几个项目,究竟值不值得投资。"邵轻宴回神,忍不住又把黎粲抱紧了一点。

黎粲窝在他的怀里,有些生气,但只要不是惯常的冷脸,她其实不论是做什么表情都很灵动又可爱,别有一股娇嗔的味道。

她咬着邵轻宴的下巴:"你就跟你的工作过一辈子算了!"

邵轻宴望着她低笑了声。

没多久,他就微微低下脖颈,吻住了黎粲的嘴角。

夜晚的星河流淌,岁月宁静又安好。

黎粲官宣了自己男朋友的事情,没过多久,她的朋友圈里就跟炸了锅一样。

而且果不其然,邵轻宴这个名字也成了云城富二代们这段时间聚会时最常提起的。

黎粲才不管这些。

在她官宣的第二天晚上,孙微女士给她打了个电话,让她廿八不必回西郊庄园,直接飞去香港就好。

她只能提前两天坐上去往香港的飞机。

落地香港后,黎粲先是见到了许久不见的几位表哥、表姐,大家都对她很热情,给她准备了不少欢迎礼物。

黎粲一一收下之后,便被孙微女士喊去了书房里。

"这是我和你外公新给你办的一个基金会,你看一下,签个字吧。"

黎粲进书房,孙微女士便递给她一份文件。

黎粲接过。

她成年后的这些年里,家里不断往她的手上送了不少财产,有为她办的慈善基金会,有写上她名字的大楼,还有黎谈时不时分给她的一些股份,别说是这辈子,就是再给她三辈子,她的钱估计都是花不完的。

"为什么又给我一个基金会?"黎粲看了几眼文件之后,问道。

孙微睨她一眼:"给你东西你还不乐意了?难道要我眼睁睁地看着你和一个穷光蛋在一起,钱都被人家偷走了吗?"

黎粲顿了一下。

果然是和邵轻宴的事情有关。

是的,黎粲这回发朋友圈没有屏蔽孙微女士。

她没有急着在这些东西上签字,而是自顾自坐直身子,义正词严地同孙微女士说:"妈,我这回已经深思熟虑,想得很清楚了,我忘不了他,我就是要和他在一起,你就算再怎么逼我也没用……"

孙微眯起了眼睛,忍不住又瞪了黎粲一眼。

是的,她是昨天早上看到黎粲的朋友圈,才知道黎粲和邵轻宴重新在一起了这件事。

邵轻宴……

孙微这么多年也的确一直没有忘记这个名字,还有这张脸。

因为黎粲,也因为陈敏。

她想起当年自己打电话过去羞辱人的样子……

直到现在,孙微女士仍旧不觉得自己有做错的地方。

即便邵轻宴不是私生子,但他是陈泓的儿子,他仍旧穷得一丁点家底都没有,这就是原罪。

陈泓的儿子,谁知道他将来会不会跟陈泓一样,是个忘恩负义的白眼狼?一丁点家底也没有,那不就是个吃软饭的?

这两点,无论哪一点,都不可能叫孙微女士接受这段恋情。

何况当时的黎粲才十八岁。十八岁,花一样的年纪,实在太容易被男人哄骗,然后走上歧途了。

不过万幸的是,那个男生看起来还有点自知之明,并且有点自尊的样子。她还没说几句话,他就答应了她,并且拒绝了她提出的负担他大学全部生活开支的事情。

昨天孙微看到那张合照之后,想了很久,然后叫人去查了这些年邵轻宴的生活轨迹。

陈敏和陈泓几年前就离婚了,她以为,再无论如何,邵轻宴都是陈泓的儿子,陈泓和陈敏离婚后分到了那么多的财产,邵轻宴怎么也该过上了至少是个少爷一样的生活。

但是没有。

查到的资料上显示,邵轻宴和他妈妈依旧住在衡山路附近的那条巷子里,这么多年,他不论是上大学还是出国交换,都是靠自己挣到的钱。

他没有花过陈泓一分钱。

这倒是叫孙微有点高看起了他,但也远没有到可以承认他是自己女婿的地步。

黎粲在落地香港之前，想过千万种和孙微女士因为邵轻宴而对峙的局面，目前这样的情况，尚在她的意料之中。

她不卑不亢地坐在孙微女士面前，即便被孙微女士凶狠地看着，也没有改变一丝自己的态度。

终于，又是孙微女士败下阵来。

她暂时不打算再和黎粲聊这件事情。

"把东西签了。"她催促黎粲。

黎粲也只能先照办。

和孙微女士的这场会面，算不上和平，但也没有起冲突。

她们最后不欢而散。

而邵轻宴在中午送黎粲上飞机之后，又回到公司上班。

马上要过年了，街上四处都是喜气洋洋的氛围。他在公司楼下买了一杯热咖啡，中午暂时不打算休息，便拎着咖啡一边往闸机通道走，一边看到闸机边上矗立着一个有点眼熟的身影。

他没有在意，直到那个身影见到他的到来，主动抬起了脚步，快步向他靠近，最后站定在他面前。

"轻宴。"陈泓一身黑色大衣，和邵轻宴差不多高。

他站在邵轻宴面前，脸上带着点笑意。

"好久不见，我是来祝你新年快乐的。"

他望着邵轻宴，满身气质儒雅。

在很小的时候，邵轻宴就问过邵沁芳女士，为什么别人家的小孩子都有爸爸，就他没有。

邵沁芳女士告诉他："因为你的爸爸已经死了。"

死了。

是的，彻底从阴影里走出来的邵沁芳女士，从来只认为丈夫是死了。

而那时候小小的邵轻宴，无论再怎么早慧，也不会理解妈妈口中的"死了"是什么意思。

他只当自己的爸爸是真的死了。

死在了东北，死在了他还没有出生的时候。

于是邵轻宴也就开始意识到，自己是家里唯一的男子汉，需要快点长大，才能好好地保护妈妈，保护外婆。

在邵轻宴的记忆里，在他和妈妈一起搬到衡山路附近的巷子里之前，其实还在别的地方住过一阵子。

那地方，现在邵轻宴也不记得是哪里了，只是记得很旧，很阴暗，很潮湿。

他和妈妈，还有外婆，一起挤在一个小阁楼一样的卧室里，白天就在阁楼底下烧饭、吃饭，晚上就一起爬到阁楼上睡觉。

阁楼很窄，当时不到六岁的邵轻宴连腰都伸不直，一爬上去就只能坐着或者躺下。

每天的作业，他是铺在小板凳上做的。

当时家里没有一张像样的桌子，所以每到周末，他都会背上书包去附近的图书馆里写作业。

因为图书馆里有很大的桌子，还有各种各样家里没有的课外书。

一直到六岁之前，邵轻宴都是这么过来的。

六岁之后，外婆去世了，妈妈才带着他搬进了现在衡山路附近的巷子里。

那房子，其实外婆和妈妈早就看好，打算那年年底一起搬过去的，因为他马上要上小学了，那个地方离学校很近，但是谁也没有想到，外婆会在过年之前就突然走了。

或许是因为幼年时期不敢回想的苦闷，或许是因为外婆的离世，总之邵轻宴六岁之前记忆里的天空总是灰蒙蒙的，仿佛走到哪儿都笼罩着一层阴云。

搬到衡山路之后，日子算是好过了一点，但是也没有好过多少。

房子是租的，几乎花了当时家里大半的积蓄。

妈妈每天起早贪黑去给人家做衣服，钱都是她踩着缝纫机一点一点辛苦挣来的。

小小年纪的邵轻宴不仅早早就学会了节省，而且还学会了捡废品。

易拉罐、塑料瓶、废纸板、废铁块……从家门口到小学门口的这一段路，只要是邵轻宴经过的地方，他都会一路低头看着，注意地上有没有什么能够捡起来的。

那时候的废品比现在值钱，所以有时候周末，他早早地写完作业，还会特地去外面走走逛逛，就是为了捡废品。

如果在天桥上偶遇需要发传单的，那对于小学时候的邵轻宴来说简直是一笔天降横财。

因为发传单一天的费用是二十块钱，二十块钱够他们母子俩一整天的饭钱了。

但是，那个时候的陈泓在干什么呢？

邵轻宴都不敢仔细去想。

应该是在和他在北城傍上的新婚妻子谈诗论画吧？

陈泓第一次来找邵轻宴，是邵轻宴还在上高二的时候。

即便家里很穷，但是邵轻宴从小就很争气，从小学开始，一直到初中，再到高中，每一次考试他几乎都是班级第一，甚至是全校第一。

从初中开始，每一个学期的奖学金，邵轻宴从来没有落下过。

也是从那几年开始，家里的生活才开始好过一点。

邵轻宴高二那年，陈泓来学校里找他。

陈泓站在他面前，说自己是他的爸爸，还准确无误地说出了他的姓名，还有他真实的出生日期。

在那一天之前，邵轻宴真的完全不敢想自己的爸爸居然还活着，居然还是个整天西装革履，住在北城价值连城的四合院里，每天和别人聊着几百万生意的人。

爸爸有自己的妻子，有自己蒸蒸日上的事业，有自己的别墅和四合院，甚至还经常凭借各种各样的原因光鲜亮丽地登上各大报纸或新闻媒体的头条。

听说他是跟着妻子家里一起做美术馆的。

那是北城最出名的私人美术馆，每天出入的全部都是报纸上和网络上常见的各色各样的名人。

那一天，陈泓站在邵轻宴面前，说对不起他们母子，说从今往后他可以负担他们所有的开支，还说国内的高考太辛苦了，他可以出钱把邵轻宴送到国外去。

他体会过了所有的风花雪月，在终于得知自己还有一个儿子的时候，也想叫儿子过上自己平时过的日子。

可是邵轻宴拒绝了。

他可以靠着任何方式过上自己想要的生活，但是绝对不可以靠着陈泓。

在邵轻宴眼里，任何一个有良知的人，都不会在那个时候抛弃自己相恋多年的女朋友。

想到这里，他总算动了下他难得冷漠的眉眼，神色冰冷地看着自己面前的人。

"谢谢，新年祝福我收到了。"

而后回眸，转身就想要离开。

"轻宴！"

陈泓却又很快伸手拦住了邵轻宴。

他今天穿了一身儒雅的中式大衣，五十多岁的人了，但看上去还是精神抖擞。

他把手中拎的袋子递给邵轻宴："我过两天就要出国度假了，临走前来看看你，给你送个新年礼物。我刚刚还去了你妈妈那里，但是很不凑巧，她不在家……"

"哦。"邵轻宴很平静地回复着，没有多余的表情。

陈泓顿了一下。

"轻宴，这是给你的新年礼物。"他试探着把礼物又往前递了递，期待邵轻宴能接下。

然而邵轻宴看都没有看一眼。

"谢谢，心意到了就好，礼物我不想收。"

"轻宴！"陈泓看着他倔强不肯低头的样子，简直和邵沁芳如出一辙，有些忍不住火气，"你不要跟你妈一个样！"

"我妈是什么样子的？"邵轻宴撩起眼皮，素来沉静的脸上实在少有动怒的时候。

因为陈泓提到了他的妈妈。

这世上，任何一个人都可以在邵轻宴面前提起他的妈妈，唯独陈泓不可以。

因为陈泓不配。

邵轻宴瞪着陈泓，一如当年他刚得知自己真的有个爸爸，看着对方满面春风地站在自己面前的时候那样。

"你当初既然选择了离开，就该走得一干二净，现在回来，只会叫我更加看不起你。"他狠狠地唾弃着陈泓。

"轻宴……"

"我和我妈这些年一直都过得很好，不需要你再来指手画脚。你的那些钱，你只要自己拿着觉得心安就好，我和我妈一分都不想要，从前就没想要，以后也不会想要。你以后也别再来找我们了，不然，我真的会选择报警。"

"轻宴,你不要那么固执,你是我唯一的儿子……"

"我是你唯一的儿子,就得接受你嫌贫爱富、抛妻弃子转头去傍大款得来的钱吗?"

这里是办公楼底下的公共场所,还是人来人往的午休时间,如果不是真的厌恶至极,邵轻宴是绝对不会在这种场合一点遮羞布也不给陈泓留的。

看着路过的人来来往往,都在向自己投来好奇的目光,陈泓觉得从没这么丢脸过。

"轻宴,你不明白,你不明白当时的情况,你也不明白我到底为什么会走,当时那种情况,换作你,你也会接受不了!"他着急到有些语无伦次。

"所以你现在为什么又接受得了了?"邵轻宴看着他,话语里是无尽的讽刺。

"因为你从别的女人身上得到钱了?

"因为你的日子已经富裕到再没有别的什么担忧了?

"很抱歉,我和我妈真的都不需要这种东西。"

不再打算跟他多说什么,邵轻宴拎着咖啡,转身走向通往办公室电梯口的闸机。

陈泓深吸了一口气,面红耳赤之下,却还是选择追上去拉住了邵轻宴的衣袖。

"轻宴,你真的不看看我给你的礼物再走吗?"

那是他去年在云城买下的一套别墅。

得知邵轻宴回国后要在云城发展事业,他就想,把这套别墅送给邵轻宴再合适不过。

他和陈敏这么多年都没有孩子,邵轻宴是他唯一的孩子。

邵轻宴顿住了脚步,然后不可遏制地再度想起了自己小时候的一些画面。

是他被外婆抱着坐在腿上,一遍又一遍地学写自己名字的画面——

"外婆,我为什么要叫邵轻宴呢?"

"宴啊,是酒席、酒宴,富贵安逸、荣华享乐才会用到的词。"

"为什么要叫邵轻宴呢?是因为我和你妈妈都希望你能够坦坦荡荡,一步一个脚印,不管做人做事,都要对得起自己的良心,不要因为一时的荣华富贵迷了眼,也不要成为为了贪图享乐、荣华富贵就抛弃自己良知的人。"

"轻宴，外婆其实对你没有别的要求，就是咱们要一直好好做人，做对得起自己的人，那就够了。"

做对得起自己的人，那就够了。

邵轻宴站在原地，眼角莫名又泛起酸胀。

他难受地动了动眉心，然后彻底甩开了陈泓抓住他衣摆的手。

他走过了闸机，一路走到电梯口，都没有再回头去看陈泓一眼。

好像不管陈泓的袋子里装的是价值连城的别墅，还是过亿的现金支票，他都不会再眨一下眼睛，也不会再回头跟陈泓多说一句话。

"叮"的一声，是电梯从楼上下来，停在他面前的声音。

邵轻宴抬脚进去，终于彻底消失在陈泓的视线里。

很巧的是，恰好这时黎粲给他发来一条新的消息。

他打开微信，看见是一张她已经坐上了飞机的照片。

黎粲：马上要起飞了。

只有六个字的信息，很符合大小姐平时高冷的人设。

但是邵轻宴盯着这六个字，还有她随手拍的那一张桌子的照片，不知不觉间，发出了一声自己都没有察觉到的轻笑。

怕她马上就要关了网络，他立马也给她回复了过去。

邵轻宴：好，一路平安。

对面很快又回过来消息。

黎粲：香港见？

好像是在确定他会不会去香港。

邵轻宴垂着脑袋，看着那短短几个字的信息。

在又一声轻笑过后，他终于肯定地给黎粲回复过去。

邵轻宴：好，香港见。

第十八章 · 相片

黎粲在香港的日子过得并不算快活。

孙微的事情,她当然不会跟邵轻宴说。

她白天忙着被表哥、表姐们拉出去玩,晚上就跟个没事人似的,在卧室里和邵轻宴打视频通话。

有时候,两个人会说说自己今天都做了些什么,有时候就只是挂着视频通话,黎粲在这边打游戏,邵轻宴在那边忙着加班的工作。

就这样一直到了大年三十的晚上。

大年三十这天,邵轻宴终于不用上班,一大早回到了衡山路附近的巷子里,帮邵沁芳女士准备过年的事项。

黎粲则因为要和全家人聚在一起,跟长辈们说祝词、聚会,所以一整天也没有什么空闲的时候。

好不容易等到晚上吃完饭拿完红包,她才终于有空回到卧室休息一会儿,和邵轻宴打视频通话。

"新年快乐!"

她趴在自己的床上,双手支着脑袋,像是朵灿烂的向日葵。

邵轻宴坐在自己从前的书桌边,看着视频里的黎粲,双眼不禁笑弯成了月牙。

"新年快乐,黎粲。"

"给你看我今天晚上收到的红包。"

虽然平时黎粲很讨厌一些明晃晃秀有钱的行为,但今天是过年,新年嘛,就是秀再多的红包也不算过分。

她把今晚收到的各色各样的红包在邵轻宴面前晃了晃,然后说:"我今天收到了不下二十个红包,每一个都有这么厚。"

好像为了显示真的很厚,她还特地拿大拇指和食指放在红包的外面,给他比画了一下。

邵轻宴认真地看着,不住地点评道:"是,真的很厚。"

"那邵轻宴,我的红包呢?"黎粲炫耀完那些红包,眼神终于又明晃晃地注视着邵轻宴。

邵轻宴看着她当真一点也不掩饰的样子,又忍不住弯起嘴角。

他从抽屉里掏出一个自己早就准备好的红包,举给她看。

"我订了大年初二那天的飞机,等我过来,亲手送给你。"

"大年初二?"黎粲挑眉,显然是被这个时间点惊喜到了,"你大年初二就要过来吗?"

"嗯。"

黎粲的生日在大年初五,邵轻宴和她认识了这么久,却一次替她过生日的机会都没有。

同样,他的生日,也没有一次是和黎粲一起过的。

初二去到香港,陪黎粲看一场维多利亚港的烟花,初五陪她过生日,初六再回到云城,这大概就是邵轻宴整个春节的安排。

对于这个安排,黎粲当然是相当满意的。

于是她接下来半个小时里对邵轻宴都是好脸色。

直到半个小时之后,她实在不得不下楼去了,这才和邵轻宴告别,挂断了视频。

邵轻宴和黎粲挂断电话之后,也走出了房间,打算陪着邵沁芳女士一起看一会儿春晚。

只是他刚坐下没多久,陶景然就打来了电话。

"喂?学霸,晚上来不来酒吧?"

这么多年,他依旧改不了喊邵轻宴"学霸"的习惯。

但今晚是除夕夜,邵轻宴想不通他怎么会在这个时候打电话给自己,还问自己去不去酒吧。

他刚想拒绝陶景然,哪想陶景然下一秒就解释起原因:"我刚刚在路上碰到浦山科技的王总了,我想跟他聊聊,就一路跟着他到了酒吧。你过来吗?你们公司是不是最近也盯上他们了?现在还没有下手,是因为一家吃不下吧?要不咱们两家合伙,把他给拿下试试呗?"

听完原因的邵轻宴,坐在原地想了几秒钟。

而后拒绝的话被咽回到肚子里，他干脆利落地起身，对邵沁芳女士说："我有点事情需要出门一趟，估计晚点才会回来，您到时候不必等我，熬到十二点自己先睡就好。"

"哎——"

邵沁芳不知道他这是要去做什么，但是看着他急匆匆的背影，直觉是很重要的事情，只能由着他去了。

除夕夜，街上车子不算多，邵轻宴尽自己最快的速度赶到了陶景然说的酒吧。

"学霸！"陶景然在门口等他，见他到了，赶忙朝他招手。

自从知道邵轻宴就是黎粲的男朋友之后，陶景然对邵轻宴可以说是有一种亲上加亲的感觉。

他揽着邵轻宴的肩膀，把刚刚在电话里来不及细说的情况详细说了一遍。

差不多交流完手上得到的消息，两个人就结伴一起进了酒吧。

浦山科技的王总大概也想不到，都到了除夕夜的节骨点，居然还有人会跑到酒吧来找自己谈生意，所以看到这两人一起出现的时候，着实愣了好一会儿。

但是既然都碰上了，新年的大好日子，伸手不打笑脸人，他只能一边被他们俩拉着喝酒，一边和他们聊起了明年投资的事情。

等到和陶景然一起在酒吧门口把人送走，邵轻宴低头看了眼时间，已经是晚上十一点多了。

"怎么着，粲粲不会突然打电话来查岗吧？"陶景然显然有点喝多了，看到邵轻宴低头看手表的动作，忍不住笑话他。

邵轻宴摇摇头，黎粲好像从未查过岗。

"粲粲这么放心的？"陶景然甚是好奇，站在冷风里醒酒的同时，又不免跟邵轻宴说了几句心里话。

"粲粲跟你也不错。"他仔细品了品之后，说道。

"学霸你不仅长得好看，而且成绩那么突出，性格怎么说呢……又那么坚韧……说实话，粲粲最后能看上你，我虽然震惊，但是一点也不觉得奇怪。"

他脸颊红扑扑的，看上去是真的有点喝多了，说的话却可以叫人听出实在是掏心窝子的。

邵轻宴忍不住拍了拍陶景然的肩膀："谢谢。"

他今晚喝的酒不多，情况比陶景然要好一点，看着陶景然站在那儿像快要睡着的样子，又不禁问："你的外套是不是落在酒吧里了？我帮你去拿外套，你在这边喊个代驾，晚上早点回家吧。"

陶景然满脸通红，点点头，不知道有没有听进去。

就在邵轻宴转身想要进去酒吧帮他拿外套的时候，他又笑嘻嘻地扒上了邵轻宴的肩膀："没事，我跟你一起去，我没喝多，只是容易上脸。"

邵轻宴只能由着他，两个人又一起回到了酒吧里。

他们刚刚坐在最里面，可是陶景然就爱左顾右盼。

"哎，学霸，那个是何明朗那小子吧？"

不知道他是看到了哪一桌，突然，在一片鬼哭狼嚎的嘈杂声中，就如同脚黏在了原地，走不动道了。

他自己不走，也不让邵轻宴走，非得指着何明朗他们的方向，叫邵轻宴看。

邵轻宴看了一眼，问："你要过去跟他们打个招呼吗？"

"也行。"陶景然还扒着邵轻宴的肩膀，"不过你也一起去呗，那几个人我看着都挺眼熟的，好像都是我和粲粲以前的同学，咱们一起过去聊聊……"

邵轻宴不是很想去，奈何陶景然非得拉着他，还说他现在是黎粲的男朋友，见见黎粲的同学怎么了。他只能半推半就地，被陶景然拉到了靠近沙发雅座的位置。

然后，他理所应当地听见了那些人正在讨论的话题——

"不是我说，黎粲那个男朋友到底是怎么回事啊？是认真的吗？"

因为酒吧很吵，所以他们说话很大声。

邵轻宴站在原地，听见马上就有人接话了："还能是怎么回事，就是被那男人迷到没眼睛了呗。"

"哎？邵轻宴？就是那个保送 Q 大的吗？实验中学以前跟咱们同级的那个？"

"何明朗你不是跟黎粲关系好吗？劝劝她啊，找谁不好，居然找个这么穷又这么聪明的，到时候家底被人搬空了都不知道。"

何明朗正好坐在沙发的最中间，没说过什么话，直到听到有人喊自己了，他才跷着二郎腿，嘴角扬起一抹相当不屑一顾的笑意。

"我想劝，那也得她听得进去才行啊。"

邵轻宴清清楚楚地听到了这句话。

而站在他身边的陶景然，终于也因为这一句话陡然恢复了清醒。

陶景然站在原地，难以置信地看着何明朗。

在他看来，这里坐着的其他人谈论起黎粲和邵轻宴之间的事情都情有可原，因为他知道，大家虽然都是同学，但关系一般，可何明朗……何明朗不应该，也绝对不可以跟着凑这种热闹。

如果被黎粲知道，那他们这朋友估计都要做不成了。

陶景然悄无声息地攥紧了拳头。

因为喝多了酒，他脑袋还是有点晕晕乎乎的，但这完全不妨碍他使出力量。他默默在手心里攥着劲，咬紧牙关，仿佛下一秒就要冲出去把人群当中的何明朗揪起来打一顿。

然而邵轻宴拉住了他，单手扣住他的手腕，朝他摇了摇头。

相比起已经满脸愤怒的陶景然，单手插兜的邵轻宴看上去则要冷静得多。

可明明他才是当事人。

陶景然满脸困惑地看着邵轻宴，以为邵轻宴是打算就这么忍气吞声地算了，但是下一秒，邵轻宴拉着他的手腕把他往前面拽。

陶景然一路被拉着，直接来到了何明朗他们那桌的卡座前。

卡座里的人都愣了一下。

刚刚还在嘲讽邵轻宴的这群人真正见到邵轻宴本人的时候，却压根没有几个人能认得出他。

"陶景然？"大家的注意力都先放在了老同学陶景然身上。

陶景然站直身体，冲着他们冷笑了一下。

邵轻宴松开陶景然的手腕，从自己的外套里掏出一张名片，放到了卡座的桌子上。

"大家好，我是通盛资本的合伙人，邵轻宴。"

很简单的一句自我介绍，全场的人却突然呆若木鸡，不敢相信自己听到了什么。

刚刚被说过坏话的当事人主动站到了他们面前，世界上还有比这个更尴尬的事情吗？

一群富二代面面相觑，有好几个直接低下头去，完全没有脸再看邵轻宴的眼睛。

只有坐在沙发正中的何明朗，听到邵轻宴的自我介绍，锋冷的眼镜后面闪着寒光，仍旧是什么反应都没有。

邵轻宴有点在意料之中。

他和陶景然并排站在这群人面前，继续说道："也许你们对我的身份更多的了解是黎粲的男朋友。

"本来看到大家在喝酒，并不想来打扰，但是刚好又听到你们在讨论我和我的女朋友，我就觉得我来加入好像也不算打扰。

"我跟大家无冤无仇，初次见面也没什么好说的，只是有个建议，下次说别人坏话的时候，最好还是开个包间，这样可以确保别人不会听到。虽然我们都是有素质的读书人，不会轻易跟人动手，但谁知道下次我会不会刚好喝多了酒，正在到处抓着人发酒疯呢？"

他说着说着，脸上就挂起了和善的笑意。

"名片我放在这里了，如果有合作需要的话，欢迎随时找我。当然，找黎粲也行，我大概不会跟她说我见过你们。"

一直低着头想要装不存在的富二代们听着邵轻宴的话，都没什么反应，甚至还有点不耐烦，直至听到这最后一句，才终于忍不住纷纷抬起头来。

这人最后一句话是什么意思？

是在拿黎粲恐吓他们吗？

邵轻宴站在酒吧光怪陆离的灯彩下，十分满意面前这群人听到这些话的动静，目光一一扫过他们的脸颊，好像是在记住他们的样子。

正当有人想要开口跟他说话的时候，他却毫不留情地转身，拉着陶景然离开了。

"他什么意思？不会真的要去跟黎粲告状吧？"有人后知后觉，开始有点后怕地说道。

"不可能！"另一个人立马接话，"他以为他自己是谁啊？他都不认识我们！"

"可是他身边还有陶景然啊……"

卡座终于一时又陷入了沉寂。

所有人你看看我，我看看你，突然都一副大难临头的样子。

被邵轻宴带着走出了酒吧，陶景然才终于喘了一口气。

他们一起坐在酒吧旁边的石墩子上，突然毫无征兆地大笑起来。

除夕夜的酒吧，和平时比起来，要冷清了一点，门口幽暗的灯光透着一股与冬季不符的暖意。

"我以为你会息事宁人来着。"陶景然笑够了才对着邵轻宴说，"学霸你真的是……有点超乎我的想象了。"

"是吗？"邵轻宴倒是不意外自己的表现。

黎粲从前就常常说他性格好，是个没有什么脾气的人，但只有他自己知道，他只是平常对很多事情都不在意。

遇到他很在意的事情的时候，他往往自损八百，也要伤敌一千。

"所以男人的尊严是很在意的事情？"陶景然问道。

"有点吧。"邵轻宴莫名笑了下。

和黎粲重新交往的那一日，他就想过会有这么一天。

一些难听的话、一些传来传去就会变得很难堪的事情，全部在他的意料之内。

那些笑话，没碰上就算了，像今天这样恰好撞上的，他要是袖手旁观，那也太不是他的风格了。

陶景然很明白地点点头："所以老实人也是带着锋利的。"

老实人……

这是继黎粲之后，第二个人对邵轻宴有这样的评价。

邵轻宴不置可否，见陶景然已经是彻底酒醒了的样子，问他要不要现在回家。

"回家吧。"

陶景然穿上一直搭在手臂上的外套，拿出手机喊了个代驾之后，就和邵轻宴说了再见。

在临分别前的最后一刻，邵轻宴又拉住他的胳膊，说："今晚的事情，别告诉黎粲。"

陶景然挑眉："真的不叫粲粲给他们一点教训？"

邵轻宴对陶景然的想法实在有点哭笑不得。

他肯定地摇了摇头："吓吓他们而已，我更想靠自己的实力去叫别人信服。"

或许等到那一天，需要三年，需要五年，甚至需要十年，或者更多，但他绝对不是一个需要站在自己女朋友身后，叫她去帮自己出头的人。

陶景然点点头，算是答应了下来。

邵轻宴的飞机是大年初二的中午。

黎粲这天刚用过午饭，就迫不及待地催着司机送自己去机场。

她和邵轻宴说好了在机场碰面，然后两个人一起去吃饭，再去太平山顶看烟花。

非常完美的计划。

然而，在她去机场的路上，林嘉佳突然给她打了个电话。

"喂，粲粲？我刚刚和陶景然一起出来办点事情，你知道他跟我说了什么吗？"

"什么？"黎粲不以为意。

"他和你们家学霸除夕夜一起去酒吧那事情，你知道吗？"

"什么酒吧？"

除夕夜，黎粲只记得自己晚饭后和邵轻宴打了个视频通话。

林嘉佳确认黎粲真不知道后，于是把除夕夜酒吧里发生的事情绘声绘色地说了一遍。

至于陶景然半个小时前刚告诫她不许把事情告诉黎粲的话，她压根没有放在心上。

邵轻宴落地香港之后，就在接机口看见了黎粲。

她今天穿了一件复古绿色的毛呢外套，搭配黑色的裙子。相比起云城，香港的冬天实在算不得冷，所以她脖子上那条黑白格纹的围巾只是浅浅地围了两圈，当作装饰。

他拉着行李箱，脸上带着笑意向黎粲走去。

为了今天过来见她能够像样一点，邵轻宴昨天特地在家里研究了一天的穿搭。

黑色的宽松风衣加上白色的上衣，再搭一条稍微宽松但是又笔挺的裤子，还有白色运动鞋，这是他研究了一整天的成果。

"黎粲。"他把行李箱拖到黎粲面前，松手的一刹那，其实是想要去抱住她的。

然而，黎粲只是波澜不惊地扫了他一眼，说道："到了。"

只是很简单的两个字，真的一点惊喜也没有。

邵轻宴伸到一半的手顿在半空，默默又收了回来。

"嗯，到了。"

"那把行李给司机吧，我们先去酒店。"

黎粲好像已经懒得再多看他一眼，说完话，转头就朝保姆车的后座里面钻，满眼的冷漠和疲惫，一点也不像是小别重逢的情侣该有的样子。

　　黎粲今天心情不好。

　　邵轻宴的第一反应当然是这个。

　　他跟着黎粲上车之后，默默打开了手机微信，翻找着这些天和黎粲的聊天记录，试图找找看这些天是不是自己哪里惹她不高兴了。

　　但是好像并没有。

　　在他上飞机的前一刻，他和黎粲的聊天记录里看上去还是无比正常的内容。

　　他只能想到了几天前和陶景然在酒吧里的那回事。

　　他当即给陶景然编辑了一条微信，问他是不是把事情告诉黎粲了。

　　然而陶景然在微信里直接举着双手双脚秒回，说自己绝对没有告诉过黎粲，只不过是告诉了林嘉佳而已。

　　邵轻宴当下也想不通黎粲到底为什么会生气。

　　等保姆车停在邵轻宴订好的酒店门前，他先下车去办理入住。

　　拿到房卡之后，邵轻宴看了眼黎粲，又看了眼自己的行李箱。

　　他把房卡和行李箱的拉杆放在同一只手里，然后又伸手出去，试探着覆到了黎粲的手背上，黎粲没有拒绝。

　　邵轻宴于是放心地裹住她的一只手，牵着她先和自己上了楼。

　　等到酒店房门关上的一刹那，邵轻宴就扔了行李箱，把黎粲整个人托举起来，双脚悬空离了地。

　　骤然被抱起来的黎粲当即被吓得不轻，只能下意识将双手攀附在邵轻宴的肩膀上。

　　待她垂眸看清自己现在的处境，立马不满地蹬起脚，想要邵轻宴放自己下来。

　　邵轻宴当然不放，他把人一路抱坐到酒店的大床上。

　　"所以到底是怎么了？"

　　他脱掉自己的风衣，同时也帮黎粲褪去了围巾和外套，两个人一起坐在酒店的大床上，看着彼此。

　　久别重逢的情侣好不容易见上面，原本该是一见面就亲昵无比的模样，他们现在这样还真的是一点也不像。

　　邵轻宴盯着黎粲霜雪似的脸颊，也不知道为什么，明明自己才是更惨的那一个，但总忍不住要去心疼她。

他伸出大掌，缓缓地覆上黎粲的脸颊。

"今天为什么不高兴？是我又哪里做得不好，还是有别的人惹你不开心了？"他轻声细语地问道。

黎粲瞪着邵轻宴。

有时候，人是真的不能夸自己能言善辩，能说会道。

面对别人，从来都是一副牙尖嘴利模样的黎粲，明明在去机场的一路上想了很多很多的话想要质问邵轻宴，但是在见到他的那一刻，却突然什么都不想问了。

她是家里有钱，很多时候都可以为所欲为，十指不沾阳春水，但是这不代表她就不会成长，不会懂人间疾苦，不会慢慢地去学着理解邵轻宴。

林嘉佳刚和她说完那些事情的时候，她整个人气到发抖。

她气何明朗，气那些跟着何明朗一起嘲讽邵轻宴的人，同时也气邵轻宴。

事情发生都这么多天了，他为什么不跟她说？

但是当她看到邵轻宴的那一刻，她好像瞬间想明白了——

因为自尊，也因为不想要她担心。

黎粲脸颊微微抽动了几下，在邵轻宴的注视下，终于默默抹了把眼角，然后摇了摇头。

"临出门前跟孙微女士吵了一架，心情不好。"

听到这个原因，邵轻宴一时竟然不知道是该先心疼她，还是该先松一口气。

他起身，从刚脱下的风衣口袋里找出了早就包好的红包，双手递到黎粲面前。

"那看在又能收到一个红包的份上，不生气了好不好？"他轻声安慰着黎粲。

黎粲接过他的红包，捏了捏，好像有点厚。

然后又看上面的龙纹图案。

画得好像有点丑，不像是商家正常打印上去的，而像是有人买了只素壳，然后画上去的。

她瞥了眼邵轻宴，捏着这只堪称丑萌丑萌的龙图纹，心里总算是好受了一点。

今年是龙年,是她的本命年。

她想了想,又仰起脸问邵轻宴:"只有红包吗?难道我没有新年礼物的吗?"

"有,在行李箱里。"邵轻宴说着就打算去拿,但是黎粲又抓住了他的手。

他回头,只见到她坐在床沿,仰着脸朝自己伸出手,是想要他抱着她一起去的意思。

邵轻宴理所应当地把她抱了起来。

黎粲双腿盘在他的腰间,双手熟络地勾上他的脖子,趁着他转身不注意的时候,直接在他的脸颊上啃了一口,留下一个鲜艳的口红印记。

看着邵轻宴猝不及防的样子,黎粲的心里总算又更加好受了一点。

她眨着眼睛,眼里全是细碎的光彩,狡黠道:"给你的新年礼物,喜欢吗?"

邵轻宴把人抱回到床上的时候,心想:怎么会有人不喜欢黎粲的新年礼物?

为了能和黎粲更好地欣赏香港的景色,邵轻宴直接订了一间位于半山腰的五星级酒店。从窗户望出去,一半是山景,一半就是黎粲心心念念的维多利亚港海景,视野很是一流。

下楼的时候,邵轻宴一路牵着黎粲的手,就跟来时一样。

吃饭的时候,邵轻宴全程在帮黎粲切牛排,整理东西,贴心得像是一位二十四孝好男友。

和邵轻宴一起吃完饭之后,两个人才趁着夜色一起去往太平山顶。

香港适合观看新年烟花的地方有很多,可黎粲从来不喜欢去那些摩肩接踵的地方。太平山顶虽然人也不少,但是能和邵轻宴一起坐缆车上山吹吹风,看一场远一点距离的烟花,在她看来就是很不错的约会。

两个人在山上走走逛逛,等到差不多快八点的时候,黎粲才打开手机摄像头,对着自己和邵轻宴,还有身后满目璀璨的香港夜景,先拍了一张合照。

烟花点燃远处天空的那一刻,她和邵轻宴同时靠在角落的栏杆边,不自觉握紧了对方的手。

年少时错过的人,终于在五年后的冬天重逢。

随着烟花升腾起的幸福和圆满,大概真的只有当事人才能够知道。

"粲粲。"

黎粲拍完几张烟花的照片之后，听到邵轻宴在叫自己。

"嗯？"她举着手机回过身，又恰好拍下了一张烟花背景下邵轻宴的照片。

邵轻宴顿了一下，笑着掠过她的手机镜头，直接俯身过去，在她额头上吻了一下。

"新年快乐。"他说。

黎粲仰头看着他，迟钝几秒后，终于眼底也满是遮挡不住的笑意。

"新年快乐，邵轻宴！"

她圈住邵轻宴的脖子，踮脚也在他的脸颊上亲了一口。

两人对视过后，脸上又洋溢起喜悦。

新年带给人的感受，永远都是不一样的。

维多利亚港的烟花虽然只有十分钟，但是黎粲和邵轻宴靠在栏杆边，一起吹着山风，看着山下港城的夜景，足足站了半个多小时。

等到两个人打算离开的时候，一位站在他们身后，观察了他们很久的摄影师才突然走了上来。

他手上扛着长镜头，装备齐全，一看就是专门上山来拍烟花和夜景的。

"刚刚看了你们很久了，二位的背影大概是我今晚见过最登对的，所以实在忍不住拍了几张。如果愿意的话，你们可以留个联系方式，等我过几天把照片导出来发给你们吗？"

专业摄像机拍出来的质感当然和手机完全不一样。

摄像师镜头下的黎粲和邵轻宴正朝着彼此靠近，搭在栏杆上的双手紧紧地交握在一起，整片港城的夜色作为他们的背景，维多利亚港上正在绽放的烟花是为他们而点缀的星空。

看黎粲流露出满意的神色之后，摄像师又把照片接着往下翻。

他刚才不止拍了一张照片，但是每一张照片上两个人的身影都堪称完美。

黎粲想起了自己当初删除的和邵轻宴许许多多的合照。

最后，邵轻宴和那位摄影师交换了联系方式，两个人才又一起牵着手下山。

回到酒店之后，黎粲坐在沙发上，和邵轻宴说起自己删掉那些照片的事情。

她咬着邵轻宴的下巴，有点气愤："都怪你，要不是你，我才不会删了那么多照片。"

"嗯，都怪我。"邵轻宴当然不会否认自己当时做过的事情。

但要是再给他一次机会，回到当时，他想，他应该还是会和黎粲分手的。

邵轻宴想，如果再次回到盛夏的那一天，他一定会好好地和黎粲见上一面，把话说开了再分手。

电话里的分手实在是太仓促，容不下任何一点真情的哭诉。

想到这里，他默默用指纹把手机打开，翻找出藏在最角落里的一个隐藏相册。

黎粲没有翻男朋友手机的习惯，她粗略扫过一眼邵轻宴的相册，窥见一堆报表截图，其他的就再也没有了。于是，当她看见自己曾经删除掉的一张张照片全部出现在眼前时，愣住了。

"你……"

她想问邵轻宴为什么还留着这些照片，但是又觉得自己好像不用问就可以知道答案。

因为他从分手的那一天起就在计划着回来。

他从来没有真的想过要和她分手，他只是想先独自去成为能够配得上她的人，再回来。

黎粲翻着那一张张照片，心里是说不上来的滋味。

那是十八岁时候的她。

是十八岁的时候和邵轻宴并排站在一起的她。

黎粲其实有很多定格在十八岁时的照片，但是没有一张能够让她像现在这样，翻着翻着就不禁眼眶湿润、鼻尖泛红。

"你还偷偷存了我多少照片？"她后知后觉，去打开邵轻宴手机里的其他相册。

除了他们当初在一起时候的照片，邵轻宴的手机隐藏相册里还有一个分类，是单独关于黎粲的。

是他这么多年，在陶景然和林嘉佳的朋友圈里看见的黎粲。

黎粲没有公开的社交账号，他所有能够看见她动态的地方，就是陶景然和林嘉佳的朋友圈。

黎粲又一张张地扫过那些照片。

她曾经出现在陶景然和林嘉佳朋友圈里的每一张照片,邵轻宴都有存下来。

她和林嘉佳一起在泰晤士河边散步的照片;她和陶景然一起在巴黎看泰勒·斯威夫特演唱会的照片;她和林嘉佳参加各大时装周的照片;还有那一年的圣诞节,他们五人小分队一起去芬兰看极光的照片……

太多了。

林嘉佳和陶景然的朋友圈里,出现过黎粲的次数实在太多了,所以在这个隐藏的相册里,黎粲的照片也根本都翻不完。

终于,等到黎粲执拗地把自己的照片翻到底,举着手机问邵轻宴:"还有吗?"

邵轻宴张嘴,刚想回答,黎粲却又扭过头,并不打算再听,她只想自己看。

看看邵轻宴的手机里到底还有多少关于自己的东西。

找完了隐藏相册后,黎粲又返回去翻找那些公开的相册。

邵轻宴公开的相册里分类很详细,几乎全部都是他平时工作的报表截图,或者是和别人的聊天记录,用来记录一些重要的谈判信息和工作内容。

黎粲一路往下翻,这回就算是看花了眼,也没再看到有能叫自己内心再波动一下的。

直到她终于翻找到一张三年前的照片。

那是一张伦敦塔桥的照片。

黎粲在伦敦生活了那么多年,当然不可能不认得。

她看着照片上的自动时间显示,是三年前的12月26日。

再看一眼拍摄照片时的地点。

——St Katharine's Way, London, E1W 1LD, United Kingdom(圣凯瑟琳之路,伦敦,E1W 1LD,英国)。

是在伦敦。

黎粲一直往下划的手终于再度顿住了。

她不确定般,再度看了眼照片上自动显示的定位和时间。

没有错。

三年前的12月26日。

St Katharine's Way, London, E1W 1LD, United Kingdom.

是在伦敦。

"你，你去过伦敦？"

她错愕地抬起头，去看邵轻宴。

那一年的圣诞节，他的定位在伦敦。

那就意味着他去过伦敦。

那一年的冬天，应该正好是他在美国做交换生的时候，可是他去过伦敦，去过英国。

邵轻宴好像也很意外黎粲还会翻找到这张照片，伸手过去，好像是终于想要拿回自己的手机，黎粲却赶紧把手机往自己身后藏。

"你去过伦敦！"她眼里含着快要掉落下来的泪水，又一次带着不可遏制的哭腔控诉邵轻宴。

"你去过伦敦！"她已经不知道自己还该再说些什么了，"你去过伦敦，你不告诉我……"

你让我以为，你这么多年真的一点也不想来看我，你让我以为，你这么多年，真的一点也不愿意见到我……

可是你偷偷摸摸来过伦敦……

黎粲的眼泪终于大滴大滴地掉落下来，砸在邵轻宴的手背上。

她突然浑身都在颤抖，根本不知道自己还能说出什么话。

邵轻宴实在没有想过要把她惹哭，面对她的泪水，只能无措地伸手把她抱在怀里，一遍一遍地安抚她。

"我不是不想告诉你，只是没有合适的时机，我到伦敦的时候，你刚好也不在……"

"那你不会找陶景然问我的联系方式吗？你不会去找林嘉伴吗？难道他们也把你的微信删除了吗？"

邵轻宴苦笑着，也不知道自己该怎么回答。

"可我那个时候，也的确还没有什么脸来见你。"

他那一趟旅程的本意，其实也只是想看一眼黎粲。

只是远远地看一眼就好。

那么多次在陶景然他们的朋友圈里见到她，他真的想能真真实实地看到她一次。

可是那次，她刚好不在伦敦。

她和陶景然他们去芬兰了，去看极光和圣诞老人。

但凡他晚一天出发，他就会知道，那一年的圣诞假期，他注定是要扑个空的。

他抱紧了黎粲，安慰道："都过去了，以后我不管去哪里，都会跟你报备的，以后你想去伦敦，我们再一起回去就好了。"
　　"可是我没有去过哥伦比亚大学。"黎粲吸了吸鼻子，遗憾道。
　　其实，邵轻宴刚去哥伦比亚大学交流的第一个星期，她就知道了。
　　大学里的华人圈子毕竟就那么大，兜兜转转，黎粲其实也在朋友圈里看到过他几次。
　　但是她当时心里还憋着气，被分手也就算了，他有出国交流的机会，居然去的美国，她当然不可能会特地从伦敦飞过去看他。
　　邵轻宴擦着她的眼泪，手掌已经快要比她的脸颊还要湿了。
　　听完黎粲的话，他又轻笑着问："那下回，你再陪我回哥伦比亚大学看看？"
　　"我Q大也没去过……"黎粲继续小声说道。
　　邵轻宴总算彻底被她惹得啼笑皆非。
　　"好，Q大更近，下回我们先回Q大看看。"他耐心哄着黎粲。
　　"嗯。"黎粲点点头，好像这才算满意。
　　见她终于不哭了，邵轻宴从边上的茶几上抽出几张纸巾，替她把脸颊上的泪水都擦干净。
　　黎粲在邵轻宴的腿上坐了好一会儿后才觉得缓过劲来。
　　可是哭过的眼睛依旧湿漉漉的，透着一股可怜劲。
　　她换了个坐姿之后，看了眼邵轻宴。
　　邵轻宴正好也在看着她。
　　四目相对，邵轻宴一直揽着她腰身的手掌不自觉间收紧了一点。
　　"今晚打算什么时候回家？"他问黎粲，喉结明显地上下滚了滚。

　　黎粲这晚没有回家。
　　她和邵轻宴一共在酒店里待了三天。
　　正月初五是黎粲的生日，也是情人节，还是邵轻宴在香港的最后一天。
　　最后一天，两个人安安静静地坐在一起吃早饭，聊些有的没的。
　　酒店窗外的风景很好，满眼都是翠绿的山景。
　　和上次不同，这次两个人一边煮茶，一边是黎粲说着她小时候在香港长大的故事，说孙微女士和黎兆云在她很小很小的时候就把她扔在香港，说她那些年在香港吃过的糖水铺子，说她走过的街道，说她看过的演唱会，还有那些爬过的山顶。

"我小时候最喜欢谁，就邀请谁和我过年一起来香港。"黎粲说道。

林嘉佳、陶景然、岑岭，还有何明朗，其实都和她一起看过维多利亚港的烟花。

邵轻宴是没有血缘关系的第五个。

听到她的说法，邵轻宴不禁有点想笑。

"喜欢谁就带谁来看维多利亚港的烟花，是这个意思吗？"

"嗯。"黎粲耸耸肩，连声音里都透露着俏皮。

"能获得这份殊荣，你就偷着乐吧。"她睨了眼邵轻宴。

邵轻宴点头："荣幸之至。"

下午，邵轻宴远程和陆敬文开了个小会，因为公司马上开工，有些事情需要提前商量一下。

黎粲就在边上坐着下跳棋，没有出声，也没有打扰他。

等邵轻宴视频会议结束之后，她才好奇地问："你这么忙，一年到底能挣几个钱？"

她当然是开玩笑的语气。

实在是因为她见到的邵轻宴真的太忙了。

除了春节假期，他好像无时无刻不带着他的那两台笔记本和公文包，不是在上班，就是在加班的路上。

哦，今天还是春节假期，是国家的法定节假日。

他再这么忙下去，黎粲怕他身体会吃不消。

但是邵轻宴听到她的话，居然认认真真地想了下，然后说："黎粲，我现在大概攒了有一千万。"

黎粲惊讶挑眉。

"你才毕业多久？怎么攒了这么多钱？"她终于有了一个更为好奇的问题。

"大学里的奖学金、国家助学金、家教外快挣的钱、大三跟学长做项目挣的钱、大四实习的钱、毕业后在华尔街挣的，还有一段时间和陆敬文他们研究股票赚了一点……"邵轻宴老老实实把每一笔款项的来源都和黎粲捋清楚。

黎粲怀疑地看着他。

她知道最占大头的，估计就是他说的只赚了一点的股票。

学数学的人到底都厉害在哪里，黎粲好像又一次明白了。

她看着邵轻宴，突然又想起孙微女士之前跟自己说过的话。

虽然她和邵轻宴还远没有走到谈婚论嫁的那一步，但是她看着他，实在很难忍住不去问他。

"邵轻宴，如果我被人绑架了，需要你拿一个亿救我，你会救吗？"

"只是一个亿？"邵轻宴有微微的惊讶。

"你这什么意思？"黎粲乐道。

当然是在他心目中，黎粲的价值远远不止一个亿。

邵轻宴笑了笑，没有说话，但黎粲自然是读懂了。

"你别管他们要多少，反正你就说，要一个亿，你给不给吧！"她对着邵轻宴耍赖皮一样地说道。

"给。"邵轻宴说，"要多少我都给，只是一个亿……"

他渐渐收敛起笑意，又认认真真地算了算，然后说："粲粲，你可能还需要再给我几年才能做到。"

聪明如邵轻宴，他甚至不用黎粲把事情都说出来，就已经能够猜到黎粲的意思。

"那我等你呀。"黎粲也明白他是听懂了，没什么所谓地说，"反正绑匪绑了我，拿不到钱，不会急着撕票的，你就只管放心去挣钱，要是实在挣不到钱……"

大不了，我们就谈一辈子的恋爱。

黎粲没有把最后一句话告诉他，而是转了话锋："要是实在挣不到钱，那你也太逊了，亏我还看上了你，我不如转头就跟绑匪过日子好了。"

原本该是沉重无比的话题，因为黎粲突如其来的想法，变得一点也不凝重了。

邵轻宴被她逗得再度笑出了声。

"粲粲。"他终于关上电脑，把黎粲又抱到了自己的腿上，"谢谢你。"

"谢我什么？"黎粲有点不明白。

谢她像个恶人一样，对他从来没几句好话吗？

谢谢你，还愿意跟我在一起。

也谢谢你，愿意等我这么多年。

"五年。"邵轻宴没有回答黎粲，只是把她紧紧圈在自己的怀里，然后告诉她，"最多再有五年，我一定能达到绑匪的要求。"

然后，我们永永远远都在一起。

第十九章 · 完满

春节结束，邵轻宴独自一个人先回到云城工作，黎粲一年难得来一次香港，被外公、外婆留到元宵节过完才回去。

只不过她回来那天，并没有提前告诉邵轻宴，也并没有急着回家。

林嘉佳带着司机到机场来接她，一路上两个人都很缄默。

这个场景有点熟悉。

林嘉佳想起上回黎粲喊她来接，并且连家都没有回的那次，是十八岁那年黎粲刚成年就被网暴，然后去找艾米莉算账。

她还记得那天黎粲在路上买了两瓶矿泉水，然后在大街上一句话没说，直接就把艾米莉浇成了落汤鸡。

她看着黎粲现在这副冷脸的表情，好像是跟当时的情况差不多。

"粲粲……"她小心翼翼地喊道。

"嗯？"黎粲正在闭目养神，听到林嘉佳在叫自己，很快又睁开了眼睛。

她安静地看着林嘉佳，神情跟平时差不多。

或许是林嘉佳知道她今天要去干什么，所以在林嘉佳看来，现在黎粲的表情已经冷到了可怕。

"我觉得何明朗可能也就是一时兴起，跟那些人随便附和两句，你不要当真……"

林嘉佳有点紧张，甚至突然后悔那天把事情告诉黎粲了。

黎粲看着她，并没有多少触动，只是日常般很冷漠地问道："如果那天被人说吃软饭的是你的男朋友，你会这么跟我说吗？"

林嘉佳一时也说不出话了。

应该是不会的。

任谁听到别人这么羞辱自己刚交往上，还在热恋期的男朋友，应该都是坐不住的。

"那好歹都是这么多年的朋友了……"

"是他先不把我当朋友的。"黎粲很直白地说道。

在这件事情之前，她当然认为，除了邵轻宴，他们几个人就是她最好的朋友。但很显然，何明朗并不打算把她当朋友。

看着林嘉佳为难的样子，黎粲说："到时候你要是怕尴尬，就坐在车上等我吧，我自己进去就好。"

她回云城之前，特地在群里发了消息，说晚上想跟大家聚一聚，地点都定好了，就在外滩江边的酒吧里。

正好就是除夕夜那天晚上，陶景然和邵轻宴去过的酒吧。

等到车子缓缓停靠在江边外滩的路上，林嘉佳看着外滩上常年人来人往的盛况，心一横，还是跟着黎粲一起下了车。

晚上八点，这个时候的酒吧还算不上热闹，只是有一些零零碎碎的闲客在喝酒，卡座上三三两两坐着一些周末放假难得出来休息的人。

黎粲走到定好的卡座时，陶景然和何明朗、岑岭几个人正聊天聊得热闹。看见黎粲和林嘉佳到了，在场唯一一个被蒙在鼓里的岑岭指着两人大嚷："迟到了啊迟到了，罚酒！"

黎粲看了岑岭一眼，没说话，只是神情专注地盯着何明朗。

陶景然原本也想装没事人，但是看见黎粲一进门的眼神，就意识到了不对。

"粲粲……"

他刚想说话，然而黎粲根本不给他说话的机会，随便拎起桌子上的一杯不知道是谁喝剩下的威士忌，直接泼在了何明朗纯白色的毛衣上。

战争算是一触即发。

"这是干什么？"岑岭被惊得站起了身，一头雾水。

在场的其他人都没有说话。

黎粲的眼睛自始至终都只盯着何明朗，一直等到泼完酒才开口："道歉。"

"道什么歉？"岑岭实在好奇不已，但是依旧没有人搭理他。

何明朗坐在原地，像是早就预料到会有这一天的样子，平静地低头瞧着被泼湿的衣服，脸上神情变幻莫测。

在深吸了一口气之后，他才终于站起身，面对面看着黎粲。

"黎粲，对不起。"

"和邵轻宴道歉。"黎粲说。

何明朗隔着轻薄的金丝眼镜，认认真真地看着黎粲。

"我对他有什么好道歉的？"须臾，他问道。

"黎粲，我知道你现在跟邵轻宴谈恋爱，所以分不清他究竟是不是吃软饭，究竟是不是在利用你，但是他要是想自己不被人说，那就叫他自己拿出点真本事来，而不是整天顶着Q大毕业、从华尔街回来的光鲜亮丽的名头，遇到事情却只会一味地缩在女人后面……"

何明朗话音未落，黎粲就又往他身上泼了一杯酒。

黎粲记得，从小到大，自己和这群人认识到现在，可以说几乎是没有吵过架的。

毕竟世界上大多数人吵架的源头都是因为钱，而他们从来都不用担心钱，也就从来没有很大的纷争。

这是第一次。

她连着往何明朗的身上泼了两杯带着冰块的酒，并且告诉他："收起你那点可怜又高高在上的姿态吧，你以为这件事情我是怎么知道的？邵轻宴回去之后，一个字都没有跟我提过，是我自己发现的。"

"吃软饭，凤凰男，学到什么词就往别人的身上套，那我该骂你什么？只会伸手跟家里要钱的蛀虫？永远长不大的社会啃老族？"

这话骂得委实有点重了。

要是这么说，他们五个人可以说全部都是啃老族和蛀虫了。

"黎粲！"陶景然实在有点听不下去，上前拉着黎粲先到了一边，"消消气消消气，都是富二代，谁还没点脾气……"

黎粲不依不饶："是啊，都是富二代，谁还没点脾气？怎么，就准他背后嘲笑别人，不许我当着他的面骂他？"

"黎粲……"

"就这样，如果你道歉，我们还能做朋友；如果不道歉，那就算了吧。"黎粲今晚本就没打算跟他们坐下来喝酒，最后看了何明朗一眼，拎着包转身离开了这里。

林嘉佳见状，当然是赶紧追上去。

华灯璀璨的街头，金碧辉煌的外滩，到处还是人来人往的喧闹。

林嘉佳本来还想再劝劝黎粲，但是见到她脚下踩着高跟鞋还是健步如飞的身影,就知道她今晚是真的不会回头了。

林嘉佳只能和司机一起先送黎粲回悦城湾。

邵轻宴回到家,才发现今晚自家的灯亮着。

黎粲坐在客厅里,喝了不少酒,屋里的光线被调到很暗,电视上正放着一部恐怖电影,但是黎粲看得并没有什么心绪起伏。

看到邵轻宴回来了,她也只是稍微抬了下眼,说了声:"回来了。"

"嗯。"邵轻宴把东西放下,脱下满是寒气的大衣,先走到了黎粲的身边。

这几天云城多雨,刚刚回家的路上,外面又开始下起小雨。

他陪着黎粲坐下。

"不是说还要过两天才能回来?怎么今天就回来了?"

"外公、外婆不要我了,我就回来了。"

黎粲胡言乱语地把手上的玻璃酒杯递到了邵轻宴的嘴边。

邵轻宴就着黎粲的手喝了一口,然后熟络地把黎粲抱坐到自己的腿上。

她总是这样,擅长胡言乱语,但邵轻宴就是很吃这一套。

他喜欢黎粲看似冷漠外表下的古灵精怪,也喜欢她的刀子嘴豆腐心,还喜欢她总是目空一切的心气,还有经常可以比肩山高和水长的气势。

虽然一开始的第一眼,其实是有点见色起意。

又有差不多十天没见了,两个人安静地抱在一起,互相紧贴了一会儿,随后邵轻宴才摸了摸黎粲的脑袋,问道:"怎么不开心了?"

"我今晚跟人吵架了。"

黎粲很不喜欢自己喝酒就容易上脸的状态,显得她一点也不清醒,但她现在明明清醒得不得了。

"怎么跟人吵架了?"

"因为他们穷啊,看到我的车子好,就想讹我钱。"

"你出车祸了?"

闻言,邵轻宴赶紧检查黎粲的四肢和身体,直到听见黎粲在自己耳边"扑哧"一声,他才意识到她又是在胡言乱语。

"黎粲……"他有点无可奈何,还透着几分无言以对的生气。

"下次不许开这种玩笑。"他叮嘱道。

"哦。"黎粲没心没肺地应了一声,但其实满脸都写着下次还敢。

她拉着邵轻宴陪自己看了会儿电影,说是恐怖片,但两个胆子挺大的人聚在一起看,其实也就跟普通的电影没什么区别。

邵轻宴陪着她看了一会儿电影,然后就独自起身,打算先去洗澡。

但是黎粲拉住了他。

邵轻宴今天因为需要出去跟人谈合作,所以大衣里面穿的是相当正式的黑衬衫和西裤。

黎粲勾着他的手,借着客厅昏沉又暧昧的灯光,就这么直勾勾地看着他。

他穿衣服就跟他做人一样,总是正正经经的,扣子也全部扣得严严实实。

她不禁多看了两眼,然后问道:"你今晚不用加班了,是吗?"

邵轻宴点了点头。

他刚刚回家,已经十点了,并没有加班的打算。

黎粲于是慢慢借着勾住邵轻宴五指的劲,直接把他刚才挪动了一下的距离又拉了回来。

"邵轻宴。"黎粲的语气带了点命令的意思。

但听到邵轻宴耳中,更多的只是情侣之间暧昧的把戏。

黎粲一边解着他衬衫最上面的几颗扣子,一边却又故意抬头说道:"那我今晚想看你一直穿这个衣服……"

正月十六的夜晚,在一片和谐与畅快中度过。

元宵节结束,三月便正式到来。

开业之后,黎粲工作室接到的第一个单子是给一家即将上市的奶茶企业做新品广告策划,所以她最近开始忙得脚不沾地。

邵轻宴同样也是,年节过去之后,他就需要经常出差,去各地考察。

所以两个人能出去约会的时间并不多,更多的是白天各自去干各自的事情,晚上回到家里短暂地相拥而眠。

好不容易又到了周五,黎粲这天早早地结束了工作,一看时间才下午三点钟。

她没多想,干脆地拎了包包,去了邵轻宴的公司。

她已经很久没有在白天见到过邵轻宴的身影了,而且还想起自己和他交往这么久,还没有去过他的公司。

现在是四月份，春天最好的时节，她路上顺手买了两杯最近合作方的奶茶，打算带去给邵轻宴。

但是等到了邵轻宴的公司，前台小姑娘才告诉她，邵轻宴刚刚有事出去了，并不在办公室。

黎粲于是只能在会客厅里坐着等他。

或许是惊讶于她的美貌，前台小姑娘给她端茶送水，很是殷勤。

差不多半个小时后，邵轻宴才终于回来。

黎粲坐在会客厅里，正在翻看报纸。

邵轻宴过去牵起她："怎么不去我办公室坐？"

"那人家前台又不知道我是你的女朋友，万一带错了人怎么办？"

邵轻宴抿唇一笑，没有说话。

黎粲把手里的奶茶递给他，又问道："你刚刚去干什么了？这么快就回来了？"

"去见何明朗了。"邵轻宴诚实地告诉她。

黎粲顿了一下。

"他跟我道歉了。"把她带进办公室，关上门之后，邵轻宴才继续说。

距离上次黎粲朝何明朗身上泼酒，已经过去一个多月了，这期间黎粲没有和何明朗说过一句话，就算是两个人同时出现在群里聊天，黎粲也习惯性无视他的讲话，在他出现的下一秒就隐身。

至于有他出现的聚会和饭局，她更是不会参加。

其实黎粲知道，不仅仅是邵轻宴，自己很多时候也常会受到各种各样的非议。

黎粲对于那些流言蜚语并无所谓，毕竟自己跟那些曾经非议过她的人不可能成为真正的朋友，如果不是实在听不下去，直接对他们处以漠视就好了。

但是何明朗和邵轻宴的这件事情不一样，邵轻宴是她的男朋友，何明朗是她从小玩到大的好朋友，被自己的好朋友背刺，这是她永远接受不了的事情。

她面对着邵轻宴，淡淡地应了一声，然后问道："他都说什么了？"

"他说他这一个月都在美国忙着自己硕士毕业的事情，还说你已经一个多月没有理过他了，他快受不了了，所以来跟我道歉了。"

"哼。"黎粲带着一种果然如此的轻蔑。

邵轻宴带她在沙发上坐下："这件事情你是不是早就知道了？"

他问的当然是除夕夜那天，何明朗跟着一堆人起哄，背地里嘲笑他的事情。

相比起邵轻宴，其实黎粲现在才更像是不愿意提起这件事情的人。

她不轻不重地"嗯"了一声。

邵轻宴抚着她的脸颊，把她往自己的怀里带。

"其实没什么的。"他对黎粲说道，"三年，五年，我总有办法去证明自己，去叫那些人闭嘴，你不需要替我出头。"

"但我就是看不下去。"黎粲倔强地说道，"下次要是再碰到这样的事情，我还是会一个一个地教训过去。"

真的是十足大小姐的做派。

邵轻宴拿她没办法地笑了笑，抱住她的脑袋，在她额间轻轻地落下了一个吻。

陆敬文恰好在这个时候推门进来……

"我听前台说有个美女来找你？是黎粲吧？我都好久没见她了，我瞅瞅，人在哪儿呢？"

六眼相对的刹那，震惊和尴尬直接爬满了他的脸颊。

"不是……这……"

虽然这是黎粲第一次来邵轻宴的公司，但是陆敬文和黎粲并不是第一次见面。

陆家好歹在北城也是有头有脸的人家，黎粲不少次去北城参加宴会都和陆敬文打过照面。同理，陆敬文在云城的很多场宴会上，也时常能见到黎粲。

几个人就这么对视了几秒钟。

陆敬文很快自觉地关上了办公室的门。

不过他立马又推门进来，提醒道："我们是正经公司，不提倡搞办公室Play那一套啊！"

黎粲阴暗地想，如果这个时候手上有什么东西，她是一定会直接砸向陆敬文的脸的。

黎粲在邵轻宴的办公室里待到下午五点多。

今天难得邵轻宴不用加班，两个人下班后在外面吃了晚饭，又看了部电影，才一起回家。

回家后，邵轻宴接到了一个电话，是他高中的班主任打过来的。

他接电话时，黎粲恰好也坐在沙发上，看群里的聊天消息，是他们五个人的小群。

因为岑岭的生日快要到了，几个人正在计划着给他过生日。

岑岭在群里把每个人都@了一遍。

何明朗、陶景然，还有林嘉佳已经全部同意参加。

只有黎粲还没消息。

不知道她是什么想法的林嘉佳立马戳了单独的聊天框问她："粲粲，你去吗？"

黎粲盯着手机看了很久。

最后，她还是把聊天页面退回到群里，打下了两个字母。

黎粲：OK。

她把手机放下时，恰好邵轻宴也打完了电话。

"有什么事情吗？"黎粲扭头问道。

"高中老师班主任知道我回来了之后，想要我抽空去给这届毕业生做个演讲。"邵轻宴说。

毕竟是高考前就保送了Q大，大三就去了美国公费交流的人，在一群辛辛苦苦备战高考的学子眼中，邵轻宴就是神一般的存在。

黎粲突然想起陶景然对邵轻宴那个经久不变的称呼——"学霸"。

他是真的学霸。

"学霸。"黎粲靠在沙发上，忽然也学起了陶景然的样子，饶有兴致地这么喊他。

就好像是回到了几年前，她站在便利店的门口，笑意盈盈地看着他，但其实每次都带着不怀好意的目的和纠葛。

邵轻宴被她逗笑了："怎么突然这么喊我？"

"学学陶景然啊。"黎粲也跟着笑道，"那你回去演讲吗？"

"嗯，班主任对我的帮助很大，当年要不是他推荐我去参加集训，或许我也不能直接保送。"

不能保送，那也就注定会跟黎粲没什么交集了。

因为不能保送的话，就要花时间去准备高考，花时间去准备高考，就几乎没有时间做家教，没有时间做家教，也就不会去到陶景然的家里，不会一而再再而三地遇到黎粲了。

"那这样说下来，我还得请你们班主任吃顿饭呢。"黎粲继续逗他。

邵轻宴客观评价："你请陶景然吃饭比较实在。"

自从两个人交往之后，陶景然就一直嚷嚷着吃饭他应该坐主桌，毕竟当年要是没有他，哪里来的他们后面那么多事。

"的确是该好好谢谢他。"黎粲也客观认可道。

突然，邵轻宴抱起她："那请他吃饭之前，明天晚上，要不要先跟我回一趟家？"

黎粲的笑意一时僵在了脸上。

邵轻宴解释道："明天是我妈妈生日，我想带你见见她。"

听到这些话，黎粲居然第一反应不是高兴，而是紧张。

"这就去见你妈妈了？"

黎粲一直不知道自己到底该拿什么样的姿态去见邵沁芳。

毕竟她当年那么想过邵沁芳，甚至她的妈妈和阿姨曾经气势汹汹地闯进他们的家门，把邵沁芳逼到去医院了。

邵轻宴握紧黎粲的手，说："我们的事，我上回已经跟她说过了，你放心，她对你没什么意见，而且也一直都想见见你。"

"那……好吧。"

黎粲答应下来，心里却仍旧还有一点小小的不安。

邵轻宴察觉到了，又亲了亲她的额头。

这是他最喜欢做的事情，把黎粲抱在怀里，吻住她的额头，这样，就好像全世界都安静了下来，只剩下他们。

再度踏上衡山路边这栋老旧的居民楼，黎粲还是有点恍惚。

仔细一想，现在已经到了四月份，那件事情已经过去快六年了。

楼梯上很安静，四处弥漫的是独属于市井的烟火气。

就如同当年她来的时候一样，没有孙微女士，没有陈敏阿姨，只有邵轻宴牵着她的手，带着她一步一步地往上走。

大门没有锁，推开那扇老旧的铁皮门，就可以听见邵沁芳女士正在厨房里忙活的声音。

"妈。"邵轻宴站在门口喊了一声。

邵沁芳女士立马探出头来，见到黎粲的那一刻，她好像整个人都有点局促。

"这就是粲粲吧？"她的笑带着肉眼可见的拘谨。

其实第一次这么直接地面对邵沁芳女士的黎粲也差不多。

即便来之前邵轻宴已经和她千叮咛万嘱咐，说过他的妈妈有多好相处，但她还是免不了手心出汗。

"阿姨好。"她尽可能挤出自己平生可以展现出来的最温柔的微笑。

邵沁芳连连点头："好，好，那个……我厨房里还有几道菜，马上就好了，你们先随便找个地方坐，东西也随便放就好了啊。"

黎粲浅浅地应了一声，然后去看邵轻宴。

"不是已经来过了？"邵轻宴当真从来没见过她这么紧张的样子，笑着伸手把她手里的礼盒接了过去，放在一边的桌子上，然后给她搬出椅子来坐。

邵沁芳回厨房之后，黎粲又在这间小小的屋子里打量了一圈，说："我想去你的房间看看。"

黎粲还记得邵轻宴房间的样子。

从前她来过一次，然后一直没有忘记。

他的房间很小，只有床、书桌和衣柜三样东西，书桌是正对着窗户的，坐在书桌前，一抬头就可以看见窗外的风景，近的有楼下那棵百年老树，远的有鳞次栉比的高楼。

今天窗外的阳光很好，四月的天，不冷不热，就连吹进来的微风都有一股安抚人心的味道。

黎粲被邵轻宴带着坐在了书桌前，竟又缓缓生出一种恍如隔世的错觉。

因为邵轻宴已经很少住在这边，所以书桌上收拾得很干净，几乎没有什么东西。

邵轻宴把黎粲带进房间之后，就到厨房里去帮忙了。黎粲一个人坐在他的房间里东张西望，最后打开了他的衣柜。

同书桌一样，衣柜里的衣服也已经少得可怜。

黎粲一眼就可以看到衣柜里只剩一两件短袖和长裤，还有从前实验中学的校服。

两套夏天的，两套冬天的，然后就没有了。

她拎了一套夏季的校服下来，想看看从前实验中学的校服到底长什么样的。

不想还有一摞本子被压在校服下面。

好像全都是笔记本。

黎粲饶有兴致地把那些本子也都抱出来，放在床上，打算一本一本地翻阅。

然而，打开第一本后她才知道，这根本不是什么笔记本，而是邵轻宴上了高中以后的作文本。

本子外壳上的字迹苍劲有力。

——高一（10）班，邵轻宴。

第一篇作文，就被老师用红笔打了一个鲜艳的 98 分。

可以想象，像他这种每年都拿奖学金的好学生，一定是各科全面发展的全能型学霸。

黎粲一时兴趣更浓，捧着他的作文本拜读起来。

可惜，她还没读几页，邵轻宴就推门进来，喊她吃午饭了。

黎粲只能放下这些本子，和他一起出去。

因为知道邵轻宴要带女朋友回来，所以邵沁芳女士今天一大早就去菜市场买了很多新鲜的肉和蔬菜回来。

看着满满当当的一桌菜，黎粲想起过年那天晚上，邵轻宴给自己拍的他们母子俩的年夜饭照片。

好像还没今天隆重。

这时，邵轻宴把刚洗好的一盘樱桃和草莓端了上来，放到黎粲面前，见她出神，低声问道："在想什么呢？"

"在想你从前的作文本。"黎粲面带狡黠，"你作文写得还怪好的。"

邵轻宴轻笑。

当年 Q 大的录取通知书下来之后，他就把家里的一些书本全部收拾起来卖了废品，笔记本大多送了人，课外书就全部挂在二手网站上转卖，只留了几本作文本当作纪念，放在了衣柜的最底下。

"待会儿吃完饭，我再接着看看。"黎粲还有点意犹未尽，想要看看更多的内容。

好像这样，她就能够知道邵轻宴高中那几年到底是怎么过来的，又到底有着怎么样的心路历程。

邵轻宴不置可否。

他把碗筷都摆好的时候，邵沁芳女士将最后一道鸡汤端上来，他们就可以开饭了。

母子俩相依为命过了几十年，还从来没有一天做过这么隆重的饭菜。邵沁芳女士坐下之后，自己都还有点不习惯。

以防黎粲大小姐会嫌弃自己，她还特地在饭桌上准备了一双公筷。

不管要夹什么菜，她都提醒自己用公筷。

黎粲看出了邵沁芳比自己还要紧张，所以就算自己平时在饭桌上不喜欢说话，但还是尽量和邵轻宴一起找话题，夸邵沁芳做的饭菜好吃。

一顿饭下来，气氛还算和谐。

午饭结束，邵轻宴去洗碗，黎粲才又一个人回到他的房间，去看之前没看完的作文本。

邵沁芳女士敲开房门，送进来一碗新的水果给她。

"谢谢阿姨。"黎粲礼貌地接过。

"没事。"

邵沁芳女士是个相当有分寸的人，知道黎粲可能平时就不大爱说话，所以给她送完水果，很快就出去了，还贴心地关上了房门。

黎粲一个人坐在床上，一边吃水果，一边津津有味地再度欣赏起了邵轻宴的作文。

这回，她没有再继续看高一的那本，而是从最底下抽出了一本高三的，打算先看看。

高三时候的邵轻宴，较之于高一，心境好像的确有了很大不同，从字里行间可以看出来，他沉静了不少。

细腻又锋利的文字就像是涓涓细流，看似平缓，但在不经意间就会来上一段迅速的冲击和落差，变成神来之笔，或者是点睛之笔。

黎粲没写过多少应试语文的作文，但是看着邵轻宴的文字，她明白，他论述故事的节奏和起承转合，一定都是一等一的好。

但或许是高三的邵轻宴已经开始忙于集训和保送，所以这本作文本里根本没有几篇作文，很快就看完了。

黎粲又翻了翻后面空白的页面，想要看看到底还有没有东西，突然，一张被折起来的纸张掉落出来。

她把纸张打开，看到的却不是一篇作文，而是……

一份旅行攻略？

黎粲微微蹙着眉，看清了内容——

1. 早上八点人民广场见面，坐大巴到达古镇，预计两个半小时，花费 55 元 x2；

2. 提前买好景区联票，花费 190 元 x2；

3. 午饭可以吃羊肉汤面和特色胡萝卜丝饼，预计花费 30 元 x2，黎粲可能还想喝奶茶，预计再加 30 元；

4. 下午坐船，8人拼船65元一人，包船480元（黎粲应该更喜欢包船）；

5. 晚上吃特色酱鸭，还有私房菜，预计150元，吃完还可以看花灯（可以帮黎粲拍照片）；

6. 民宿记得提前预订两间房，预计花费180元x2；

7. 第二天早上记得早起吃早茶，民宿提前预订，早茶免费……

黎粲一目十行地看下来。

这份攻略的纸张上面微微有点泛黄的印迹，她大概猜到了这是邵轻宴什么时候写的。

是高三毕业的时候，他们说好了要一起去古镇给他过生日。

有些地方因为需要提前订票，所以他还特地用红笔标记了出来。

攻略最下面还有几行小字备注——

预计总共花费2500元。

晚上看花灯的时候，可以买一束花，再和黎粲正式表白。

古镇经常下雨，记得带两把雨伞。

窗外隐隐约约有树影晃动的沙沙声，黎粲手里握着这份来自六年前的攻略，愣怔了，一时又不知道自己该做些什么。

记忆又逐渐倒退回当年盛夏的那些夜晚。

她坐在邵轻宴的自行车后座上，高傲地仰着脸，问他："你有没有一点追求者的自觉？我的火锅店都要开始排队了！"

还有后来，她一边在房间里看着电影，一边趴着对邵轻宴说："毕业旅行的话，一起去附近的古镇逛逛吧。"

还有后来，她躺在床上，仿佛嗅见了电影里雨后英伦的芳香，所以脱口而出："Q大有到英国的公费交流项目，好几个。"

…………

可无论是什么，最后都只会变成那个雨夜的喧闹。

在那片喧闹中，她捧着手机，听见邵轻宴在电话里对她讲：

"可是黎粲，我也应该有点自尊吧？"

"黎粲，我们暂时不要再见面了吧。"

"黎粲，我们都先朝前走，好吗？"

不好。

一点都不好。

为什么明明那么喜欢她,却还是要和她分开?
这样一点也不好。

邵轻宴走进房间的时候,恰好看到黎粲手里握着什么东西在出神。
他随便低头看了一眼,脚步突然停在了原地。
这是他当年和黎粲说完分手之后,自己从作文本上撕下来的古镇旅行攻略。
他原本想要扔掉,但最后还是舍不得,所以夹在了作文本里。
连他自己都快要忘记了。
"黎粲。"他尽量叫自己脸色正常,坐到了黎粲的身边。
但是下一瞬,黎粲就捏着这张纸看向了他。
"邵轻宴,等你今年生日,我们去古镇玩吧?"
她拼命把想要涌上来的泪意逼回到胸腔里,眼神灼灼地望着他,只剩期许。
"你攻略都做好了,要是不去,岂不是很浪费?"
没想到她会这么说。
邵轻宴轻轻揉了揉她的后脑勺:"好,但这是六年前的攻略了,可能现在已经不是很合适了……"
"那你再做一份。"黎粲要求道。
邵轻宴望着她的眼睛,感觉仿佛一下子回到了六年前。
六年前,他和黎粲最后见面的那一天。
她站在他房间里,朝他伸出手,问:"邵轻宴,你敢牵我下楼吗?"
那时盛夏蝉鸣聒噪,窗户外面树影晃动,黎粲就站在邵轻宴面前,心气高得像个不可攀折的公主。
邵轻宴经常想,如果那年的夏天可以再延长一点,那么他和公主快乐的时间大概也会更长一点。
"好。"
他最终伸手抱住了他的公主,答应了她提出来的所有要求。
在冬天里遇见的人,好像注定会在夏天即将到来的时刻紧紧相拥。

邵轻宴最终和学校商量好回去演讲的时间是下周三。
黎粲因为当天约了合作方签合同,所以不能和他一起去。
但是为了以防万一,邵轻宴还是给了她一张学校的临时通行证,告诉她有空可以过去。

和甲方洽谈完所有项目的时候,是下午四点。

下午四点……

黎粲想了下,现在赶过去应该正好还能听到邵轻宴演讲的最后一部分,所以果断收拾好了东西,喊司机送自己去往实验中学。

从他们工作室到实验中学,需要经过衡山路。

黎粲坐在车里,抬头就可以看见头顶上一片青葱的绿意,冬天里孤零零却遒劲有力的树枝,在这个时候早就已经脱胎换骨,焕发出不一样的生机。

下午的衡山路,光影很好。

她一路仰着头,从枝叶缝隙间漏下斑驳的光线在她的脸颊上流淌而过,谱下岁月最祥和的篇章。

等终于到了实验中学的门口,黎粲拿出了邵轻宴昨晚给自己的临时通行证。

因为车子不能开进学校,她在得到了门卫的允许之后就下了车,朝邵轻宴发的定位走过去。

是实验中学的一个多功能演讲厅,平时几乎不对外开放,只有特殊场合才会使用。

黎粲赶到的时候,演讲已经差不多接近尾声。

她站在演讲厅的最后面,听见邵轻宴说:

"……你们只剩一个月就要高考了,我今天的演讲并不是想要跟你们炫耀,也不是想要以长者的姿态侃侃而谈,而是想要告诉你们,不管在什么时候,顺境或者逆境,都不要放弃自己。外面的世界很大,毕业或许是你们青春的终点,但绝对不会是你们人生的终点,你们的人生才刚刚开始,万事皆有可能。"

万年不变的清冽声音通过话筒清晰地传播到了多功能演讲厅的每一个角落。

台下掌声雷动。

邵轻宴在这些掌声中又继续说道:"最后,因为徐老师叮嘱过我,想要我着重给你们介绍一下 Q 大,好激励一下你们,所以我最后再说一句,Q 大的食堂是真的很不错,物美价廉,应该是全北城性价比最高的食堂,欢迎各位报考。"

他一身西装笔挺,终于在演讲台上站直了身体。

台下瞬间爆发出雷鸣般的笑声，伴随着他离开演讲台的动作，接连不断的掌声也持续回旋在大厅的每一个角落。

久久不衰。

黎粲隔着人群，默默地看着这一幕，猝不及防地，记忆又被拉回到那年开春的时候。

同样是一身西服笔挺的邵轻宴，站在学校成人礼的舞台上，作为优秀学生代表发言。

那时候的他，同样是靠着自己的成绩和能力，赢得了台下所有同学的掌声。

和眼前的这一幕，可以说是一模一样。

黎粲站在原地，很久很久都没有动作，看见走下演讲台的邵轻宴很快就被学弟、学妹们围住问各种各样的问题。

她伸长耳朵去听，隐隐约约好像听到有关 Q 大自主招生的问题，还有一些最近新出台的政策，以及明年将要改革的新高考等。

最后一个问题，她听见是一个女生问的。

"学长长得这么帅，有女朋友了吗？"

"哇哦！"

高中的学生，真的是最擅长起哄。

黎粲又站直了身体，好整以暇地看着邵轻宴。

不想，好像是早就知道她在这里，听到这个问题的邵轻宴嘴角含着笑意，直接把目光准确无误地落在她的身上。

"有女朋友了，她今天还来听我的演讲了。"

"哇哦！"

一群学生又是一阵惊呼，七嘴八舌的，还想问出邵轻宴更多关于女朋友的问题。

邵轻宴却不再回答，只耐心地解答完了所有和高考有关的话题，才逆着人群走到了黎粲的身边。

"是不是等很久了？"他习以为常地牵起她的手。

"啧……"黎粲调侃他，"学长，你人气很高啊。"

毕竟成绩好也就算了，人还长得这么好看，人气不高才奇怪。

她的调侃，邵轻宴已经司空见惯了。

他只是牵紧她的手，带着她从后门走出去，说："我待会儿还要先回教学楼，去跟老师们告别，要一起吗？"

黎粲果断摇了摇头:"我就在楼下等你,你自己上去就好了。"

"好。"邵轻宴也没有强求。

一起走到了教学楼前,黎粲目送邵轻宴上楼,自己则是在楼下认认真真地转了起来。

难得来一趟,她想再看看实验中学的荣誉墙。

那是她在这所学校里最初看到邵轻宴的地方。

她一路找得还算顺畅,只是过了这么多年,荣誉墙上当然不可能还会有邵轻宴的姓名。

黎粲看着墙上张贴的一张张学生的照片,只觉得他们每一个人看起来都无比熟悉。

好像不管什么人,只要穿上了校服,拍了寸照,就永远可以被定格在十八岁,定格在自己最青春、最年少的时节。

黎粲想起前两天给邵沁芳女士过完生日后,带回来的一些邵轻宴小时候的照片,其中就有没用完的一寸照和两寸照。

穿着校服的邵轻宴,眉眼间永远透着一股自信清俊的味道,好像不管发生什么,他都可以不动如山,坐如钟,拥有改变世界的勇气。

晚上两个人一起回家之前,黎粲又在学校门口买了杯奶茶。

那家奶茶店也算是屹立不倒,这么多年都还一直坚挺地开在那里。

"学生的钱果然好挣。"黎粲捧着奶茶感慨道。

邵轻宴同意:"那当然了。"

"邵轻宴。"黎粲突发奇想,"等到我以后要是有孩子了,高中也叫他上实验中学好了,反正实验中学也有国际部,你觉得呢?"

好像也不是突发奇想。

她是在很认真地询问邵轻宴的意见。

仿佛他们真的已经到了要开始考虑儿女上学的事情的年纪了。

邵轻宴又默默弯起了嘴角,不知道是听到了"孩子"两个字高兴,还是单纯因为黎粲的话而高兴。

"嗯,我听他妈妈的就好。"他说。

黎粲笑了。

她很满意邵轻宴的识时务。

于是她伸手,像是大发慈悲一般,说道:"邵轻宴,你背我吧。"

从这里走到邵轻宴停车的地方还有好一段路,黎粲倒不是真的懒得走，而是想要再一次明目张胆地向全世界宣示自己的主权。

十八岁那年的遗憾，她一次又一次地总想要弥补回来。

而邵轻宴仿佛也能读懂她的心声一样，在放学的节点上，来来往往的全是学生，他却依旧二话不说，直接走到了黎粲的前面，俯身弯腰，蹲了下去。

黎粲趴在了他的背上。

邵轻宴觉得背上轻飘飘的。

黎粲明明有一米七一的个子，但每次他抱她、背她的时候，都能感觉她瘦得不像话。

今晚可以给她再做点夜宵吃。

邵轻宴一边背着她往停车的方向走，一边这样想。

黎粲当然不知道他在想什么。

就算春天天黑得再晚，现在近七点，也已经是路灯亮起，人间烟火气十足的时候了。

她趴在邵轻宴的背上，看着地面上两个人的身影很快交织在一起。

因为路灯的缘故，影子一下子长，一下子短，一下子在前边，一下子又落在了后边。

又迎来一个新的路灯，婆娑树影下，两个人的身影再度被拉得很长很长。

黎粲默默趴在邵轻宴的背上，掏出手机，对着地上重叠在一起的影子拍了一张照片。

还没有到夏季，但是此时此刻头顶嘈杂的树丛间已经隐隐有了蝉鸣的声音。

脑海中突然闪现过无数个他们曾经一起牵手、骑车，在梧桐树下来回穿梭的身影。

黎粲看着周围已经穿着夏季校服的学生，看着他们有说有笑地结伴而行，也有骑着自行车的，正意气风发地往家赶，她从来没有这么强烈地意识到，夏天又要来了。

在十八岁的时候，被她弄丢的少年，终于在她二十四岁的时候，彻底回到了她的身边。

梧桐树下斑驳流淌过的时光，过了六年后，终于重新续写上新的华篇。

"邵轻宴，"黎粲脑袋抵着邵轻宴的肩膀，突然说道，"这周末我们去野餐吧。"

她想趁着夏天还没有彻底来临的时候,再踏着春光,看看绿草如茵的大地。

邵轻宴仔细想了下,这周末应该只用加一天的班,于是他一边背着黎粲继续向前走,一边答应:"好。"

前方又是灯火通明的树荫大道。

再走几步路,邵轻宴停车的地方就该到了。

黎粲趴在他的背上,心中头一次有了一种希望,希望这条路可以无限延长。

就像当年的衡山路,明明现在再去看,已经很轻松地就能走到尽头,但是当年怎么也走不完一样。

邵轻宴会骑车载着她,路过一家又一家咖啡店,等到了他兼职的便利店门口的时候,他会问她吃不吃关东煮,要不要再去隔壁买一杯奶茶。

即便那个时候,他自己连喝一杯四块钱的柠檬水都心疼。

到了衡山路尽头,往左是思明国际,往右是实验中学。

载着黎粲的时候,邵轻宴一般是往左。

因为他要送她回去。

等将她送到了西郊庄园门口的时候,他又会问:"明天一起去看电影吗?"

黎粲当然要和他一起去看电影。

那是她最割舍不下的少年,是她日后就算隔着几千公里的距离,也还是会念念不忘的少年。

她抱紧了邵轻宴的肩膀。

望着前路春光灿烂明媚。

许愿人间夏日悠长。

(正文完)

新增番外 ·关于什么是爱情的问题

那是一个寻常的午后,黎粲和邵轻宴在周五的晚上约完会回家,在汽车开回到悦城湾一号大门口的时候,守在门边的门卫拦下了他们。

小区里长得最好看的男人和长得最好看的女人在一起了这件事情,在整个悦城湾一号的工作群里已经传遍了。

尤其是门卫,每天看着两个人时不时就开着一辆车出门,算是见怪不怪。

他熟络地朝坐在副驾驶座上的黎粲说道:"黎小姐,一楼大厅有个小朋友,说是您的弟弟,在这里坐了一下午了,前台让我和您说一声。"

"弟弟?"

黎粲和邵轻宴相视一眼,都想到了徐黎和。

但是好端端的,徐黎和周五来找她做什么?

黎粲朝门卫点了点头,等邵轻宴在地下车库里把车停好后,便先到了一楼的大堂去看这个弟弟到底是怎么回事。

一出电梯门,她便扭头看向一侧的沙发。

果然,徐黎和正瘫在沙发上,一副快要睡着的样子。

一见到是黎粲来了,他立马一个激灵,朝黎粲哭号着喊道:"姐,你怎么才回来?"

他扑到黎粲的怀里。

黎粲被他吓了一跳,不知道他是受什么打击了。

"怎么了?你怎么突然过来了?"她戳了戳徐黎和的脑袋,问道。

徐黎和摇摇头,显然不是很愿意当着这么多人的面说出原因。

他原本坐在黎粲家楼下,等着等着眼泪就已经止住了,现在见到自家姐姐回来了,又忍不住悄悄挤了两滴出来。

都是十一二岁的男生了，黎粲看他这副样子，也不等他解释，赶紧先带着他上楼擦一把脸再说。

徐黎和跟在黎粲的身后进了电梯。

等到他发现，还有一个男人跟在他们身后进电梯的时候，才终于抬起了哭得红肿的眼睛，朝着这个男人看了几眼。

一眼。

两眼。

三眼。

徐黎和倒吸一口冷气，惊讶道："小邵哥哥？"

邵轻宴笑了笑，和徐黎和打招呼："小和，好久不见，你好啊。"

徐黎和震惊地张着嘴。

他好……

哦不，他今天一点儿也不好。

但是这些都已经不重要了。

这是徐黎和自从幼儿园时期和邵轻宴见过面之后，时隔多年重逢，但他居然还是一眼就认出了邵轻宴。

"小邵哥哥……"

徐黎和似乎想问，邵轻宴怎么会这么晚还和粲粲姐在一起的。

但是他一双敏感的肿眼睛看看这个，又看看那个，在电梯密闭的空间里不断转了几个来回之后，就知道自己不用问了。

他越发惊愕地张着嘴，不敢相信自己发现了什么事实。

他惊呼道："姐姐，你是和小邵哥哥在一起了吗？"

"嗯哼。"

黎粲并不否认。

徐黎和便彻底瞪大了眼睛。

虽然他当年是觉得小邵哥哥和粲粲姐很配，但是后来小邵哥哥就不见了，也不知道去哪儿了，他便认为他们没有再在一起的可能了。

结果时隔这么多年，他的粲粲姐姐和他的小邵哥哥居然还是在一起了！

他们真的在一起了！

纵然他后来又有过无数的私人家教和老师，但是在他的眼里，再没有一个人能比得过邵轻宴。

不仅仅是因为邵轻宴头脑聪明，对人也很有耐心，最要紧的是，他长得实在太好看了,以至于徐黎和到现在都忘不了。

有的人,看过一眼,就是一辈子。

徐黎和不可置信的表情一直从电梯里持续到了家门口。

进了悦城湾三十三楼的家门后,黎粲终于一巴掌轻轻拍在他的脸上:"快醒醒吧,告诉我你是怎么过来我这边的?谁把你欺负成这个样子的?怎么不回家?"

她一连问了三个问题,徐黎和终于心虚地低下了脑袋。

黎粲大致就知道了,估计这浑小子是和家里闹矛盾了。

"到底怎么回事?"

晚上和邵轻宴的约会尚算愉快,黎粲的脾气也就没有那么差劲,耐心地看着徐黎和。

徐黎和朝邵轻宴的方向看了两眼,见到他进门后就先去了一旁的厨房,把刚刚在路上买的鲜花插在花瓶里,紧接着又蹲下身去,不知道在冰箱里找什么东西,这才小声嗫嚅道:"就是爸妈他们喊我去参加那个高尔夫比赛,我不想去,所以就跑出来了。"

"为什么不想去?"黎粲又问。

"我打不好呀!去了也是丢人,去干什么呀?"徐黎和情绪明显很低落地回道。

"谁说你打不好?你爸妈?还是你同学?你老师?"

"都不是……"

"那是谁?总不能是你自己觉得你打不好吧?"

徐黎和看着黎粲,欲言又止,很快又低下脑袋不说话了。

黎粲搞不懂现在的小孩子心里到底都在想些什么。

徐黎和不愿意说,那她也不逼他,只是喊他先去洗手间里擦把脸,然后就去了厨房,看看邵轻宴都在忙活些什么。

自从进门后,邵轻宴就径自去了厨房,都没见他坐下来休息一会儿。

黎粲走到邵轻宴的身后,歪头见到灶台上放着一盒从冰箱里拿出来的小馄饨。

那是上回邵轻宴回家去看邵沁芳女士的时候,邵沁芳女士包好,喊邵轻宴带回来给她的。

多的就放在冰箱里冻起来了。

黎粲浅笑着把下巴搁在邵轻宴的肩膀上,问道:"给徐黎和做的?"

"嗯。"邵轻宴回道,"刚才保安说他等了一下午了,估计到现在都还没吃东西。"

黎粲点了点头。

须臾，她又道："那你多煮点，我也想吃。"

邵轻宴轻笑："不是吃过夜宵了？"

"我再吃一点儿呗，你少放几只就行。"

"嗯。"

邵轻宴便又往锅里多加了几只小馄饨。

黎粲在厨房里和邵轻宴待了一会儿，等到徐黎和从洗手间里出来后，便又回到了沙发上。

她对徐黎和说道："我刚刚已经和你妈妈说过你今晚在我这里了，她说你只能住一个晚上，明天必须回家去，知道了吗？"

"哦。"徐黎和低声道。

黎粲看着跟霜打的茄子一般的自家表弟，训他的心情倒是没有，她只是在徐黎和点头过后，就这么沉默着和他坐了一会儿。

一直到邵轻宴的小馄饨出锅，她才喊徐黎和一起去吃。

黎粲只要了三只小馄饨，尝个味道就好，徐黎和的倒是很大一碗，看个头足足有二三十个。

"晚上也没有什么东西吃了，将就一下吧。"邵轻宴说道。

"不将就不将就！"徐黎和摇摇头，对着面前这一碗色香味俱全的小馄饨吹了两口之后，便迫不及待地吃了起来。

黎粲看着他狼吞虎咽的动作，下意识叮嘱他慢点吃。

有邵轻宴在这里看着徐黎和，黎粲解决掉自己碗里的这三只小馄饨过后，便先起身去洗澡了。

徐黎和与邵轻宴面对面坐着。

徐黎和一开始还在埋头认真吃馄饨，等黎粲走了一会儿之后，房间里传出水声，徐黎和便悄悄抬起了头，看了几眼邵轻宴，然后问道："小邵哥哥，你和我姐姐交往多久了？"

"嗯？"邵轻宴哪里想到徐黎和会突然问这个问题。

"从我回来算起的话，半年了吧。"

"那如果不从你回来算起呢？"徐黎和追问。

邵轻宴倒是没想到，徐黎和还是和小时候一样，鬼机灵的。

"也没有多久，我们中间分开了几年，没有联系。"

"啊……"

徐黎和一副恍然大悟的样子。

怪不得中间那几年,他从来没在粲粲姐的身边见到过邵轻宴的身影了。

原来是分手了啊。

徐黎和又闷头吃了两只小馄饨,看着小馄饨汤里的倒影,似有些犹豫,接下来的问题到底要不要问邵轻宴。

问了邵轻宴吧,显得他此地无银三百两,可是不问吧,他在心里又憋得慌。

终于,徐黎和还是悄悄抬起了头来。

"小邵哥哥,你能告诉我什么是爱情吗?"

"嗯?"邵轻宴顿了一下,盯着徐黎和上下打量,似在确认眼前这个小朋友到底是不是十二岁的年纪。

徐黎和渐渐有些涨红了脸。

他就知道,不该问这个问题!

邵轻宴默默打量了徐黎和很久,才说道:"小和,我和你姐姐当初谈恋爱,也是高中毕业之后的事情了。"

言下之意,你现在问这个问题,是不是太早了一些?

徐黎和反驳:"我不是自己要谈恋爱,我就是,就是好奇!"

"哦。"邵轻宴平静得仿佛他也没有在怀疑徐黎和的动机,"好奇倒是可以的。"

徐黎和便问:"那到底什么样的感觉才算是爱情呢?"

当着徐黎和的面,邵轻宴还认真思索了一番要怎么回答他的这个问题才好。

到底什么是爱情呢?

对于邵轻宴来说,大概就是年少时候的心动,许多年间的念念不忘,还有心愿终于达成时的珍惜及感激。

但是这些话说给现在的徐黎和听,好像有点太肉麻了,于是他通俗易懂地说道:"就是满心满眼都只有这个人,不管做什么都会率先想到这个人,每天都想和她在一起。"

他这话通俗易懂得有些过分了。

徐黎和当然是听懂了。

他不仅听懂了,而且还懂得不能再懂了。

霎时,徐黎和白白净净的脸蛋上的红晕多了一层又一层。

邵轻宴想起刚才自己在厨房里听到的对话，又看着徐黎和现在的样子，觉得自己也许猜到了徐黎和不愿意去高尔夫球比赛的原因。

"小和……"邵轻宴语重心长，"两个人之间确认是爱意的前提，是双方都是成年人，拥有对自己的行为负责的能力……"

"我可以对自己的行为负责啊！"徐黎和说到这里的时候，还没有意识到有什么不对。

邵轻宴便问："那为什么不愿意去高尔夫球比赛？"

徐黎和大吃一惊。

这人……这人偷听他和粲粲姐聊天！

他正想斥责邵轻宴的这种行为，邵轻宴便又说道："你要是老老实实告诉我，我还可以不告诉你姐姐，但你要是不老实交代的话，待会儿你粲粲姐要是知道了……"

多年不见，小邵老师比当年阴险了不止一点点！

徐黎和痛心疾首。

可是话是他自己忍不住要问的，再多的苦果，他也只能自己吃。

他吞吞吐吐，终于把自己不愿意去打比赛的原因告诉了邵轻宴。

原来，是徐黎和班上有个女同学也要去参加这个比赛。

这个比赛的少年组向来是不分男女的，每个班级只有一个名额，徐黎和虽然球打得一般，但比这个女同学还是强上不少。他去了，她就没有机会了。

果然是这样。

邵轻宴意料之中地笑了下，对着徐黎和胆战心惊又略微有些怨恨的眼神，说道："你放心，这些话我不会告诉你粲粲姐的。"

不过旋即，他又问道："这个比赛很重要吗？"

徐黎和摇了摇头："就是个普通的高尔夫球比赛，但是我爸妈觉得什么比赛都要去参加，拿到名次才好。"

这是目前国内大多数家长的想法。

邵轻宴点点头："那你自己权衡好，如果实在不想去，就不去了，不过小和，你要记得为自己做出的选择负责任。"

"负责任？"

不就一个普普通通的高尔夫球比赛，还会涉及什么责任吗？

"是啊，你现在赖着不去参加比赛，那你在你爸妈心里的印象，在你粲粲姐心里的印象，势必都会有所改变。如果他们之后为了针对你，又想出别的办法,那就是你需要为自己的选择付出的代价。"

明明就是一个很简单的事情,但是经由邵轻宴这么一说,竟然叫徐黎和品出了一丝这个举动很危险的意味。

他开始有些犹豫不决。

他还想再问邵轻宴一些问题,可是这个时候黎粲已经洗完了澡,走了出来。

她扫了眼仍旧坐在桌边的两个人,问道:"还没有吃完吗?"

"吃完了吃完了!"

徐黎和立马埋头,又把脑袋对准了小馄饨汤。

他正是长身体的时候,一口气吃完了所有的小馄饨还不够,还要把汤也给喝完。

黎粲微微蹙眉,觉得他的动作颇有些马上就要落荒而逃的意味。

邵轻宴笑看着他,遵守了诺言,并没有把他的事情告诉黎粲,起身先去洗澡了。

但是等到他洗完澡的时候,黎粲已经坐在了房间的床头。

她扭头看着从浴室里走出来的邵轻宴,好奇地问道:"你和徐黎和刚才聊了些什么?他妈妈喊我问问他,到底为什么不去参加比赛。"

邵轻宴想了想,回答:"聊了些关于责任的话题。"

黎粲挑眉,不信有这么简单。

邵轻宴便又说道:"嗯……还有一些关于爱情的话题。"

黎粲不解地看着邵轻宴,有些惊讶:"你们聊爱情?徐黎和他懂什么是爱情吗?"

"就是不懂,所以小和才问我啊。"邵轻宴轻笑着解释。

好吧,好像是这个道理。

黎粲狐疑地看着邵轻宴,直觉他和徐黎和之间似乎有了一些自己并不知道的小秘密,她很好奇,便先问道:"那你是怎么回答徐黎和的?小、邵、老、师?"

她刻意把"小邵老师"这四个字咬得极重,像是在故意揶揄邵轻宴。

邵轻宴听到这个许久没有听到过的称呼,闷笑了两声,上前抱住黎粲的腰,将她紧紧圈在怀里。

"我告诉他,如果想知道什么是爱情,起码得有为自己的行为负起责任的能力。"

"就这?"黎粲反问。

"还有一些没告诉小和的……"邵轻宴承认。

"是什么?"黎粲比较想听不能告诉徐黎和的那些话。

邵轻宴就知道她会追问。

他轻轻勾起嘴角,将脑袋搁在黎粲的肩膀上。

他吻了吻她的脸颊,然后浑身都放松了下来,拥住她,就像是拥住了全世界。

他们卧室的床头,放着的是今晚带回来的几枝新鲜剑兰,可黎粲身上微微散发出来的清浅茉莉花香,冲淡了剑兰的香气,叫邵轻宴的鼻息间只剩下茉莉的清香。

他闻着这点花香,过了好久好久才终于回答黎粲。

"是过了很多很多年也念念不忘的,是当初看一眼就会永远铭记在心的,是属于成年人之间终于明白什么叫推脱不掉的责任的……"

才叫爱情。

爱情没有那么复杂,不需要公式一样的东西。

但它又没有那么简单,不是轻而易举的脸红就能概括的内容。

黎粲想了想,有些赞同邵轻宴的答案。

不过她眨了两下眼睛之后说道:"不过对于我来说,心跳最重要。"

闻言,邵轻宴顿了一下。

旋即,他手臂用力,越发抱紧了人。

他点头:"嗯,心跳最最重要!"

梧桐大道